AF534812

Theresa Manhart wurde 1990 in Bayern geboren. Für ihr Wirtschaftspädagogik- und Germanistikstudium verschlug es sie nach Bamberg, bevor sie zurück in ihre Heimat nach Regensburg zog. Dort ist sie auch als Lehrerin für Deutsch und Wirtschaft an einem Berufsschulzentrum tätig. Wenn sie nicht gerade liest, als „Buchofant“ bloggt oder selbst schreibt, geht Theresa in ihrer Freizeit gerne zum Paragleiten, Skifahren und Wandern oder träumt von ihren nächsten Reisen ans Meer. Mittlerweile lebt Theresa Manhart mit ihrem Mann in der Nähe von Regensburg.

SONNEN KÜSSE *auf Madeira*

THERESA MANHART

Erstausgabe Juni 2024

Sonnenküsse auf Madeira

ISBN 978-3-98998-281-9
E-Book-ISBN 978-3-98998-111-9

Covergestaltung: Buchgewand
Umschlaggestaltung: ARTC.ore Design
unter Verwendung von Abbildungen von
stock.adobe.com: © sakdam
shutterstock.com: © Thipthip, © Zigres, © leoks,
© Ekaterina Pokrovsky
Lektorat: Sandra Florean
Satz: dp DIGITAL PUBLISHERS GmbH
Druck und Bindung: Books on Demand GmbH, Norderstedt

Für alle Träumer da draußen.
Glaubt an euch und eure Ziele!

»Home is wherever I'm with you ...«

Playlist

Courage to Change | Sia
Wildest Dreams | Taylor Swift
Mon Soleil | Ashley Park
California Dreamin' | Sia
El Farol | Santana
I Drink Wine | Adele
Someone You Loved | Lewis Capaldi
Helium | Sia
Without Me | Halsey
Summertime Sadness | Lana Del Rey
Cruel Summer | Taylor Swift
Become the Beast | Karliene
Flowers | Miley Cyrus
Always Remember Us This Way | Lady Gaga
august | Taylor Swift
Scared to Be Lonely | Martin Garrix, Dua Lipa
Missing | London Grammar
Still Falling For You | Ellie Goulding
Find My Way Home | Katie Hargrove, Sarah deCourcy
Dusk Till Dawn | ZAYN, Sia
Home | Edward Sharpe & The Magnetic Zeros

Karte von Madeira

1. Kapitel: Jedem Anfang wohnt ein Zauber inne

Eine angenehme Wärme dringt durch das geöffnete Seitenfenster und bläst mir ins Gesicht. Ich atme auf und genieße die subtropischen Temperaturen. Obwohl kaum vierundzwanzig Stunden vergangen sind, seit ich Kalifornien hinter mir gelassen habe, inhaliere ich den Geschmack nach Sonne und Meer wie eine Süchtige.

Je weiter ich das dicht besiedelte und heiße Funchal hinter mir lasse, desto angenehmer wird die Luft im Wagen. Zu sehr habe ich dieses Fleckchen Erde und seine vielen Besonderheiten vermisst. So abwechslungsreich die Wetterlage und die Temperaturen auf der restlichen Insel auch sind, so siedend heiß sind sie in ihrer Hauptstadt. Gerade im Sommer wirkt Funchal wie ein Glutofen, aufgeheizt durch die vielen Gebäude, Straßen und Dächer. Einzig in dem höher gelegenen Wallfahrtsort Monte kann man sich innerhalb der Stadt eine kurze Pause von der nahezu unerträglichen Tropenhitze gönnen. Von daher bin ich froh, dass ich die Hauptstadt – trotz der Blütenpracht, der prunkvollen Paläste und exotischen Parkanlagen – hinter mir lassen kann. Mich verschlägt es in angenehmere Gefilde.

Ich dirigiere den kleinen, geliehenen Seat weiter auf der rechten Spur die Schnellstraße entlang. Autos rauschen an mir vorbei und ignorieren die herrliche Aussicht, die uns umgibt. Auf meiner linken Seite befindet sich der endlose Atlantische Ozean, rechts von mir grünbewachsene Hänge mit Bananen- und Zuckerrohrplantagen, hinter denen es steil nach oben geht. Im Radio dudeln irgendwelche portugiesischen Lieder, die ich leider nur bruchstückhaft verstehe. Das wird jedoch besser werden, je länger ich mich hier aufhalte. Wie immer.

Zunächst lenke ich den Wagen aber weiter die Autobahn entlang, um kurz nach dem Örtchen Ribeira Brava nördlich gen São Vicente abzubiegen. Direkt über die erhabene Berglandschaft Madeiras, westlich am Pico Grande vorbei. Ich habe etwa eine halbe Stunde Fahrzeit vor mir und in meinen Fingern kribbelt es bereits vor Aufregung. Bevor ich auf die Abzweigung fahre, werfe ich einen Blick in den Rückspiegel. Ich sehe zufrieden aus. Glückselig und entspannt. Wie lange habe ich auf diesen Moment gewartet? Und jetzt ist mein Traum zum Greifen nahe!

Ich konzentriere mich wieder auf die Fahrt und muss feststellen, dass die Autos vor mir deutlich langsamer werden. Mehrere Polizeifahrzeuge stehen quer zur Straße und blockieren die Weiterfahrt. Nach kurzen Gesprächen mit den Polizisten wenden die Fahrer vor mir ihre Autos und fahren in die entgegengesetzte

Richtung weiter. Was hat das nur zu bedeuten? Ein Polizist tritt an das Seitenfenster meines Kleinwagens heran, das ich jetzt ganz oldschool nach unten kurble.

»Bom dia!«, begrüßt mich der junge Mann.

»Olá!«

Mit einem schnellen, melodisch klingenden Singsang antwortet er mir und fuchtelt dabei wild mit seinen Händen. Ich verstehe kein Wort.

Gott, mein Portugiesisch ist echt eingerostet ...

Verständnislos und mit einem unsicheren Lächeln auf den Lippen lege ich den Kopf schief. Hoffentlich spricht der Kerl Englisch.

»Desculpe. Não compreendo. Fala inglês?«, frage ich ihn höflich.

»Ah, Amerikanerin?«

Nicht direkt, aber das sage ich nicht. »USA. Kalifornien«, antworte ich lächelnd und bin erleichtert, dass er mich versteht. Obwohl meine Muttersprache Deutsch ist, ist mir der kalifornische Akzent in Fleisch und Blut übergegangen. »Können Sie bitte wiederholen, was Sie eben gesagt haben? Warum kann ich nicht weiterfahren?«

»Sie müssen momentan einen Umweg fahren, wenn Sie Richtung Norden wollen. Im kompletten Gebiet rund um den Parque Natural und den Pico Ruivo herrscht höchste Gefahr durch Waldbrände. Es ist zu gefährlich weiterzufahren. Wo wollen Sie denn hin?«

»Para São Vicente.«

»Dann tut es mir leid, Sie enttäuschen zu müssen, aber da werden Sie wohl die Umleitung in Kauf nehmen müssen. Eine andere direkte Route an die Nordküste gibt es nur bei Funchal.«

»Ich weiß …«, brumme ich. »Este é um desvio de duas horas.« Damit habe ich einen Umweg von zwei Stunden vor mir. Na toll …

Der Polizist sieht kurz auf seine Armbanduhr.

»Sim. Das ist richtig. Aber die Aussicht an der Süd- und Westküste entlang ist besser, statt zu dieser Uhrzeit durch den Feierabendverkehr von Funchal zu gondeln. Da kommen Sie in die andere Richtung viel schneller voran, selbst durch den langen Umweg.«

»Lässt sich da nichts machen?«, frage ich dennoch hoffnungsvoll.

»Ich bedaure, nein, Senhora.«

Ich seufze auf, schiele an dem Polizisten vorbei und sehe ein Feuerwehrauto, welches von der Bergstraße herunter und hinter den anderen Fahrzeugen zum Stehen kommt.

»Wenn ich Sie dann bitten dürfte, die Straße freizumachen? Kehren Sie da vorne um und folgen Sie den Schildern nach Calheta und Paúl do Mar. Von dort aus einfach der Küstenstraße entlang Richtung Norden. Siga as indicações das placas.«

Einfach den Schildern nachfahren. Alles klar.

Ich nicke, lächle und bedanke mich. »Obrigada.«

»De nada.« Mit einem Zwinkern tippt er sich an seine Dienstmütze, zieht eine Sonnenbrille aus der Brusttasche und setzt sie sich mit einem koketten Grinsen auf die Nase. Danach winkt er mich an sich vorbei und ich wende den Wagen. Das Fenster lasse ich unten.

Knappe zwanzig Minuten später verlasse ich den Kreisverkehr, um Paúl do Mar zu passieren. Da kommt mir eine brillante Idee. Wieso missmutig im Auto sitzen? Stattdessen könnte ich die zusätzliche Fahrzeit sinnvoll nutzen und den Weg mit einem kleinen Sightseeing verbinden.

Seit ich Funchal verlassen habe, habe ich schon unzählige Ausprägungen der Landschaft an der Südküste gesehen. Grün, rau, felsig. Im Prinzip ist alles dabei, was das Herz begehrt. An jedem Fleck der Insel herrschen unterschiedliche Klimata und Vegetationen. Feuchte Hochebenen wie in Schottland und subtropische Mittelmeervegetationen wechseln sich mit nebelumwobenen Urwäldern ab – an keinem Ort der Welt findet man so viele Varianten der Natur gebündelt wie hier.

Soeben habe ich die grünbewachsenen Bananen- und Zuckerrohrplantagen hinter mir gelassen. Stattdessen begleiten mich seit ein paar Kilometern weitläufige Weinhänge, an denen unter anderem die über dreißig Rebsorten für den landestypischen Madeira-Wein angebaut werden. Straßen und Wege werden von wild wuchernden Oleandern in Weiß- und Magentatönen, bunt gemischten Hortensienbüschen und orangefarbenen Strelitzien gesäumt. Ein Traum für jeden Botaniker. Nicht umsonst wird Madeira auch als Blumeninsel bezeichnet.

Ich fahre weiter die Küstenstraße entlang und beobachte majestätisch in den Lüften kreisende Vögel und die weiße Gischt, die krachend an die felsige Küste donnert. Mein Weg führt mich auf Serpentinen weiter hinauf, sodass ich schon bald kleine Bergdörfer durchfahre.

Nach einer knappen Dreiviertelstunde habe ich mein erstes Ziel erreicht. Endlich!

Breit lächelnd steige ich aus dem Wagen. Ich habe ihn direkt vor dem Farol da Ponta do Pargo geparkt, einem weiß-roten Leuchtturm, der sich an der Westspitze der Insel befindet. Ein angenehmer Wind weht mir um die Nase und wirbelt einzelne Haarsträhnen durcheinander. Ich löse meinen Zopf und zwirble mir aus den langen, rotblonden Wellen stattdessen eine große Schnecke am Hinterkopf.

Dann gehe ich am Gebäude vorbei, um zum Miradouro zu gelangen, dem eigentlichen Aussichtspunkt. Mit meinen beigefarbenen Keil-Espadrilles stakse ich über den rötlichen Sand- und Lehmboden und gehe bis zum äußersten Rand der Klippe. Zum Glück habe ich mir vorhin die Haare schon zusammengebunden. Kräftige Winde peitschen an die Kante und erzeugen enorme Verwirbelungen. Mein leichter Sommerrock flattert mir wild um die Knie. Tief unter mir erkenne ich den blaugrünen Ozean, der in rauen Wellen an das steinige Ufer schlägt. Ich schließe die Augen und lausche dem Rauschen, das man bis hier oben hören kann. Ich atme tief durch und sauge den Geruch nach Salzwasser, Meer und Natur ein.

Und genieße die Stille.

Kein Verkehrslärm, kein Gehupe, kein Gequatsche.

Mich empfängt nichts, abgesehen von dem Flüstern des Windes und dem beruhigenden Meeresrauschen, das knapp dreihundert Meter unter mir entsteht.

Gott, wie lange bin ich schon nicht mehr hier gewesen?

Keine Ahnung. Irgendwann habe ich aufgehört, die Jahre zu zählen. Wobei *keine Ahnung* falsch ist. Ich weiß, seit wann ich nicht mehr hier war. Das letzte Mal im Sommer, bevor meine Eltern gestorben sind. Das war vor vier Jahren. Das heißt, ich war das letzte Mal vor fünf Jahren hier, also mit zweiundzwanzig. Schon so lange? Einerseits kommt mir diese Zeit wie eine Ewigkeit vor. Andererseits fühlt es sich an, als wäre ich zuletzt gestern hier gewesen.

Hier, wo ich immer sein wollte. Mein Leben lang. Was immer mein Traum war. Und mein Traum wird ab heute in Erfüllung gehen: Ich werde einen neuen Lebensabschnitt beginnen und auf Madeira von vorn anfangen. Ganz von vorn. Ohne Altlasten. Ohne Vorgeschichte.

Go for it, Charlotte!

2. Kapitel: Fremder in einer bekannten Welt

»Verflucht! Das darf doch nicht wahr sein! Wo ist denn jetzt diese blöde Straße?«

Mit meinem Smartphone bewaffnet stehe ich vor dem weißen Seat. Mein Blick huscht von den örtlichen Straßenschildern zu Google Maps auf dem Handydisplay.

Die Weiterfahrt zur Nordküste und dem winzigen Städtchen Seixal ist reibungslos verlaufen. Bis jetzt. Denn *jetzt* stehe ich vollkommen ahnungslos an einer der engen und extrem kurvenreichen Serpentinen, die durch Weinberge und Obstplantagen führen, und suche eine Straße an einer Stelle, wo *keine* Straße ist. Vielmehr: Nicht mehr ist. Denn laut Navi sollte da eine sein. Also *war* dort eine. Irgendwann einmal. Aber eben jetzt nicht mehr.

Vor mich hin fluchend versuche ich, mir einen Überblick auf der digitalen Landkarte zu verschaffen. Dabei würde ich viel lieber den Ausblick auf das pittoreske Dorf, den dunklen Kiesstrand und die umwerfend schöne Natur der Nordküste Madeiras genießen. Im Gegensatz zur Südküste brennt hier die Sonne nicht so kräftig, das Land wird durch viele Wolkenbänder abgeschattet.

Ich bin so auf meine Wegsuche konzentriert, dass ich erst im letzten Augenblick mitbekomme, wie ein alter, hellblauer Ford Pick-up vor mir zum Stehen kommt. Auf dem rostigen Lack ist ein verblasster Schriftzug zu erkennen. Ist das etwa ein ausgemustertes Fahrzeug der Polícia Maritima?

Irritiert blicke ich zum Fahrer, der den Ellbogen aus dem Fenster hängen lässt und mich schief angrinst. Unverschämt schief.

»É a primeira vez que cá vens, menina?«

Ernsthaft? Fräulein? Aus welchem Jahrhundert stammt der Kerl? Und, nein, ich bin nicht zum ersten Mal hier. Außerdem: Seit wann sind wir eigentlich beim Du?

Aus zusammengekniffenen Augen mustere ich ihn und würde ihm am liebsten sein freches Grinsen aus dem Gesicht wischen.

»Não«, gebe ich einsilbig und ziemlich schnippisch zurück.

»O seu passaporte, faz favor! Tem alguma coisa a declarar?«, will er wissen und gluckst dabei. Er fragt nach meinem Pass und verzollbaren Waren. Soll das witzig sein? Findet *er* sich etwa witzig?

»Como?«, hake ich nach. Oder ist der Kerl etwa wirklich von der Polizei? Das Auto ... Nein, viel zu abgewrackt ... Außerdem trüge der Mann dann höchstwahrscheinlich eine Uniform. Dieser Typ hingegen ... Ich mustere ihn anhand dessen, was durch das heruntergelassene Autofenster erkennbar ist. Definitiv *keine* Uniform. Vielleicht in Zivil unterwegs?

Als er meinen prüfenden Blick registriert, fängt er schallend an zu lachen. Ich runzle die Stirn.

»Isso é uma graça.«

»O ja, das glaube ich aber auch, dass das ein Witz ist. Ein sehr schlechter sogar«, murmle ich.

»Ach, sag das doch gleich, dass du Englisch sprichst, Lady!«

Verdattert blinzle ich ihn an. Ich muss mich wohl verhört haben. »Wie bitte?«

»Na, dass du offensichtlich Amerikanerin bist.«

Ich schüttle den Kopf. Zumal das falsch ist, aber das ist im Moment egal. »Das meinte ich nicht«, fauche ich. »Haben Sie mich gerade wirklich *Lady* genannt? Wie alt sind Sie? Zwölf?«

»Woahwoah, Lady, immer mit der Ruhe!«

Abwehrend hebt er die Hände und steigt danach aus dem Wagen. Mit verschränkten Armen lehnt er sich gegen die geschlossene Fahrertür, ehe ich einen Schritt auf ihn zumache. Mitten auf der Straße. Na, zum Glück ist hier so wenig los.

»Hören Sie auf, mich Lady zu nennen!«

»Wie soll ich dich denn sonst nennen, Süße? Ich weiß schließlich nicht, wie du heißt.«

Spöttisch hebe ich eine meiner Augenbrauen.

»Das wäre jetzt der Zeitpunkt, in der du mir deinen Namen verrätst.«

Da kann er lange warten.

»Na schön, dann fange ich an. Hallo, fremde Lady, ich bin Asher.«

Asher? Ein Amerikaner? Einen portugiesischen Akzent hat er jedenfalls nicht.

»Und du?«

»Ich nicht«, antworte ich spitz, muss mir aber ein Lachen verkneifen.

»Touchdown!«, jubelt er und fängt an, schallend zu lachen.

Okay, *definitiv* Amerikaner!

»Sie sind ebenfalls nicht von hier, Mister?«

»Waren wir nicht schon bei unseren Namen?«

»Bei Ihrem schon. Bei meinem nicht.« Meine deutschen Wurzeln protestieren stillschweigend.

»Ist das Förmliche wirklich nötig?«, fragt er, erneut mit seinem unverschämt schiefen Grinsen auf den Lippen.

Er ist ansehnlich anzusehen. Wenn ich es mir genau überlege, sogar sehr attraktiv. Braune, verwuschelte Haare, die in alle Richtungen abstehen. Tiefgebräunte Haut und ein dichter Vollbart wie bei einem Holzfäller. Fehlt nur noch das passende Flanellhemd. Klischeehafter geht's wohl nicht mehr, Charlotte? Aber statt dem Flanellhemd trägt der Typ ein lindgrünes Pilotenhemd, dessen ersten beiden Knöpfe offen sind und damit den Blick auf seine muskulöse und gebräunte Brust freigeben. Seine Beine stecken in einer verboten tief auf der Hüfte sitzenden Jeans. Großartig.

Auf den ersten Blick hätte ich ihn für einen Portugiesen gehalten. Was auch sonst?

Was mich am meisten an ihm fasziniert, sind seine grünen Augen, die irgendwie denselben Farbton haben wie das Hemd, das er trägt. Gibt es solche Iriden überhaupt?

Als er sich räuspert, um meine Aufmerksamkeit zurückzuerlangen, spüre ich, wie mir die Hitze in die Wangen schießt. Ich habe ihn abgecheckt! Aber sowas von. So wissend, wie er mich angrinst, hat er das mitgekriegt. Und wie er das hat ...

O Gott, wie peinlich. Aber vermutlich ist er das eh gewohnt. Würde mich nicht wundern ...

»Okay, schön. Ungehobelter Schuft ...«, gebe ich mich geschlagen.

Er schnalzt lautstark mit der Zunge. »Ein Fortschritt in unter zwei Minuten. Wenn wir in dieser Geschwindigkeit weitermachen, landen wir heute Abend noch zusammen in der Kiste.«

Bitte?! »Was?«

»Ein Scherz!« Er lacht wieder. Ich nicht. »Herrgott nochmal, das war ein Scherz!«, betont er.

Ich setze mein bestes Resting-Bitch-Face auf. »Siehst du mich lachen?«

»Ich sehe dich auf alle Fälle nicht weinen. Wäre auch eine Schande bei diesen Augen. Sie sind wirklich traumhaft schön ...«

Ich quittiere seine kitschige Billiganmache mit einem theatralischen Augenrollen. Mit meinen *traumhaft schönen* Augen. Gruselig. »Gott, gibt es eigentlich irgendeine Frau, die du mit deinen billigen Sprüchen rumkriegst?«

»Ich weiß nicht, klappt es?« Er lässt spitzbübisch seine Brauen hüpfen.

Ich rolle mit den Augen. Der Kerl nervt. Ich stöhne auf und massiere mir angestrengt die Nasenwurzel. Tief durchatmen, Charlotte. Nicht ausrasten. Du willst nur nach São Vicente. Und vielleicht schaffst du das sogar mit der Hilfe dieses Trottels.

»Ich sehe schon, du bist nicht zu Scherzen aufgelegt.«

»Ach, tatsächlich, ja? Ist dir das aufgefallen?! Du bist ja ein ganz Schlauer.« Meine Stimme trieft vor Sarkasmus, mein Bitchy Face erreicht seinen Höhepunkt.

Also ignoriere ich seine Sprüche einfach und beschäftige mich wieder mit meinem Handy.

»Was hast du denn für ein Problem, unbekannte Lady?«

Der gibt wohl nie Ruhe.

Ich seufze und zeige abwechselnd von dem Navi im Auto zu den Schildern auf der gegenüberliegenden Straßenseite und zu meinem Telefon mit der geöffneten Google-Maps-App. Das mittlerweile schon wieder schwarz und gesperrt ist.

»Ich will eigentlich nach São Vicente, aber die Straße, die mir das Navi vorschlägt, gibt es nicht. Oder nicht mehr. Auf jeden Fall komme ich hier nicht weiter. Und die Wegweiser passen irgendwie nicht zu Google Maps.«

»Lass mal sehen.« Er tritt an meine Seite und späht auf das Display, das ich erneut entsperre. »Ach ja ...«, beginnt er. »Der Weg von deinem Navi war der hier auf der Karte. Aber die Straße wurde vor einem halben Jahr verlegt und ausgebaut, weshalb sie jetzt hier entlang geht.« Er zeigt auf eine nahezu transparente Linie in der App. »Die Navigationssoftware im Auto ist vermutlich nicht auf dem neuesten Stand. Und bei Google Maps ist die neue Route noch halb grau hinterlegt. Das müsste man mal melden.«

»Wäre besser ...«

»Du folgst jetzt einfach diesem Schild und danach kommst du wieder auf die VE2, die direkt nach São Vicente führt.«

Ich nicke und mein Blick folgt seinem ausgestreckten Zeigefinger. Ist im Endeffekt logisch, aber allein hätte ich etwas länger gebraucht, um mich zurechtzufinden.

Wobei ...

Durch Ashers alberne Witze habe ich ebenso wertvolle Zeit verloren.

»Dann vielen Dank. Den restlichen Weg schaffe ich allein.«

Nichts wie weg hier!

»Kein Thema, fremde Lady.«

Ich stöhne erneut auf. Sein Ernst?

»Verrätst du mir jetzt deinen Namen?«, fragt er abermals.

Der Kerl gibt wohl nie auf.

»Nope. Wie heißt es so schön? Kommt Zeit, kommt Rat. Und wer weiß, Asher mit dem hellblauen Pick-up, vielleicht begegnen wir uns irgendwann wieder.«

Er legt erneut sein schiefes – und zugegebenermaßen ziemlich beeindruckendes – Grinsen auf.

»Wir sind hier auf einer mickrigen Insel. Irgendwann *werden* wir uns wieder begegnen, fremde Lady!«

3. Kapitel: Aller Anfang ist ... aufregend

»Boa tarde e bem-vindo a São Vicente!« Ein junger Mann mit dichtem, schwarzem Haar und sonnengebräunter Haut tritt lächelnd hinter dem Empfangstresen hervor und bleibt mit gefalteten Händen vor mir stehen.

»Obrigada«, antworte ich dem portugiesischen Mitarbeiter des Weingutes freundlich. Ich bin vor ein paar Minuten angekommen und stehe jetzt in der großzügigen Eingangshalle mit dem Informationstresen.

»Chamo-me Leandro Ventura.«

»O meu nome é Charlotte Baumgartner. Muito prazer.«

»Ah, Senhora Charlotte Baumgartner! Ich finde es ebenfalls schön, Sie endlich begrüßen zu dürfen!« Er wechselt ins Englische und wir schütteln uns die Hand. »Hatten Sie eine angenehme Reise? Ist alles glatt verlaufen?«

»Sim. Alles wunderbar.«

Bis auf einen ziemlich nervtötenden, amerikanischen Touristen. Aber gut, war nicht so schlimm. Ein paar kindische Sprüche. Ansonsten war er harmlos.

»Das freut mich zu hören. Haben Sie Ihr Gepäck noch im Auto, Dona Charlotte?«

»Sim. Aber nennen Sie mich doch bitte einfach nur Charlotte.«

»Na boa! Dann bin ich aber Leandro.« Wir lächeln uns gegenseitig an und ich erkenne feine Lachfältchen, die sich dabei um seine dunkelbraunen Augen bilden. »Ich bin der COO von *Vinho Vicente* und werde mich um das Kerngeschäft kümmern und die Produktionsabläufe sowie die Ressourcen bei der Vinifikation überwachen. Außerdem bin ich gemeinsam mit Adelia Cruz für das Personal zuständig.«

Der stellvertretende Geschäftsführer also. Das bedeutet, er untersteht dem CEO.

»Dann werden wir in Zukunft sehr eng zusammenarbeiten«, stelle ich fest.

»Evidentemente!« Leandro winkt einen anderen Angestellten heran und beauftragt ihn, mein Gepäck in das für mich vorgesehene Appartement zu bringen. Die Wohnungssuche ist mir im Vorfeld zum Glück erspart geblieben. In dem Einstellungsgespräch per Videokonferenz hat mir Adelia Cruz mitgeteilt, dass für alle Mitarbeiter ein Gebäudekomplex mit möblierten Wohnungen gebaut wurde. Was ich recht praktisch finde und das Angebot, dort zu leben, bedenkenlos und gern angenommen habe.

»Willst du dich erst ein wenig ausruhen und etwas essen? Oder soll ich dir schon mal das Gelände von *Vinho Vicente* zeigen?«

Und wie ich das möchte! »Schlafen kann ich später noch genügend.« Ich zwinkere ihm zu. »Ich würde mir das Weingut sehr gern ansehen!«

»Dann komm mal mit.« Leandro lächelt und winkt mich hinter sich her. Zunächst zeigt er mir die verschiedenen Büros und anderen Mitarbeiterräume des Weinguts. Danach geht es weiter in den riesigen, kühlen Weinkeller, den Verkostungssaal, den Ausstellungsraum – eine Art Mini-Museum –, den kleinen Weinladen und die Investorenstube. Das ist ein gläserner Gebäudeteil, in dem zukünftig erlesene Weinfässer mit den Logos oder Namen der Investoren präsentiert werden sollen, zum Dank an die – hoffentlich – vielen Geldgeber. Zur Ansicht ist schon eine Reihe an Fässern aufgeschichtet, das Firmenzeichen von *Vinho Vicente* ist beispielhaft in ein paar Holzfässer eingebrannt.

»Das sieht spitze aus! Die Innenarchitekten haben sich wirklich viel Mühe gegeben. Alles ist perfekt aufeinander abgestimmt«, staune ich nach der Hausbesichtigung.

»Sim. *Vinho Vicente* hat mit dem Interior Design ein ausgezeichnetes Konzept ausgearbeitet. Das Ergebnis kann sich sehen lassen.«

Da hat Leandro recht. Ich hatte bisher lediglich Baupläne und eine Flurkarte gesehen. Jetzt kann man in jedem Winkel des Weingutes die Liebe zum Detail erkennen. Naturmaterialien kombiniert mit vielen Betonoberflächen und reichlich eingearbeitetes Glas. Die Verbindung mit Elementen aus dem Weinanbau, der Kellerei und alten Holzfässern rundet das moderne Konzept harmonisch und gelungen ab. Den Räumen wurde Platz gegeben. Nichts wirkt gedrungen oder gestopft.

»Dann zeige ich dir jetzt noch einen kleinen Teil der Außenanlage. Unsere Rebfläche umfasst zwanzig Hektar. Da fährst du am besten in den nächsten Tagen mit dem Chef persönlich herum und siehst dir alles genau an.«

Wir gehen einen geschotterten Fußweg entlang, der in einem Halbkreis um das Hauptgebäude angelegt ist. Nachdem wir am Ende unseres kleinen Spaziergangs angelangt sind, befinden wir uns im Weingarten, einer weitläufigen Terrasse mit Blick auf die malerisch schöne und hügelige Landschaft und den Ort São Vicente. Weit und breit grünbewachsene Berge und dunkle Wälder. Trotz des teils bewölkten Himmels schirme ich meine Augen mit der Hand ab und erkenne am Ende der Talschneise den blauschimmernden Ozean.

»Wow!«, entfährt es mir.

»Es ist ein überwältigender Ausblick, oder?«

»Das ist es. Die Gäste und Kunden werden es lieben.«

»Sim. Davon gehe ich aus, Charlotte.«

Ich drehe mich zu Leandro und stelle fest, dass er mich beobachtet. »Ich habe mich tierisch darüber gefreut, dass das mit der Vertriebs- und Marketingstelle bei euch geklappt hat«, gebe ich breit lächelnd zu.

»Wir sind auch froh, dass wir dich für unser Team gewinnen konnten. Durch deine Vorkenntnisse und dein Studium stellst du eine Bereicherung für uns dar.«

Ich spüre eine leichte Hitze in mir aufsteigen.

Oh, wow, wenn er weiter mit Komplimenten um sich wirft, mache ich bald einer Tomate Konkurrenz.

»Muito amável, obrigada«, bedanke ich mich deshalb für seine netten Worte.

Allerdings hätte ich diese Zusatzausbildung kaum absolviert, wenn ich nicht ursprünglich–

Ach, egal ...

Leandro sieht mich fragend an. »Alles okay bei dir?«

Keine Ahnung. Vielleicht? Irgendwie ja? Ich denke schon.

Statt zu antworten, presse ich nur die Lippen aufeinander und nicke gequält.

Ich bin nicht bereit, über meine Vergangenheit zu reden. Nicht jetzt. Möglicherweise nie mehr. Ich habe Kalifornien und damit Potter Valley hinter mir gelassen. Selbst wenn das bedeutet, dass ich von vorn beginnen muss. Und nicht den bis ins kleinste Detail ausgearbeiteten ursprünglichen Lebensplan durchlaufe. Mit Raphael.

Es stimmt schon. Mein englischsprachiges Betriebswirtschaftsstudium von der renommierten Rheinischen Friedrich-Wilhelms-Universität Bonn, die Zusatzausbildung zur Sommelière sowie die langjährige Tätigkeit in der Firma von Raphaels Eltern in Kalifornien sind absolut vorteilhaft für die ausgeschriebene Stelle bei *Vinho Vicente.* Trotzdem habe ich Bammel. Wer hätte das nicht? Ich beginne hier ein völlig neues Leben. Zwar auf einer Insel, die ich von unzähligen Familienurlauben wie meine eigene Westentasche kenne, und mit einem stattlichen Budget aus dem Millionenerbe meiner Eltern. Allerdings ohne eine bekannte Seele. Mit einer Sprache, die ich nur noch rudimentär spreche. Aber wie heißt es im Weinbusiness so schön? Die Leber wächst mit ihren Aufgaben. Und ich werde als neue Vertriebs- und Marketingleiterin bei *Vinho Vicente* Großes vollbringen!

4. Kapitel: Blut ist dicker als Wein

Nach einem kurzen Müslifrühstück in meinem Appartement finde ich mich am nächsten Morgen im Konferenzsaal von *Vinho Vicente* ein. Nachdem sich Leandro gestern von mir verabschiedet hat, habe ich meine Koffer ausgepackt und ein paar Kleinigkeiten und Lebensmittel im örtlichen Supermarkt besorgt. Danach bin ich hundemüde in das weiche Bett gefallen.

Jetzt sitze ich auf einem der Konferenzstühle und lasse einen Bleistift in meiner Hand kreisen. Dazu wippt mein rechtes Bein unruhig. Zapple ich? Ich zapple ...

Falls mich jemand fragt, ob ich nervös bin. Was? Nein. Nie und nimmer. Nein! Nein. Na ja, vielleicht ein kleines bisschen? Okay, ich bin ultranervös. Sagt man das so? Gibt es einen Superlativ für nervös? Nervös, nervöser ... okay, definitiv ultranervös.

Immer mehr Menschen betreten den Raum. Leandro stößt ebenfalls hinzu. Er entdeckt mich und winkt mir lächelnd zu. Ich winke zurück. Wenigstens eine Person, die ich schon kenne.

Nach ein paar Minuten sieht sich Leandro um und eröffnet die Teambesprechung.

»Bom dia! Olá zusammen! Ich freue mich, euch alle begrüßen zu dürfen. Da wir nahezu vollzählig sind, schlage ich vor, wir fangen an.«

Zustimmendes Gemurmel erfüllt den Raum und alle nehmen Platz, ehe Leandro weiterspricht: »*Vinho Vicente* begrüßt euch alle recht herzlich hier im schönen São Vicente. Ich hoffe, die Neuankömmlinge leben sich schnell ein.« Mit diesen Worten blickt er in meine Richtung und zwinkert mir zu.

Flirtet er etwa?

»Da ihr alle das Hauptgebäude bereits besichtigt habt, erspare ich uns eine weitere Führung durch die Räumlichkeiten. Mit unserem CEO solltet ihr jedoch das gesamte Gelände und die einzelnen Weinhänge mit ihren Rebsorten besuchen. Wir bauen hier fünf verschiedene Rebsorten für den aus Portugal bekannten Vinho Verde an: Alvarinho und Loureiro für die weiße Variante, Espadeiro für den Roséwein und Azal Tinto und Rabo de Ovelha für den Rotwein. Außerdem planen wir langfristig, Madeirawein ins Programm zu nehmen. Da der Wein aber nach der Canteiro-Wärmebehandlung erst einige Jahre in Eichenholzfässern reift, bevor wir ihn verkaufen können, müssen wir das hintenanstellen.«

»Existieren denn die Weinstöcke schon?«, fragt einer.

»Gute Frage.« Leandro nickt ihm anerkennend zu. »Sim. Die Rebstöcke gibt es bereits seit einigen Jahrzehnten und gehörten einer alteingesessenen Familie. Da keine Erben vorhanden waren, hat die Familie verkauft. Wir haben das beste Angebot abgegeben. So können wir unser bestehendes Sortiment aus kalifornischen Weinen erweitern und den Vinho Verde sogar in die USA exportieren.«

Auf einmal wird die Tür zum Konferenzraum schwungvoll aufgerissen und ein weiterer Mann stößt zu uns. Ich muss gleich zweimal hinsehen. Und. Traue. Meinen. Augen. Kaum.

»Desculpa! Entschuldigt bitte die Verspätung!«

O Gott ...

Das darf doch nicht wahr sein!

Ausgerechnet er?

Der Holzfäller-Verschnitt aus Seixal? Was tut er hier? In seinem Businessoutfit und ... frisch rasiert.

Ich stöhne lautlos auf und lasse mich tief in meinen Sitz sinken. Ohne den dichten Vollbart hätte ich ihn fast nicht erkannt.

Leandro sagt irgendetwas und lauter Applaus ertönt, doch ich bin zu abgelenkt. Wie in Trance stimme ich in den Beifall mit ein. Ohne zu wissen, warum ich überhaupt klatsche. Nichts dringt zu mir durch. Viel zu geschockt bin ich über ... äh ... Ashers Auftauchen. Himmel, ja, ich habe mir seinen Namen gemerkt. Meine Gedanken kreisen um unser gestriges Kennenlernen. Habe ich irgendetwas übersehen? Wer ist der Kerl?

Mit Karacho werde ich in die Realität zurückkatapultiert, weil Asher seine Stimme erhebt: »Olá zusammen! Es freut mich, eure Bekanntschaft zu machen. Ich bin Asher.« Überraschung. »Einige von euch kennen mich schon. Um uns besser kennenzulernen, wäre es schön, wenn wir kurz all eure Namen durchgehen.«

Er sucht den Augenkontakt zum Publikum und sieht nacheinander alle Kollegen an, während sie sich vorstellen und ihre jeweilige Firmentätigkeit nennen.

Als ich dran bin, legt er den Kopf leicht schief. Auf der Stelle setze ich mich aufrechter hin. Ein amüsiertes Lächeln umspielt seinen rechten Mundwinkel. Sein schiefes Grinsen. Sein *verboten* attraktives, schiefes Grinsen. Ein schelmisches Funkeln liegt in seinen Augen.

Ich kann die Anziehung zwischen uns förmlich spüren. Und das, obwohl er einige Meter entfernt von mir steht. Das Herz klopft mir schlagartig bis zum Hals. In meinem Bauch kribbelt es. Wie kleine Kolibris, die aufgeregt flattern.

Wieso bringt er mich so aus der Fassung? Liegt es an seinem unverschämt guten Aussehen? An seinem durchdringenden Blick? Oder dem lächerlichen, aber rückblickend betrachtet dennoch witzigen Gespräch, das mir seit gestern im Kopf herumschwirrt?

Mein Fuß beginnt erneut, zittrig zu wippen. Verlegen beiße ich mir auf die Unterlippe, Asher bemerkt das sofort. Sein Blick fällt zu meinem Mund und verschleiert sich augenblicklich. Ich schlucke nervös, denn in seinen Augen schimmert jetzt etwas Dunkles.

»Und du?« Er sieht mich mit einer ungeheuren Intensität an.

Ich blinzle. Und löse mich damit aus der Schockstarre, die mir sofort das Bild von dem Kaninchen vor der Schlange in den Kopf schießen lässt. Aber wer von uns beiden ist jetzt das Kaninchen?

Ich räuspere mich. »Hmm?«

»Wie heißt du?«, fragt er mit so sanfter Stimme, dass ich erröte.

Wo ist der freche Womanizer von gestern abgeblieben?

Leandro hüstelt und ich zucke zusammen. »Das ist Charlotte Baumgartner, unsere Marketing- und Vertriebsmanagerin«, erklärt er und sieht Asher dabei fragend von der Seite an.

Richtig, das bin ich, die CCO. Da staunst du, was, Asher?

Ashers Blick ist weiterhin auf mich gerichtet. Seine Mundwinkel deuten ein Lächeln an, er mustert mich offenkundig. »Charlotte, also?«

Ich nicke. Unfähig, nur einen einzigen Ton herauszubringen. Mein. Gesicht. Glüht.

»Nett, dich kennenzulernen, *Charlotte.*« Er spricht meinen Namen so sinnlich aus, dass ich mich unter seinem durchdringenden Blick winde.

»Ebenso«, krächze ich. »Ich freue mich auf die Möglichkeit dieser neuen Herausforderung. Vielen Dank, dass mir *Vinho Vicente* diese Chance einräumt.«

Geht doch! Dabei klinge ich um einiges selbstbewusster, als ich mich fühle. Meine Hormone spielen verrückt. Wie bei einer verliebten Vierzehnjährigen. Reiß dich zusammen, Charlotte!

»Dabei gibt es Menschen, die behaupten, ich sei ein *ungehobelter Schuft.*«

O nein ...

Wieso muss er mich ausgerechnet mit meinen eigenen Worten aufziehen? Gibt es irgendein Loch, in dem ich versinken kann? Am liebsten würde ich mir die Hände vor das Gesicht schlagen. Aber, nichts da! Der Kerl will mich nur aus der Reserve locken ... Darauf lasse ich mich erst gar nicht ein.

Ich hebe beide Augenbrauen. »Ist das so?«

Er grinst mich an. »Sag du es mir, *Charlie.*«

Hey! Wer hat ihm erlaubt, mir einen Spitznamen zu verpassen?

Argh! Glasklar: Asher. Denn Asher Wer-auch-immer braucht keine Erlaubnis, er erteilt sie sich selbst.

»Wir werden sehen, *Mister* …« Mit einem gekünstelten Lächeln hebe ich das Kinn.

Er lacht leise, fährt sich mit der Hand über die rasierten Wangen und richtet seine Aufmerksamkeit auf die restlichen Mitarbeiter rechts von mir.

Ich atme erst einmal tief durch. Habe ich etwa die Luft angehalten?

Ab dieser Sekunde bekomme ich erneut nichts mehr mit, sondern muss mich darauf konzentrieren, Puls und Atmung wieder unter Kontrolle zu bringen. Was zur Hölle ist nur los mit mir? Solch heftige Gefühlsregungen hat nicht einmal mein Ex-Verlobter Raphael bei mir hervorgerufen.

Als Leandro wieder das Wort übernimmt, habe ich mich halbwegs beruhigt und bin gefasster. Den Bleistift drehe ich dennoch zwischen meinen Händen hin und her. Meinen Fuß zwinge ich zum Stillstand.

Ich kann es immer noch nicht fassen. Dieser unverschämte Asher. Hier?!

Kann es eigentlich noch schlimmer werden?

»Es gibt eine organisatorische Umstrukturierung.«

Ich horche auf.

»Zunächst einmal benennen wir unser Weingut um.«

Ich nehme einen Schluck Wasser aus dem Glas vor mir. Keine drei Sekunden später werde ich eines Besseren belehrt: Es *kann* noch schlimmer kommen.

»Um das Corporate Identity zu vereinheitlichen, sind wir ab sofort nicht mehr *Vinho Vicente*, sondern *Vinho Monteiro da Madeira*, kurz *Vinho Monteiro*. Vielleicht haben Sie schon von uns gehört? *Monteiro Winery* aus Napa Valley, Kalifornien, steckt hinter unserer Marke.«

Ich verschlucke mich und huste.

Bitte was?

Vinho Vicente ist eine Tochtergesellschaft von *Monteiro Winery*? Ich spüre regelrecht die kleinen Zahnrädchen in meinem Kopf, wie sie angestrengt eins und eins zusammenzählen. *Monteiro Winery* ... die bekannterweise portugiesische Wurzeln haben ... Damn – what?!

»Zu dieser Änderung haben wir, das heißt, meine Familie und ich, uns erst vor Kurzem entschlossen. Da unser Unternehmen hier auf der Insel noch jung ist, erhoffen wir uns mit der Umbenennung und Offenlegung der Verbindungen zu *Monteiro Winery* Synergieeffekte«, erklärt Asher.

Völlig verdattert und mit offenem Mund starre ich zu ihm. Versuche, das Gehörte zu verarbeiten.

Bis eben bin ich der festen Überzeugung gewesen, dass es sich bei *Vinho Vicente* – pardon, *Vinho Monteiro* – um ein regionales Unternehmen handelt. Mit keinem Wort wurde beim Vorstellungsgespräch erwähnt, dass Berührungspunkte mit *Monteiro Winery* aus Kalifornien bestehen. Diese Neuigkeit ist noch nicht einmal bis zu den Fachkreisen durchgesickert. Ich weiß, von was ich spreche. Wenn sogar die eigenen Eltern beruflich im Weingeschäft tätig gewesen sind, ist einem bekannt, in welchem Loch man graben muss, um an bestimmte Informationen zu gelangen. Aber dass das neu gegründete, angebliche madeiranische Weingut mit

Monteiro Winery zusammenhängt? Nichts. Nada. Niente. Absolut gar nichts. Warum denn nicht, zum Geier?

Und dann ist meine neue Stelle ausgerechnet bei einem der Konkurrenten von *Grizzly Bear Vineyards*? Benannt nach dem Nationaltier Kaliforniens. Bei mir besser bekannt als die Firma der Familie Johnson. Raphael Johnsons Familie. Der Familie meines Ex-Verlobten.

Was für ein bescheuerter Zufall.

»Des Weiteren gibt es eine personelle Änderung, die sich ebenfalls erst in den vergangenen Tagen ergeben hat«, fährt Leandro fort.

Himmel, was kommt denn noch?

»Als CEO von *Vinho Monteiro* auf Madeira werden wir Senhor Asher Monteiro einsetzen, statt wie ursprünglich geplant Senhor Lionel Monteiro, seinen Vater. Ashers Bruder Jaiden wird dann in Zukunft die Werke in Napa Valley übernehmen.«

Moment, was?

Nein! Neinneinnein!

Wie habe ich nur diesen essentiellen Gesprächsteil versäumen können?

5. Kapitel: Das Herz wächst mit seinen Herausforderungen

»,Wollen Sie das Erstpasswort ändern?' Ja, will ich ...«

Seit einer halben Stunde sitze ich in meinem lichtdurchfluteten Büro. Das ganze Team hat den Auftrag erhalten, sich mit den benutzerspezifischen Zugangsdaten Zugriff zum System zu verschaffen und sich mit der Benutzeroberfläche und den verschiedenen Hardwaregeräten vertraut zu machen.

Ich tippe ins obere Kästchen der Login-Eingabemaske ein neues Passwort ein und bestätige es im unteren Feld.

»,Das angelegte Passwort stimmt nicht mit dem Kontrollfeld überein.' Zum Teufel, nicht schon wieder!«

Wieso passiert das einfach jedes Mal?!

»Tsts ... Für so eine hübsche Lady ziemt es sich nicht, zu fluchen wie ein Seemann.«

Erschrocken zucke ich zusammen und hebe meinen Kopf von dem iPad. Asher steht mit verschränkten Armen in der offenen Tür, an den Türstock gelehnt, das eine Bein leicht angewinkelt und mustert mich belustigt.

»Sie«, gebe ich stoisch von mir.

»Ja, ich.« Er kommt näher und bleibt vor meinem Schreibtisch stehen, die Hände tief in der *perfekt* sitzenden Anzugshose vergraben. War ja nicht anders zu erwarten.

Dabei steigt mir ein sandelholzig-ledriger Duft in die Nase. *Sein* Duft. Wow! So herb. Und männlich. Passt absolut perfekt zu ihm.

Erde an Charlotte: Konzentriere dich!

»So schnell sieht man sich wieder, Charlotte.«

»Nicht Charlie? Wo bleiben nur Ihre Manieren?«

Asher lacht leise und streicht sich über das Kinn.

»Dein freches Mundwerk amüsiert mich, Baumgartner. Aber wir waren längst beim Du.«

Und täglich grüßt das Murmeltier. Ich seufze. Na schön.

»Vielleicht kannst *du* dir ja ein bisschen was bei mir abschauen. Wir wollen doch nicht, dass die *Ladys* alle in Ohnmacht fallen bei deiner hingebungsvollen Art, einem Wesen des anderen Geschlechts den Hof zu machen«, erwidere ich trocken.

Er legt den Kopf in den Nacken und fängt an, schallend zu lachen. Wenn er das tut, gluckst er ab und zu. Wie gestern. Irgendwie ja niedlich. Für so einen *harten* Kerl.

»Du zitierst Simone de Beauvoir? Nicht schlecht. Du bist witzig, Baumgartner. Und smart noch dazu. Das gefällt mir.«

Wow, der legt ja ein Tempo vor.

»Ach, tatsächlich? Wie kommst du darauf, dass ich smart bin?« Dabei lege ich den Kopf schief, klimpere übertrieben mit den Wimpern und wickle eine meiner langen, rotblonden Strähnen mehrmals um den Zeigefinger. Miss-Ich-habe-einen-IQ-unter-fünfundachtzig lässt grüßen.

»Charlotte Baumgartner, du bringst mich noch um den Verstand.«

»Ich würde dich lieber um die Ecke bringen …«, murmle ich und rolle dabei mit den Augen. Muss mir aber trotzdem ein Lachen verkneifen. Unser kleiner Schlagabtausch hat was.

»Wie bitte?!« Asher verzieht das Gesicht und prustet los.

»Hmm? Ach, nichts.«

Ich lehne mich in meinem Schreibtischstuhl zurück, verschränke die Arme und schlage die Beine übereinander. Und sehe ihn abwartend an. »Kann ich irgendetwas für dich tun?«, frage ich ungeduldig. Mein oberes Bein wippt schon wieder.

»Ja und nein. Ich wollte fragen, ob du mit allem zurechtkommst. Außerdem würde ich mit dir gerne einen Termin für die Weinbergbesichtigung vereinbaren.«

»Ich bin hier seit einer …« Ich schiele kurz auf meine Armbanduhr. »… *halben Stunde*. Ich habe es zwar noch nicht geschafft, mich ins System einzuloggen. Aber, ja, grundsätzlich komme ich zurecht. Vielen Dank der Nachfrage. Zum zweiten: Ich schicke dir einen Terminvorschlag über Outlook. Sonst noch was?«

Irritiert hebt er die Augenbrauen und legt die Stirn in tiefe Falten. »Versuchst du, mich loszuwerden?«

Ich setze gerade zu einer schnippischen Antwort an – ich muss ihn dringend auf Abstand halten –, da höre ich von der Tür ein »Olá, Charlotte« und sehe, wie Leandro mein Büro betritt. Den Blick hat er auf das Tablet in seinen Händen gesenkt, ehe er hochsieht und abrupt stehenbleibt.

»Desculpa! Ich wollte nicht stören.«

»Du störst nicht!«, entgegne ich lächelnd, während Asher erwidert: »Kannst du später wiederkommen?«

Ich verdrehe die Augen. Schon wieder.

Das kann ja echt heiter werden.

»Como? Wie jetzt?« Leandro ist sichtlich verwirrt, kommt aber trotzdem ein paar Schritte näher.

»Que baboseira! Está bem.« Quatsch, das ist schon okay. Ich lächle ihn besänftigend an und auf seiner Miene macht sich Erleichterung breit. Der arme Kerl. »Was kann ich für dich tun, Leandro?«, frage ich freundlich.

Leandro lächelt und entspannt sich sichtlich. »Darf ich dich um einen Gefallen bitten?«

»Sim.«

»Darf ich dir die Terminliste für das Mitarbeitershooting geben, faz favor? Du weißt schon, für die Homepage. Es soll jeder Angestellter abgelichtet werden und bekommt deshalb ein kleines Zeitfenster beim Fotografen.«

»Jeder?«

»Sim.«

»Wirklich *jeder*?«

Leandro legt den Kopf schief und sieht mich fragend an. »Was meinst du?«

»Na, du sprichst von der Belegschaft der Führungsebene, oder nicht?«

»Claro. Und von allen anderen Mitarbeitern. Winzer, Weinlaboranten, Sommeliers, Weinkäufer. Praktisch alle, die auf dem Gelände arbeiten und zu *Vinho Monteiro* gehören.«

»Oh ... wow.« Das habe ich nicht erwartet.

»Stört dich das?«, will Asher wissen.

»Nein, nein, um Gottes willen! Versteht mich bitte nicht falsch. Ich finde das absolut spitze, ehrlich. Allerdings finde ich es ungewöhnlich für eine Tochtergesellschaft eines Betriebes wie *Monteiro Winery*. Jedenfalls für amerikanische Verhältnisse. So kenne ich das nicht. Das ist alles.«

Asher runzelt die Stirn. »Wir sind ein großer, angesehener Bienenstock«, erklärt er. »Und da ist nicht nur die Bienenkönigin wichtig, sondern auch jede einzelne Drohne oder Arbeiterbiene. Sei es die Baubiene, die Honigbereiterin oder die Sammlerin. Jede trägt mit ihren Fähigkeiten und Kompetenzen zum Bienenvolk bei und ist Teil des großen Ganzen. Und da ist es scheißegal – verzeiht bitte meinen Ausdruck –, welche hierarchische Position diese Biene im Stock einnimmt. Sie gehört dazu und repräsentiert den Bienenstaat ebenso wie ihre Königin.«

Erstaunt hebe ich eine Augenbraue. So sieht er *Vinho Monteiro*? Ich habe alles erwartet. Nur nicht ... das.

»Interessante und nette Analogie, die du da aufstellst. Äußerst metaphorisch.« Und das meine ich ernst. Anerkennend nicke ich.

»War das etwa ein Kompliment von Charlotte Baumgartner?«

»Bilde dir bloß nichts drauf ein«, gebe ich stichelnd zurück. Wäre ja noch schöner. Wenn er wüsste ...

»Aus diesem Grund ist es uns wichtig, uns in São Vicente gut zu integrieren und zu vernetzen, Einheimischen und Zuwanderern eine Arbeit anzubieten und alle Beschäftigten fair und angemessen zu entlohnen. Die Produkte von *Vinho Monteiro* und *Monteiro Winery* sind nur so gut wie die Menschen dahinter.«

In meinem Büro ist es still geworden. Selbst die Bürogeräusche und das Stimmengewirr draußen haben aufgehört.

Ich bin von Ashers Einstellung zur Firma beeindruckt – obwohl mir Teile davon längst aus dem Einstellungsgespräch bekannt sind. Immerhin war das Leitbild einer der Gründe, die Stelle letzten Endes anzunehmen. Obwohl mir damals nicht bekannt war, wer hinter der ursprünglichen Marke steckt. Asher steht vollkommen hinter dem Konzern. Das strahlt er mit jeder Pore seiner Persönlichkeit aus. Das finde ich lobenswert. Es gibt nichts Schlimmeres als einen Chef, dessen Haltung und Werte im Gegensatz zu den Einstellungen des Betriebs stehen.

Und dennoch ...

»Vielen Dank für den Crashkurs in Unternehmensphilosophie. Wo kann ich mich für die Fortbildung eintragen?«, necke ich ihn. Ich muss mir auf die Zunge beißen, um nicht zu grinsen. Oder zu lachen.

Asher kneift seine unergründlich grünen Augen eng zusammen und fixiert mich. »Machst du dich über mich lustig?«

»Ich? Niemals. Wie könnte ich!«, sage ich trocken.

»Ich denke, Lady Baumgartner benötigt jemanden, der sie gehörig in ihre Schranken weist.«

Sein Ernst?

»Versuchst du etwa, mich zu kontrollieren, Monteiro?«

Asher kommt näher, beugt sich nach vorn und stützt seine muskulösen Arme auf der Schreibtischplatte ab. Zum Glück sitze ich so weit weg wie möglich. Dennoch beschleunigt sich mein Puls durch seine unmittelbare Nähe. Sein herbes Aftershave benebelt meine Sinne.

»Oh, Lady Baumgartner, ich habe in meiner Welt alles unter Kontrolle. In jeder Hinsicht.«

Argh, dieses verflixte *Lady*!

Aber– Moment! Was genau will er mir eigentlich damit mitteilen?

Er will doch nicht etwa ...?

Nein.

Unmöglich.

Aber ich spüre, wie sich meine Wangen erhitzen. Schon wieder. Was macht dieser Kerl nur mit mir?

Leandro räuspert sich lautstark und bringt damit zum Ausdruck, dass er sich immer noch im Raum befindet. *Mit uns.* Ich habe ihn völlig vergessen.

Asher scheint es ähnlich zu gehen, denn abrupt richtet er sich auf und zupft sich sein dunkelblaues Jackett und die weißen Manschetten an den Ärmeln zurecht.

»Ich störe euer Geplänkel nur ungern, aber könntest du dir einen Termin für den Fotoshoot aussuchen, faz favor, Charlotte? Dann kann ich hier weitermachen.« Ein verlegenes Lächeln legt sich auf seine Lippen und er hält mir auffordernd sein iPad hin.

Ich lächle ihn an und nehme das Tablet entgegen. »Na boa! Sicher doch. Obrigada.« Er ist wirklich ein lieber Kerl.

»Não tem de quê.« Gern geschehen. Leandro lächelt zurück.

Nachdem ich ein paar Minuten später meinen Wunschtermin eingetragen habe und die beiden das Büro verlassen haben, atme ich erst einmal tief durch. Endlich kann ich mich wieder der Passworteingabe widmen. Wurde auch Zeit.

Ein paar Stunden später, nachdem ich mich durch die Monteiro-Benutzeroberfläche geklickt, Organigramme, Stellenpläne und die langfristige Unternehmensplanung gesichtet und erste Ideen für ein Marketingkonzept auf einem digitalen Moodboard festgehalten habe, mache ich mich auf den Weg in die Kaffeeküche. Ich brauche dringend etwas Koffein. Noch dazu schnappe ich mir eine Dose Coke Zero sowie ein Pastel de Nata, ein portugiesisches Pudding-Törtchen, aus dem Snackkühlschrank für die Mitarbeiter. Ich liebe diese süßen Teilchen!

Ich stelle mir gerade einen Kaffeebecher unter den Auslauf des Vollautomaten, da kommt eine Frau herein. Sie registriert mich nicht, weil sie in ihr Smartphone vertieft ist, das in einem Crossbody-Phone-Case klemmt. Sie hat ihre langen, schwarzen, zu Braids geflochtenen Haare am Hinterkopf zu einem hohen Pferdeschwanz gebunden und trägt auffällige Ohrringe. Das senfgelbe und orangefarbene Muster ihres Jumpsuits harmoniert perfekt mit ihrem dunklen Hautton. Sie ist wunderschön. Im Gegensatz zu ihr wirkt mein beigefarbenes Leinen-Sommerkleid – eines meiner klassischen Business-Outfits für wärmere Tage – plump und konservativ.

»Hi!«, begrüße ich sie.

Sie bleibt stehen, sieht von ihrem Handy auf und lächelt mich an.

»Hey!«, gibt sie zurück und tritt an mich heran. »Du musst Charlotte sein, richtig?« Das Telefon baumelt jetzt an der langen Kette an ihrer Seite.

»Ja, genau!«, staune ich. »Freut mich, dich kennenzulernen, äh …?«

Sie lacht auf. »Ich bin Ava Hudson.« Sie zieht mich in eine herzliche Umarmung. »Ich bin die Social-Media-Managerin und kümmere mich um X, Instagram, TikTok und unseren Webauftritt.« Sie grinst mich an und entblößt damit eine Reihe gerader und schneeweißer Zähne. »Du bist gestern angekommen, richtig?«

»Du etwa nicht?«

Ava schüttelt den Kopf. »Nope. Asher hat mich und ein paar andere Mitarbeiter aus Napa mit hierher genommen und übernommen. Schon vor ein paar Wochen. Somit kenne ich schon ein paar Leute aus dem Team. Jaiden, Ashers Bruder, hat dann meine Stelle in den USA neu besetzt. Kam aber am Ende alles anders, als es im Vorfeld geplant war.« Sie zuckt lässig mit den Schultern.

»Wow, das ist doch klasse, oder?«

»Jap, ist es!« Sie strahlt mich an. »So eine Chance bekommt man nur einmal im Leben. Und ich meine, hallo? Sonne, Meer und gutes Essen. Was will man mehr?!«

»Das ist mein Girlie!«, juble ich und halte ihr die Hand zum High Five hin.

Sie schlägt ein und wir lachen beide. Wir verstehen uns auf Anhieb.

»Wollen wir unsere Handynummern austauschen?«

6. Kapitel: Ein Kolibri macht noch keine Liebe

Langsam gewöhne ich mich ein und entwickle eine gewisse Routine. Meine neuen Aufgaben machen mir Spaß und fordern mich heraus. Zumal ich ein hohes Maß an Eigenverantwortung genieße und dadurch vieles selbst entscheiden darf. Beim täglichen Pitch im Konferenzsaal mit der Führungsebene stelle ich meine vielen Ideen vor. Ich gestalte auf diese Weise direkt die Unternehmensentwicklung mit. Dabei schwebt mir ein allumfassendes Marketingkonzept vor, das zunächst einmal potentielle Kunden und Gäste anlocken soll. Vergangenheit trifft Gegenwart, Konservatismus trifft Moderne. Traditionen aus Madeira und dem Weinanbau vermischt mit der Familiengeschichte der Familie Monteiro, die ihre Wurzeln auf Madeira hat: geführte Weinbergwanderungen, Weinverkostungen, Winzerei-Besichtigungen, Weinseminare. Hinzu kommen spezielle Eröffnungsangebote, Weinproben am Wochenmarkt und ein großes Wein-Opening zur Eröffnung von *Vinho Monteiro* im September. Und dafür habe ich knappe drei Monate Zeit.

Gleichzeitig versuche ich, potentielle Neukunden zu akquirieren. Das bedeutet in erster Linie Telefondienst.

Ich klopfe dazu bei unserem bestehenden Kunden- und Lieferantenstamm in Napa Valley an und suche neue Geschäftspartner in der näheren Umgebung; Weinhändler, Restaurants, Hotels, hauptsächlich von der Nord- und Westküste Madeiras.

Parallel dazu veröffentlicht Ava meine Ideen und Angebote auf Social Media. Wir sind ein Dreamteam und verstehen uns bei der Arbeit blind.

Immer öfter verbringen Ava und ich auch unsere Freizeit miteinander. Trinken abends ein Gläschen Wein, gehen spazieren, bummeln durch São Vicente oder sitzen einfach nur zusammen, um zu quatschen. Ich mag ihre offene, ehrliche Art und sie hat einen grandiosen Humor. Oft genauso sarkastisch und trocken wie mein eigener. Sie ist mir in der kurzen Zeit, in der ich hier bin, schon zu einer richtig guten Freundin geworden. Mit ihr kann ich über alles reden, sie ist eine aufmerksame Zuhörerin und Beobachterin. Aus diesem Grund ist ihr nicht entgangen, wie die Funken zwischen Asher und mir sprühen und sich die Luft statisch auflädt, sobald wir uns zusammen in einem Raum aufhalten. Auf Dauer kann das nicht gut gehen.

Vor ein paar Tagen habe ich es sogar geschafft, mein Leihauto zurückzugeben und mir stattdessen einen eigenen Wagen zuzulegen. Nun bin ich stolze Besitzerin eines gebrauchten, cremefarbenen Fiats 500, den ich halbwegs kostengünstig erstand. Außerdem habe ich mir ein Zweithandy mit einer portugiesischen Nummer besorgt.

Jetzt ist es Freitagnachmittag, ich liege im Bikini auf einem der großen Felsbrocken am Wasser und lasse mir die Sonne auf den Bauch scheinen. Dazu bin ich nach Seixal in eine der Piscinas Naturais gefahren, für welche die Nordküste berühmt ist. Man kann dort mitten im Meer schwimmen, ist aber durch die hohen Felsen rundherum geschützt, die den natürlichen Brandungspool umgeben. Ich kenne die Meerwasserpools von den Urlauben mit meinen Eltern und war schon oft hier. Heute liebe ich diese raue Natur, als Kind hat mir das Bauen von Sandburgen gefehlt.

Ich richte mich ein wenig auf, stütze mich auf den Ellbogen ab und rücke meine Sonnenbrille zurecht. Die Juniwärme ist ein Segen für mein Wohlbefinden. Sogar die Sommersprossen auf Wangen und Nase haben sich schon verdoppelt. Ein angenehmer Seewind macht die hohen Sommertemperaturen erträglich.

Ein lautes Motorröhren am Parkplatz hinter mir erregt meine Aufmerksamkeit. Ich blicke über die Schulter und sehe einen alten Van, der in diesem Augenblick vorfährt. Der Wagen hält und es steigen einige Kinder und ein Mann aus. Ganz klar Portugiese. Mein Blick schweift an ihnen vorbei zu dem Fahrzeug, das gerade dahinter zum Stehen kommt. Ein hellblauer Ford Pickup älteren Kalibers. Oh, no ... Ist das etwa? Jap.

Denn da kommt er schon um das Auto und den Van herum. Asher. Natürlich Asher.

Ich drehe mich um und lege mich auf den Bauch, damit ich die Szenerie am Parkplatz besser beobachten kann. Gleichzeitig mache ich mich flach wie eine Flunder, um möglichst wenig Aufmerksamkeit zu erregen. Verstecke ich mich? Argh ... Ach, was. Na ja, vielleicht ein bisschen. Vielleicht ein ganz kleines bisschen.

Asher und sein portugiesischer Kumpan gehen zu der Ladefläche des Pick-ups und ziehen einige bunte

Schwimmhilfen hervor. Lustige Tiere und große Schwimmringe. Ich zähle acht Kinder, alle schätzungsweise zwischen drei und zwölf. Sie quietschen freudig, springen herum. Dann schnappen sie sich die mitgebrachten Schwimmutensilien samt Rucksäcken und flitzen in Richtung des Brandungspools. In. Meine. Richtung. Shit.

Ihr Begleiter ruft ihnen etwas nach, was ich durch die aufbrausende Windböe nicht verstehe. Daraufhin werden die Kinder zwar langsamer, können es aber definitiv kaum erwarten, endlich in das kühle Nass zu springen. Asher und der Portugiese kommen hinterher.

Noch hat Asher mich nicht entdeckt. Meine Performance als Flunder verdient einen Oscar. So kann ich ihn ungeniert weiter beobachten. Was mir sehr entgegenkommt. Zu oft hat er in den vergangenen Tagen versucht, meine Aufmerksamkeit zu erregen und mit mir zu flirten. Aber da beißt er bei mir auf Granit. Obwohl ... Je öfter und länger wir uns sehen, desto weicher werde ich. Außerdem amüsieren mich unsere Kabbeleien. Irgendwie.

In meiner unmittelbaren Nähe lassen beide Kerle ihre Sachen fallen, packen ihre Badetücher aus und der Portugiese wechselt seine Kleidung. Die Kinder stehen schon in Badehosen und Badeanzügen bereit und warten zappelnd auf ihre beiden Begleitpersonen. Ihre Mienen strahlen vor Freude und Verzückung.

Als der mir unbekannte Kerl fertig ist, sprintet er zu den Kindern, woraufhin diese jubeln und hüpfen. Das zaubert mir ein Lächeln ins Gesicht.

»Filipe!«, ruft Asher hinterher und wirft ihm einen Wasserball zu. Aha, Filipe also.

»Obrigado!«, bedankt sich dieser lachend und hüpft dann gemeinsam mit den hibbeligen Kiddies in den Meerpool. Es folgt lautes Quietschen und Lachen, Platschen von Wasser und vereinzelte Rufe von Filipe. Es macht Spaß, ihnen zuzusehen. Asher dagegen steht weiterhin da, hat die Hände in die Hüften gestemmt und beobachtet das Treiben im Wasser.

Warum ist er hier? Wer sind diese Kinder?

Als er sich das Shirt über den Kopf zieht und nur noch in seinen Badeshorts dasteht, muss ich schlucken und mich leise räuspern. Seine von der Sonne geküsste Haut schimmert im hellen Licht. Ich schiebe meine Sonnenbrille ein Stückchen nach unten und mustere ihn über den Rand des Gestells. Und wow. Oh, wow!

Obwohl ich seine Kehrseite nur aus einiger Entfernung zu sehen bekomme, kann ich das klar definierte Spiel seiner Rückenmuskeln haargenau erkennen. Am liebsten würde ich mit meinen Fingern über jede einzelne Erhebung und Vertiefung fahren. Als er sich etwas dreht und ich einen Blick auf seinen ausgeprägten Adonisgürtel erhasche, ziehe ich scharf die Luft ein. Herrgott nochmal, ist der Mann schön.

Ich stecke in verdammt großen Schwierigkeiten ...

Ich schiebe mir die Sonnenbrille wieder höher, schlucke angestrengt und ignoriere geflissentlich die kleinen flatternden Kolibris in meinem Bauch und den erhöhten Pulsschlag, der gegen meine Kehle hämmert. Ich will gerade den Kopf auf meine verschränkten Arme ablegen, da ...

»Wie lange willst du eigentlich noch dort liegen und mich anstarren, Baumgartner?«

Ich erstarre zur Salzsäule. Einer umgefallenen Salzsäule wohlgemerkt. Ich liege ja noch.

Ach, herrje.

Asher. Hat. Mich. Bemerkt. Mist. Etwa die ganze Zeit schon?

Ich kneife blitzschnell die Augen zusammen. Ich will gar nicht sehen, wie selbstzufrieden er jetzt grinst. Vorsichtig öffne ich erst das eine Lid, dann das andere.

Asher balanciert keinen Meter von mir entfernt auf einem Gesteinsbrocken und hat die Arme vor der muskulösen Brust verschränkt.

Ich muss meinen Kopf in den Nacken legen, um ihm ins Gesicht zu sehen. Fast bin ich geneigt, mich auf den Rücken zu drehen. Bevor mein Blick aber oben ankommt, sehe ich die Spur an feinen Härchen, die tief in seinen Badeshorts verschwindet. Und die ausgeprägten Vertiefungen seiner Bauchmuskeln.

Damn!

Asher lacht leise und sofort fliegt mein Blick zu seinen Augen, die mich spitzbübisch beobachten. Dabei hat er wieder sein schiefes Grinsen aufgelegt.

»Du starrst schon wieder, Baumgartner«, raunt er. »Wie in den letzten paar Minuten.«

Oh, nein! Das darf doch nicht wahr sein!

Bevor ich überhaupt nachdenken kann, was ich darauf antworten soll, ist mein Mund wieder einmal schneller als mein Gehirn: »Dann schwing deinen hübschen Hintern hierher und setz dich neben mich.«

Um meine Einladung zu unterstreichen – und vor allem, um zu überspielen, wie dämlich ich mir vorkomme –, setze ich mich auf und klopfe demonstrativ auf den Boden. Mein Kopf muss mittlerweile die Farbe einer überreifen Tomate angenommen haben. Am liebsten würde ich im Erdboden versinken.

Doch Asher kommt meiner Aufforderung nach. »Hübscher Hintern?« Seine Augenbrauen wandern nach oben, nachdem er sich gesetzt hat.

»Ach, halt doch die Klappe«, brumme ich, was er mit einem lauten Lachen quittiert und dabei den Kopf in den Nacken legt. Obwohl mich meine eigene ... äh ... Blödheit? Unbedarftheit? ... wurmt, schmunzle ich und beobachte ihn von der Seite.

»Du weißt, dass du fast jedes Mal gluckst, wenn du lachst?«, frage ich.

»Aber nur, wenn ich den Kopf nach hinten lege.«

»Das ist dir bewusst?«

»Klar!« Er grinst.

»Warum tust du es dann?« Ich bin irritiert.

»Weil es dir gefällt, Charlie«, sagt er mit gedämpfter Stimme. Dabei spricht er meinen Namen wieder so sanft aus, dass es mir die Härchen auf den Armen aufstellt und sich eine Gänsehaut über meinen ganzen Körper zieht. Asher bemerkt es natürlich sofort. »Frierst du?«

Ich schüttle den Kopf. »Nein.«

Er sieht mich für eine Weile an, sagt aber nichts. Dann blickt er hinaus auf das Meer. Er nimmt die im Wasser tobenden Kinder in Augenschein und sein Blick wird weicher. Er lächelt.

»Wer sind diese Kinder?«, flüstere ich nach einer Weile.

»Waisen. Aus dem Santa-Benedita-Waisenhaus in São Vicente.«

»Oh.«

»Filipe ist Sozialarbeiter und hilft dort oft aus. Wenn es zeitlich passt, macht er Ausflüge mit den Kleinen. Ich stelle mich manchmal als Begleitperson zur Verfügung«, erklärt Asher.

Ich blinzle. Wirklich? »Was ist mit ihren Eltern passiert?«

Er zuckt mit den Schultern. »Unterschiedlich. Manche haben ihre Eltern nie kennengelernt, andere durch Unfälle oder Krankheiten verloren.«

Mir steigen Tränen in die Augen. Ich spüre den Schmerz der Kinder förmlich. Fühle, wie es ihnen wohl gehen muss. Meine Eltern sind vor vier Jahren durch einen Autounfall ums Leben gekommen. Ein alkoholisierter Truckfahrer ist bei Rot über die Ampel gefahren. Direkt in den Wagen meiner Eltern. Sie waren sofort tot.

»Hey. Du weinst ja ...« Asher reißt die Augen auf und wischt eine Träne weg, die über meine Wange kullert.

»Schon okay«, schniefe ich. »Es geht schon wieder.« Ich setze ein gequältes Lächeln auf.

»Tut es nicht. Das kann ich sehen. Du musst deine Gefühle vor mir nicht verstecken, Charlotte.«

Das sagt er so leicht. Er weiß nicht, welchen Schmerz ich fühle. Immer fühlen werde.

»Siehst du das kleine Mädchen mit den braunen Zöpfen, das direkt neben Filipe auf dem Einhorn schwimmt?« Er deutet mit dem Kinn zum Brandungspool.

Ich bin dankbar für den Themenwechsel und nicke.

»Das ist Ana. Sie wurde als Säugling vor dem Waisenhaus abgelegt. Von der Mutter fehlte jede Spur.«

Ich beobachte das Mädchen, das vor Freude quiekt, da Filipe sie hochhebt und ins Wasser wirft.

»Siehst du, wie glücklich Ana aussieht? Ihr geht es im Waisenhaus gut. Es gibt dort Menschen, die sich um sie sorgen, sie beschützen und sie lieben. Es geht ihr dort bestimmt besser als bei einer Mutter, die sich nicht um ihr kleines Mädchen kümmern kann. Oder schlimmer: Nicht kümmern will. Aus welchem Grund auch immer.«

»Damit hast du vermutlich recht. Wie alt ist Ana jetzt?«, will ich wissen.

»Vier.« Er sieht mich an. »Magst du denn Kinder, Charlie?«

Kawumm. Die Frage überrumpelt mich. Und er weiß nicht, dass er mit dem Thema genau meinen wunden Punkt trifft.

»Ja«, krächze ich deshalb und muss angestrengt schlucken.

In diesem Moment stößt Filipe zu uns. Die Kinder sitzen jetzt auf ihren Badetüchern auf den Lava-Felsen und schwatzen aufgeregt miteinander.

»Olá, bom dia! Que tempo esplêndido!«, ruft er.

»Sim!«, antworten Asher und ich gleichzeitig. Das Wetter ist wirklich herrlich!

»Filipe, posso apresentar. Das ist Charlotte Baumgartner. Charlie, das ist Filipe Rosa.«

»Ah, muito prazer. Freut mich, dich kennenzulernen, Charlotte! Deutsche?«

»Sim. Moseltal, Rheinland-Pfalz.« Ich lächle ihn an.

»Alles klar mit den Kindern?«, fragt Asher.

»Claro. Wir machen eine kleine Pause. Die Kleinen sind unermüdlich heute.« Er bleibt höflicherweise im

Englischen. Er kann nicht wissen, dass ich das meiste eh verstehe.

»Warum seid ihr mit den Kindern eigentlich nicht nach Porto Moniz?«, frage ich. Immerhin ist die Stadt für ihre gut erschlossenen Felsbadebecken bekannt und lockt deshalb Scharen von Besuchern an, nicht zuletzt wegen der familienfreundlichen Anlagen.

Filipe schnaubt verächtlich. »Weil die dort spinnen«, antwortet er.

»Inwiefern?«

»Porto Moniz mag infrastrukturell hervorragend erschlossen sein, aber leider ist es mittlerweile touristisch überlaufen. Alles maßlos überteuert und du zahlst für alles. Für die Piscinas Naturais, die Parkplätze, selbst die Preise in den Lokalen sind teilweise fast doppelt so hoch wie anderswo.«

»Seixal ist um vieles ursprünglicher und schon allein deshalb günstiger«, ergänzt Asher. »Oder wie die hiesigen Brandungspools sogar kostenlos.«

Filipe nickt und sieht dann zu Asher. »Könntest du dann für die Kinder jeweils ein Eis am Stiel besorgen, faz favor?«

»Na klar!«

»Fixe! Warte, ich gebe dir das Geld.«

Asher winkt ab. »Lass mal. Diese Runde geht auf mich.«

Mit einem sanften Ausdruck in den Augen lächelt der Portugiese Asher an. »Obrigado.«

»De nada. Möchtest du mich begleiten, Charlie?«

»Klar!«

»Gut, dann gehe ich wieder zu den Knirpsen. Bevor ihnen irgendein Blödsinn einfällt.« Filipe winkt uns kurz zu, ehe er zur Gruppe zurückkehrt.

Asher und ich erheben uns von meinem Handtuch und schlendern an den mächtigen Felsen entlang zurück zum Eingang. Schweigend gehen wir von dort aus in Richtung einer kleinen Strandbar, die direkt an den Piscinas liegt. Man erkennt die weißen Coral-Sonnenschirme bei den Bistrotischen schon von Weitem. Unvermittelt bleibt Asher plötzlich stehen.

»Was ist?«, frage ich verwundert.

»Geh mit mir aus, Charlie.«

Ich lache auf. Wie bitte? Ist er jetzt völlig übergeschnappt? »Nein, auf gar keinen Fall!«

»Wieso nicht?«

»Weil ... Weil ... Weil du mein Chef bist.« Punkt. Das muss als Antwort genügen.

»Ja. Und?«

Ich ziehe spöttisch eine Augenbraue nach oben. Spinnt der?

»Von den Unternehmensrichtlinien spricht nichts dagegen. Solange wir unsere dreckige Wäsche zu Hause waschen und uns weiterhin auf die Arbeit konzentrieren. Außerdem bist du als CCO keine wirklich Untergebene von mir. Warum also nicht?«

Sein Ernst? »Nein«, widerspreche ich vehement.

»Wieso nicht?«

Ich werfe die Arme in die Luft. »Ach, keine Ahnung ... Ich halte das für keine gute Idee.« Seufzend sehe ich ihn an.

Er mustert mich wieder auf seine intensive Art, die mich bis ins Mark trifft. Es liegt ein Knistern zwischen uns, das nicht in Worte zu fassen ist.

»Wieso machst du es mir so schwer, mit dir zu flirten, Charlie?«

»Na, wenn ich es dir leichtmachen würde, würdest du nicht mehr flirten.«

Oh, shit.

Da war mein Mund wieder schneller als mein Verstand.

»Das hätte ich nicht sagen sollen«, murmle ich und blicke geradewegs in Ashers grüne Augen, in denen jetzt etwas Dunkles liegt. Voller Verlangen.

Ich schlucke nervös, weil Asher mit einer unendlichen Langsamkeit näherkommt und sich zu mir herabbeugt. Ich schließe die Augen, da seine Nasenspitze direkt vor meiner ist. Und keine Sekunde später liegen seine weichen Lippen auf meinen und liebkosen sie. Ich erwidere den Kuss und ein leises Stöhnen dringt aus seiner Kehle. Er umfasst mein Gesicht mit beiden Händen, streichelt sanft mit dem Daumen über die Haut an meinen Wangen. Seine rauen Bartstoppeln kitzeln mich leicht und erzeugen kleine Schauer, die ich bis in die Zehenspitzen spüre. Weil Asher den Kuss unterbricht und seine Stirn auf meine legt, öffne ich die Augen und blicke direkt in seine betörenden, grünen Iriden. Es wirkt, als warte er auf mein Einverständnis, weitermachen zu dürfen. Statt einer Antwort presse ich meine Lippen erneut auf seinen Mund, behutsam und stürmisch zugleich. Prompt zieht er mich näher an sich heran und ich umschlinge seinen Nacken mit beiden Händen. Seine Haut brennt unter meinen Fingern.

Gott, fühlt sich das gut an. Seine Lippen. Sein stählerner Körper, der sich perfekt an meinen schmiegt. Noch nie im Leben hat mich ein Mann auf diese Art und Weise geküsst. Fordernd und leidenschaftlich, aber gleichzeitig unendlich sanft und zärtlich.

Ich bin nicht mehr in der Lage, klar zu denken. Meine Knie zittern und ich habe Mühe, mich auf den Beinen zu halten. Aber Asher drückt mich an sich und hat seine Arme fest um meinen Oberkörper geschlungen.

Ich verliere mich in Asher. Ich will mehr. So. Viel. Mehr.

Doch da beendet Asher den Kuss. Ich weiß nicht, ob Stunden oder Minuten vergangen sind. Es fühlt sich nach einer Ewigkeit an. War aber trotzdem viel zu schnell vorbei.

»Wir sollten das Eis holen und zu den Kindern zurückgehen. Sonst kann ich für nichts garantieren«, flüstert er an meinem Mund.

Ich blinzle. Und kehre langsam zurück in die Realität.

Gott, mein Herz pocht so heftig und laut gegen meine Rippen, dass ich denke, die Brust könnte mir jeden Moment zerspringen. Die Kolibris in meinem Bauch sind zu ausgewachsenen Tukanen geworden. Sie toben sich in meinem ganzen Körper aus. Ashers Berührungen gehen mir unter die Haut. Meine Lippen fühlen sich geschwollen an. Dennoch: Ich. Will. Mehr.

Ashers Hände umfangen erneut meine Wangen, er blickt mich eindringlich an. Ich sehe eine Spur von Unsicherheit in seinen Augen aufblitzen. Von dem sprücheklopfenden Womanizer ist nichts mehr übrig. Stattdessen steht vor mir ein Mann, dessen Gesichtsausdruck mich regelrecht anfleht.

»Geh mit mir aus, Charlie«, wiederholt er flüsternd.

7. Kapitel: Vorfreude ist die ungeduldigste Freude

»Zuletzt habe ich mir überlegt, Give-aways aus nachhaltigen Rohstoffen für unsere Kunden und Gäste produzieren zu lassen. Weingläser aus Recyclingglas, Kugelschreiber aus Kraftpapier, Untersetzer, Weinkühler und Kühlschrankmagneten aus Kork. Alles natürlich mit unserem neuen Firmenlogo. Die Artikel könnten wir dann zu jedem gebuchten Event kostenlos verteilen und zusätzlich für Tagesgäste im Weinladen verkaufen. Für die Produkte aus Kork habe ich bereits einen Lieferanten in Lissabon gefunden, der diese in Bio-Qualität und zu fairen Preisen und Bedingungen herstellt.« Tief atme ich durch. »Nun, was haltet ihr davon?«

Ich beende die Präsentation und spiele mit dem Presenter in meiner Hand. Seit ein paar Tagen feile ich an dem Konzept der nachhaltigen Werbeartikel, die kongruent zu unserem ganzheitlichen Unternehmenskonzept sind: Tradition trifft auf Moderne. Jetzt bin ich deshalb gespannt, was Asher, Leandro und die restliche Riege der Führungsebene zu meiner Idee sagen werden.

Unser CTO Tiago Lima, der die technischen Entwicklungen von *Vinho Monteiro* überwacht, sitzt mit aneinandergelegten Fingerspitzen am Konferenztisch und mustert die ausgedruckten Unterlagen vor sich. Rachel Daniels, die unsere CFO und damit die Finanzverwalterin ist, tippt seit einigen Minuten Zahlen in eine Excel-Tabelle auf ihrem Tablet. Ihre langen Fingernägel klackern dabei unschön auf der Bluetooth-Tastatur.

»Mir gefällt der Ansatz der nachhaltigen und recycelten Werbeprodukte«, beginnt Asher nach einigen Minuten des Überlegens und erlöst mich damit von meiner nervösen, aber gleichzeitig freudigen Anspannung.

Erleichtert atme ich auf, und er zwinkert mir zu – was mir sofort wieder einen Schwarm Kolibris in meiner Bauchgegend beschert und mich an unseren Kuss am vergangenen Freitag denken lässt.

Seitdem sind ein paar Tage vergangen. Und wenn ich es nicht besser wüsste, würde ich behaupten, Asher lässt mich zappeln. Keine Ahnung, ob er das tut. Auf jeden Fall spüre ich noch immer seine weichen Lippen auf meiner Haut.

Herrgott nochmal, stopp! Konzentriere dich, Charlotte!

Ich räuspere mich und nicke ihm dankbar zu. Hoffentlich bemerkt keiner im Raum die Hitze, die mir gerade ins Gesicht schießt.

»Sim. Ich stimme Asher absolut zu«, bekräftigt Leandro. »Das Konzept ist gut durchdacht. Klar müssen wir zunächst investieren, allerdings profitieren wir im Nachhinein davon. Spätestens, wenn unsere Weinevents florieren. Was meint ihr?« Sein Blick wandert zu den anderen.

Tiago brummt, nickt aber. »Sim. Klingt passabel.« Ein sehr wortkarger Zeitgenosse, aber effektiv in seinem Handeln.

»Ich finde es auch klasse. Die Idee mit den Korkprodukten direkt vom portugiesischen Haupterzeuger ist spitze, zumal der ausgewählte Hersteller in Lissabon durch Produktqualität sowie faire Arbeits- und Lieferbedingungen überzeugt. Mein Go hast du, Charlie!« Ava grinst mich an und ich erwidere es mit einem breiten Lächeln. Stumm danke ich ihr für ihre Unterstützung.

»Rachel?«

»Nach eingehender Analyse der Kosten-Nutzen-Relation ...«, beginnt sie. Innerlich verdrehe ich die Augen. Rachel muss selbstverständlich wieder mit Fachbegriffen und ihrem Wissen um sich werfen. »... kann ich ebenfalls meine Zustimmung für Charlottes Marketingkonzept abgeben.«

Hallo? Ich stehe direkt neben dir! Sprich gefälligst *mit* mir!

»Das ist schön.« Asher nickt, bleibt aber ausdruckslos im Gesicht. »Aber Charlotte freut sich sicherlich, wenn du dein Feedback direkt an sie weitergibst, Rachel.«

Kawusch. Das saß!

Daraufhin dreht sich Rachel mit einem aufgesetzten Lächeln zu mir um. »Von der finanziellen Perspektive aus betrachtet, hast du das Okay, Charlotte.«

»Dann steht das also fest. Isso é excelente«, meint Leandro.

»Hervorragende Arbeit, Baumgartner«, lobt mich Asher mit einem ehrlichen Lächeln, das sich sofort in sein unverschämt schiefes Grinsen verwandelt, je länger ich ihm dabei in die Augen sehe.

Ich schlucke und nicke. »Vielen Dank.«

»Damit beenden wir die Teamsitzung für heute. Morgen um dieselbe Uhrzeit?«

Bejahendes Gemurmel macht sich breit, bevor sich alle erheben und den Konferenzsaal verlassen. Ich räume zusammen und mache mich dann auf den Weg in mein Büro.

Nachdem ich jetzt die Zustimmung der kompletten Führungsebene habe, spricht nichts mehr dagegen, die ausgewählten Produkte und Designs in Auftrag zu geben. Wenn wir Glück haben, erhalten wir die Lieferung weit vor der Eröffnung und können im Vorfeld den Weinladen und andere Bereiche des Weingutes damit bestücken.

Da fällt mir ein ... Den Auftrag für die Flyer und Broschüren muss ich ebenfalls bestätigen. Das setze ich auf meine imaginäre To-Do-Liste.

Die Mittagspause verbringe ich mit Ava im Weingarten in der Sonne. Auf der Terrasse stehen mittlerweile Loungemöbel und große Marktschirme aus Holz und weißem Leinen, die angenehmen Schatten spenden.

Wir haben uns von einem örtlichen Lieferdienst Espadarte com banana bringen lassen, panierte Filets vom schwarzen Degenfisch mit gebackener Banane. Meine Leibspeise hier auf Madeira.

»Und du bist dir sicher, dass das schmeckt? Appetitlich sieht das nicht aus«, fragt Ava skeptisch, während sie das ausgepackte Essen begutachtet.

Ich lache. »Hundertprozentig!«

»Vor ein paar Tagen war ich am Fischmarkt unten am Hafen. Da lagen diese schwarzen Degenfische im Ganzen aus. Ich glaube, ich habe noch nie hässlichere Kreaturen gesehen, mit ihren langen, aalförmigen Körpern, den riesigen Augen und den rasiermesserscharfen Zähnen. Wie kleine Seeungeheuer. Gruselig.«

Wieder lache ich. »Ich verspreche dir, du wirst es lieben! Beim ersten Mal war ich ebenfalls skeptisch, aber es schmeckt echt fantastisch. Vertrau mir.«

Ich schiebe ihr den vollen Teller hin, den Ava weiterhin zweifelnd betrachtet. »Auf dein Urteil. Du bist schuld.«

»Dieses Risiko nehme ich gerne in Kauf.« Grinsend sehe ich sie an. Während ich darauf warte, dass sie den ersten Bissen nimmt, fange ich schon mal an. Genießerisch schließe ich die Augen, als die Kombination von süß und salzig auf meiner Zunge explodiert. Was für ein köstliches Geschmackserlebnis! Gott, wie habe ich dieses Essen vermisst.

»Mhm!«, kommt es plötzlich von Ava. Sie schluckt und wischt sich mit der Serviette über den Mund. »Oh. My. Gosh. Das schmeckt ja ...«

»Himmlisch? Göttlich? Ausgezeichnet?«, helfe ich ihr.

»Absolut! Wieso habe ich das nicht schon viel eher probiert?«

Belustigt zucke ich die Achseln.

»Können wir das bitte jeden Tag bestellen?«

»Glaub mir, so sehr ich Espadarte auch liebe, jeden Tag will ich es trotzdem nicht essen.«

Nach einer weiteren Gabel voll Fisch liegt ein verzückter Ausdruck auf ihrem Gesicht. Ich kann sie gut verstehen.

»Hat Asher dich jetzt eigentlich schon zu eurem Date eingeladen?«, fragt Ava zwischen zwei Bissen.

Ich schüttle den Kopf. »Bisher nicht. Meinst du, er hat es sich anders überlegt? Ich meine, sieh ihn dir an. Er könnte an jedem Finger zehn Frauen haben.«

»Klar könnte er!« Ava grinst schelmisch. »Aber so ist er nicht. Ich kenne ihn schon seit dem Studium und Asher ist niemand, der Wert auf die Quantität seiner Eroberungen legt. Egal, wie gut er aussieht.«

»Okay?«

»Man muss euch nur zusammen in einem Raum sehen. Sogar *ich* spüre das Knistern zwischen euch beiden. Und selbst ein Blinder würde sehen, wie sehr Asher auf dich abfährt. Schon allein, wie er dich immer ansieht!« Verträumt lächelt sie mich an.

Ich huste und räuspere mich. »Wie sieht er mich denn an?«

Sie lacht. »Na, so, wie du ihn jedes Mal ansiehst.«

»Großartig, das hilft mir jetzt weiter«, gebe ich trocken zurück. Trotzdem lache auch ich.

»Freust du dich denn auf euer Date?«

»Ehrlich gesagt, kann ich es kaum erwarten!« Strahlend sehe ich sie an. »Unser gemeinsamer Nachmittag in Seixal war schon phänomenal. Und da waren wir nicht einmal allein. Deshalb würde mich brennend interessieren, was er plant. Er scheint immer das Richtige zu tun und zu sagen. Du hättest ihn mit der kleinen Ana sehen sollen! Zum Niederknien. Echt hinreißend!«

»Dann gefällt dir euer Date mit Sicherheit. Ihr beide seid vom selben Schlag. Er liebt Madeira, du liebst Madeira. Was soll da schon schiefgehen?!«

»Denkst du, für die anderen Kollegen ist das ein Problem, wenn wir uns daten?«, hake ich vorsichtig nach.

»Spinnst du? Wie kommst du darauf, Charlie?«

»Keine Ahnung. Korrigiere mich, wenn ich falsch liege. Aber ich habe den Eindruck, dass es Rachel gewaltig stört, dass Asher und ich bei den Firmenangelegenheiten ähnlich ticken. Fast jedes Mal, wenn Asher mich oder meine Arbeit lobt, gibt es einen bissigen Kommentar von ihr.«

Ava winkt ab. »Ach, mach dir über Rachel keine Gedanken. Sie ist einfach nur eifersüchtig, sie war schon in Kalifornien scharf auf Asher.«

»Ach, echt? Und? Lief zwischen den beiden etwas?«

Ava schüttelt heftig mit dem Kopf. »Nope. Hätte es nie. Asher steht nicht auf *diese Art* von Frau.«

Jetzt muss ich laut lachen. »Was meinst du?«

»Na, dieses Ich-bin-zu-gut-für-die-Welt-Getue. Versteh mich nicht falsch, Sweetie. Rachel hat fachlich gehörig was auf dem Kasten, aber ... sagen wir ... ihre Sozialkompetenz lässt zu wünschen übrig.«

Ich pruste los und verschlucke mich fast an einem Stück Banane. »Das ist gemein.« Schmunzelnd verkneife ich mir ein weiteres Lachen.

Ava setzt eine listige Miene auf und wirft sich den Braids-Zopf über die Schulter. »Aber wahr.«

Jetzt lachen wir beide.

»Und was ist mit dir?«, wechsle ich das Thema. »Irgendein interessanter Kerl für dich in Aussicht?« Als Anspielung lasse ich meine Augenbrauen hüpfen. »Du verstehst dich ja mit dem einen Winzer sehr gut. Wie heißt er noch gleich? Cameron King?«

»Ah, du meinst Caleb. Nein, ach herrje. Ich hatte zwar mal was für ein paar Monate mit ihm. Heute verbindet uns aber nichts mehr außer Freundschaft.«

»Sieht er das genauso?«

»Und ob! Er hat mittlerweile eine feste Freundin in den Staaten. Er besucht sie regelmäßig. Aber durch die lange Flugzeit ist das manchmal echt schwierig.«

»Hmm, stimmt.«

»Aber dafür habe ich letztens ein Mädchen in einem Café in São Vicente kennengelernt. Sie war sehr nett und wir haben uns für demnächst verabredet.« Verschmitzt sieht sie mich an.

Ich lege den Kopf schief und hinter meiner Stirn rattert es. »Heißt das ...?«, frage ich vorsichtig.

»Dass ich queer bin, jap.«

»Oh, wow!«, entfährt es mir überrascht. »Das wusste ich nicht.«

Sie winkt ab. »Ach, kein Problem. Woher auch?!«

Ich schenke ihr ein ehrliches Lächeln. »Danke, dass du es mir sagst. Das ist nicht selbstverständlich.«

»Ach, ich gehe relativ offen damit um. Allerdings binde ich es trotzdem nicht jedem gleich auf die Nase.« Sie zwinkert mir zu und widmet sich dann den letzten Gabeln ihres Mittagessens. »Dir vertraue ich.«

Mir kriecht die Hitze in die Wangen und ich lege ihr eine Hand auf den Arm. »Das bedeutet mir sehr viel.«

»Und mir, dass ich so schnell so eine tolle beste Freundin gefunden habe.« Liebevoll schmunzelt sie. In ihren dunkelbraunen Augen liegt eine Wärme, die sich auf mich überträgt. Bevor mir die Tränen kommen, ziehe ich Ava in eine Umarmung und drücke sie fest an mich.

Mit Kalifornien habe ich ebenso meine beste Freundin Harper hinter mir gelassen. Harper Daniels. Meine *ehemals* beste Freundin. Denn, als es hart auf hart kam, hat sie sich auf Raphaels Seite geschlagen, statt zu mir zu halten. Viel schlimmer noch: Sie hat mich verhöhnt und meine Gefühle ins Lächerliche gezogen. Mich würde es nicht wundern, wenn sie nach meinem Abgang in Raphaels Bett gelandet ist. Scharf war sie schon immer auf ihn. Ava ist das komplette Gegenteil von Harper: aufgeschlossen, ehrlich und loyal. Das sind Charaktereigenschaften, die ich zu schätzen gelernt habe. Obwohl ich Loyalität als selbstverständlich unter Freunden betrachte, wurde ich durch Harpers Verhalten eines Besseren belehrt, schmerzvoll und schonungslos.

Ich löse mich von Ava, auch in ihren Augen glitzern Tränen.

»Danke«, flüstert sie.

»Wofür?«

»Dafür, dass du *du* bist.«

8. Kapitel: Wenn du denkst, es geht nicht mehr, kommt von irgendwo ein Wein daher

Völlig erschöpft lasse ich mich auf den Loungesessel auf meiner kleinen Terrasse plumpsen und schnappe mir die Schüssel mit dem Obstsalat. Nachdem ich vorhin heimgekommen bin, habe ich mich zuallererst umgezogen und mir dann ein paar der frischen Früchte kleingeschnitten. Begeistert betrachte ich die Schale mit dem bunten Mix aus sonnengelben Mangowürfeln, grün-weißen Zimtapfelstücken, pinkfarbener Guave, Bananenscheiben und dunkelroten Surinamkirschen. Zuerst fische ich allerdings nach einer der Maracuja-Hälften und löffle die süßsaure Kernmasse aus. Genießerisch schließe ich kurz die Augen und koste die zuckrige Geschmacksexplosion auf meiner Zunge aus.

Mein Blick schweift über die grünbewachsenen Hänge von São Vicente und bleibt am Horizont haften, der sich in diesen Sekunden in den schönsten Gold-

und Orangetönen zeigt. Die Lichterkette, die ich mir besorgt habe, taucht die Terrasse zusätzlich in ein schummriges Licht und lässt die Blüten des indischen Blumenrohrs in den Pflanzkübeln leuchten. Das entfernte Meeresrauschen und das Zirpen der Zikaden sorgen für ein beruhigendes Sommernachtskonzert.

Ich lasse gerade das letzte Stück aus der Obstschale auf meiner Zunge zergehen, da vernehme ich ein leises Klopfen am Eingang. Ich gehe zur Tür und bin erstaunt, dass Asher davorsteht.

»Hallo, Charlie«, begrüßt er mich lächelnd.

Ich sehe an mir herunter und merke, wie mir die Hitze ins Gesicht schießt: unförmige Shorts, ein alter Oversized-Pullover und der unordentliche Messy Bun, den ich mir vorhin gedreht habe. Zudem bin ich ohne meine hohen Sandaletten nun gefühlt halb so groß wie Asher und komme mir deshalb vor wie ein Zwerg.

Imposantes Auftreten, Charlotte. Nicht.

Kurz bin ich davor, ihm die Tür vor der Nase zuzuschlagen, entscheide mich aber dagegen. Widerwillig schlucke ich meine Eitelkeit herunter und setze stattdessen ein gezwungenes Lächeln auf. »Asher! Was machst du denn hier?«, bringe ich gepresst hervor.

»Keine Sorge, du siehst zauberhaft aus.« Leise lacht er.

Meine rechte Augenbraue wandert zweifelnd in die Höhe.

»Das tust du immer«, ergänzt er mit einem Schmunzeln.

»Äh, danke?«

»Darf ich reinkommen?«, fragt er und zieht hinter seinem Rücken eine Weinflasche hervor. »Ich habe auch etwas zum Trinken mitgebracht!«

Bevor ich noch weiter in Verlegenheit gerate, bitte ich ihn herein und wir gehen, nach einem kleinen Abstecher zum Küchenschrank, zur Terrasse. Asher macht es sich im zweiten Korbsessel neben meinem bequem und sieht sich um. Ich öffne den Vinho Verde und schenke uns ein.

»Schön hast du es hier«, sagt er, nimmt sein Glas und wir stoßen an.

»Danke.«

Schweigend trinken wir ein paar Schlucke des fruchtigen Weins. »Danke übrigens für den Wein. Er ist köstlich«, meine ich nach einer Weile. »Willst du mir denn nicht verraten, was du hier willst?« Prüfend sehe ich auf meine Armbanduhr. Es ist kurz nach neun Uhr abends. »Um diese Uhrzeit?«

Wieder lacht er leise, was mir eine angenehme Gänsehaut beschert.

Oder ...? Nein, das ist doch nicht etwa ...?

»Bitte sag mir jetzt nicht, dass das hier ...« Ich mache eine ausladende Armbewegung. »... dein groß angekündigtes Date ist, für das du mir die Zähne lang gemacht hast.«

Nicht, dass ich etwas gegen einen entspannten Abend zu zweit hätte, aber das käme jetzt sehr ... unerwartet.

Asher beginnt laut zu lachen. »Hältst du mich für einen Amateur? Und wo ich habe ich das Dinner versteckt? In meiner Hosentasche?«

Frech strecke ich ihm die Zunge heraus. »Wer weiß, vielleicht hast du ja eine Tüte Erdnüsse darin.«

Plötzlich blitzt es in seinen Augen auf. »Oho, Charlie. Nüsse habe ich garantiert in meiner Hose, aber die sind-«

»Stopp! Ich will das gar nicht hören«, unterbreche ich ihn lachend und halte mir die Ohren zu.

Er beugt sich zu mir. Sanft zieht er meine Hände in seine und streichelt sie. »Für unser erstes Date habe ich was Besonderes geplant. Einen Tag, den du so schnell nicht mehr vergisst«, raunt er nah an meinem Gesicht.

Mein Blick huscht zwischen seinen Augen hin und her. »Und was?«

Heftig schüttelt er den Kopf. »Keine Chance, Charlie! Das wird eine Überraschung.«

»Nicht mal ein klitzekleiner Hinweis?« Kokett lächle ich ihn an.

Er bleibt standhaft. »Nope.«

Ich zucke die Schultern, löse meine Hände von seinen und lehne mich zurück, um etwas Abstand zwischen uns zu bringen. Andernfalls bemerkt er noch mein wild pochendes Herz, das mir bis zum Hals schlägt. »Dann hoffe ich, dass Sie sich Mühe geben, Senhor Monteiro!«

Asher lacht und schenkt uns nach, bevor er sich ebenfalls zurücklehnt. »Was ich dir aber sagen kann: Du solltest dir den ganzen Samstag freihalten. Vielleicht sogar noch den Sonntag.« Er grinst mich schelmisch an.

»Der kommende Samstag? Übermorgen?«

»Mhm.«

Aber so leicht lasse ich ihn damit nicht durchkommen. Er will ein Date mit mir? Dann soll er mich darum bitten!

»So? Und wozu?« Gespielt interessiert widme ich mich meinen Fingernägeln und inspiziere den etwas abgeblätterten Nagellack. Vor unserem Date muss ich mir auf jeden Fall noch die Nägel machen.

»Willst du, dass ich vor dir auf die Knie falle und dich anbettle?«

Ernsthaft?

Meine rechte Augenbraue wandert unter den Haaransatz.

»So weit sind wir noch lange nicht«, gebe ich trocken zurück.

Wieder lacht er laut und herzlich und ich verkneife mir ein Grinsen. Stattdessen setze ich mein bestes Resting Bitch Face auf.

»Oh, du meinst das ernst?« Asher lacht weiter und ich habe Mühe, nicht darin einzustimmen. Als ich kurz vorm Platzen bin, hält er inne und sieht mich mit einer Aufrichtigkeit an, wie ich sie lange nicht mehr bei einem Mann gesehen habe. »Falls du am Samstag noch nichts vorhast, möchte ich gerne mit dir ausgehen.«

Geht doch!

Lächelnd nicke ich. »In Ordnung.«

»Puh, du lässt mich ja länger zappeln als die Investoren in der letzten Vorstandssitzung!«

Ich sehe auf die gefalteten Hände in meinem Schoß und schlucke schwer. Er liegt richtig mit seiner Vermutung. Allerdings hat das weniger mit ihm zu tun, sondern vielmehr mit meiner Vergangenheit. Wenn ich mich auf ihn einlassen will, muss ich ihm gegenüber offen sein. Alles andere wäre unfair. Aus diesem Grund hebe ich den Kopf und sehe ihm in die Augen.

»Das liegt nicht an dir«, beginne ich.

»Woran dann?«

Tief atme ich ein. »Vor nicht allzu langer Zeit habe ich mich von meinem Verlobten getrennt.«

Über Ashers Miene huscht ein verletzter Ausdruck und ich sehe seinen Adamsapfel hüpfen. »Du warst verlobt?«, fragt er mit heiserer Stimme.

Mit Nachdruck nicke ich. »Ja. Und ich will, dass du darüber Bescheid weißt. Wir haben uns getrennt, kurz bevor ich nach Madeira gegangen bin. Ich dachte immer, Raph – das ist mein Ex-Verlobter – und ich würden zusammen alt und glücklich werden.«

»Fail, wie man sieht.«

Ich lache bitter auf. »Stimmt. Je näher wir dem geplanten Hochzeitstermin gekommen sind, desto unentschlossener wurde er. Wir haben über Kinder gesprochen und ich war bis zum Ende davon überzeugt, dass er auch welche wollte.« Wie ich mich nur in ihm getäuscht hatte. »Aber statt mit mir unserer gemeinsamen Zukunft entgegenzufiebern, hat er sich tagtäglich nur um seinen Job gekümmert. Bis er mir dann sagte, dass ihm seine Karriere in der Firma seiner Eltern wichtiger sei. Dass unsere Zukunft auf der Strecke blieb, schien ihn nicht zu kümmern. Mein Traum von der eigenen Familie ist geplatzt, und ich habe mit ihm Schluss gemacht.«

»Wow, scheint ja ein echt netter Kerl zu sein«, brummt Asher sarkastisch, was mich sofort schmunzeln lässt.

»Ein wahrer Herzensbrecher.«

»Wie geht es dir jetzt damit?«, hakt er vorsichtig nach.

»Ich habe keine Gefühle mehr für ihn, falls du das wissen willst«, antworte ich sanft, woraufhin er laut ausatmet.

»Mhm, okay«, murmelt er aber und meidet dabei meinen Blick.

»Raph ist Geschichte. Aber ich möchte, dass du weißt, warum ich vorsichtig bin.«

»Er hat dich sehr verletzt«, antwortet Asher. Das ist keine Frage, sondern eine Feststellung.

Mit zusammengepressten Lippen nicke ich.

Erneut greift er nach meinen Händen. »Und *ich* möchte, dass *du* weißt, dass ich ernsthafte Absichten hege, Charlie. In der Regel lasse mich nicht voreilig auf eine Frau ein, die ich kaum kenne.«

Das weiß ich, denn Ava hat mir beim Mittagessen haargenau das Gleiche gesagt.

»Aber du machst etwas mit mir und ich bin gerne in deiner Nähe«, fährt er fort. »Ich will dich näher kennenlernen und herausfinden, was das zwischen uns ist.« Gequält lächelt er mich an. »Vorausgesetzt natürlich, du willst das auch.« Abwartend sieht er mir in die Augen und für einen Moment huscht sein Blick zu meinen Lippen.

»Das will ich«, krächze ich vollkommen ergriffen von seinen Worten.

»Dann ist es ja gut.« Er lächelt leise und beugt sich zu mir vor. Aber statt seine Lippen auf meine zu legen, drückt er mir einen hauchzarten Kuss auf die Wange.

Seine Berührung ist so sanft, dass die Schmetterlinge in meinem Bauch aufgeregt flattern und nach mehr verlangen. Doch um seiner liebevollen Geste Nachdruck zu verleihen, bringt er wieder Abstand zwischen uns und steht auf.

»Ich sollte langsam gehen. Es ist schon spät.«

»Warte, ich bringe dich zur Tür«, antworte ich und will mich bereits erheben.

»Alles gut, bleib sitzen.« Er zwinkert mir zu. »Ich finde allein hinaus.«

Mit diesen Worten macht er auf dem Absatz kehrt und geht zur Terrassentür. Kurz bevor er hindurchschlüpft, bleibt er noch einmal stehen und sieht mich feixend über seine Schulter hinweg an. »Nur so viel zu Samstag, Baumgartner: Zieh festes Schuhwerk an!«

Verdutzt bleibe ich zurück und genehmige mir einen großen Schluck aus meinem Weinglas. Der Abend ist doch ernster geworden als gedacht.

9. Kapitel: Das Wandern ist des Winzers Lust

»Willst du mir noch immer nicht verraten, wo es hingeht?«, frage ich lachend vom Beifahrersitz aus.

»Nope. Lass dich überraschen, Lady.«

Ich seufze laut auf. »Wirst du irgendwann aufhören, mich so zu nennen?«

»Warum? Du bist doch eine Lady, oder etwa nicht?« Asher grinst mich an und lässt seine Augenbrauen schelmisch hüpfen. Sein linker Unterarm hängt lässig über dem Lenkrad, die rechte Hand liegt am Schaltknüppel. Direkt zwischen uns, keine zwei Zentimeter von meinem Oberschenkel entfernt. Ich müsste nur mein Bein ein kleines bisschen in seine Richtung schieben, dann könnte er mich dort berühren.

»Okay. Punkt für dich. Von der Warte her habe ich es noch gar nicht betrachtet«, schäkere ich.

»Für mich bist du jedenfalls eine ...«, murmelt er so leise, dass ich mir gar nicht sicher bin, ob er will, dass ich es höre.

Ich spüre, wie meine Wangen glühen. Als Lady hat man mich noch nie bezeichnet.

Gestern war ich mit Ava nach Dienstschluss im Dorf unten und habe mir in einem kleinen Outdoor-Laden neue Trekkingschuhe besorgt. Es ist zwar ein bisschen ungünstig, dass sie nicht eingelaufen sind, aber der Verkäufer hat mir Wandersocken dazugelegt und mir versichert, dass diese *garantiert* vor Blasen schützen. Sein Wort in Gottes Ohr. In der Vergangenheit habe ich durchaus vermeidbare Erfahrungen mit unbequemen Wanderschuhen gesammelt. Darauf kann ich heute getrost verzichten. Ein Pech, dass meine alten – und eingelaufenen – Trekkingschuhe in einem Karton in Raphaels Kleiderschrank liegen. Wer bitte fliegt denn nach Madeira ohne Wanderstiefel im Gepäck? Die Antwort: Charlotte Baumgartner. Wer sonst. Als hätte ich nie zuvor dieses Land besucht.

Asher hat mich vorhin an meinem Appartement abgeholt und nun tuckern wir in seinem hellblauen Pick-up gemütlich die Nordküste entlang. Auf jeden Fall sind wir Richtung Osten unterwegs, so viel kann ich sagen.

Obwohl ich gefühlt jeden Quadratzentimeter von Madeira wie meine Westentasche kenne, ist mir der Nordosten der Insel am wenigsten bekannt, denn mit meinen Eltern bin ich in den früheren Urlauben meistens im südlichen Teil der Blumeninsel unterwegs gewesen. Sie haben mich mit ihrer Madeira-Liebe angesteckt und spätestens ab der Pubertät war es ebenfalls um mich geschehen. Aus diesem Grund habe ich die neue Stelle bei *Vinho Monteiro* gleich doppelt gefeiert.

Was Asher für unser heutiges Date geplant hat, will er partout nicht preisgeben. Mit ziemlicher Sicherheit kann ich aber sagen, dass sein Plan auf einen Ausflug in die Natur hinausläuft. Doch das kann hier alles bedeuten: Berg- und Gipfelanstiege, Talspaziergänge, Ortsbesichtigungen oder Wanderungen durch eine der eindrucksvollen Levadas, die über die gesamte Insel verstreut sind. Meine Eltern waren süchtig nach diesen kilometerlangen Wegen entlang der künstlich angelegten Wasserläufe. Von daher habe ich fast jede schon ein- oder mehrmals gesehen.

Gerade koste ich den Fahrtwind aus, der mir durch das offene Fenster ins Gesicht bläst. Beruhigendes Meeresrauschen begleitet unsere Fahrt.

»Du bist so ruhig«, stellt Asher nach einer Weile fest und wirft mir einen kurzen Blick zu, bevor er sich wieder auf die Straße konzentriert. »Ist alles in Ordnung?«

»Absolut!« Vor mich hin schwelgend nicke ich. »Ich genieße gerade das alles hier. Seit ich auf Madeira bin, bin ich ständig am Arbeiten. Für Ausflüge war bislang kaum Zeit. Nach meiner Ankunft habe ich mich praktisch direkt in die Arbeit gestürzt.«

»Mhm. Aber du gehst scheinbar gerne baden.«

Grinsend denke ich an unsere Begegnung in Seixal zurück. »Gut kombiniert, Sherlock! Bist du da ganz von allein draufgekommen?« Frech strecke ich ihm die Zunge raus, woraufhin er laut lacht. »Wie kommt es eigentlich, dass du dich auf der Insel so gut auskennst?«, frage ich ihn.

»Du meinst, weil ich eigentlich ein neu gegründetes Unternehmen zu führen habe?«

»Jap. Oder kennst du Madeira von früher?« So wie ich.

»Nicht wirklich. Nachdem wir von dem angebotenen Verkauf des Weingutes erfahren haben, sind mein Dad, mein Bruder Jaiden und ich erst einmal für ein paar

Tage hierher geflogen, um uns über die Gegend zu informieren. Außerdem wollten wir nicht die Katze im Sack kaufen. Diese Gelegenheit habe ich damals beim Schopf gepackt und mit Jaiden einiges hier erkundet. Zudem haben wir einige Tipps von dem Ehepaar erhalten, welches uns das Weingut verkauft hat. Sonst würde ich viele Flecken hier gar nicht kennen, trotz unserer frühen portugiesischen Wurzeln. Und du?«

Seufzend sehe ich erst aus dem Seitenfenster und dann ihn an. »Ich war ziemlich oft in den Urlauben mit meinen Eltern hier. Sie waren verrückt nach Madeira und sind mindestens einmal im Jahr hergekommen. Oftmals waren sie Wiederholungstäter und haben dieselben Ausflüge immer wieder unternommen. Deshalb gibt es Flecken der Insel, wo wir kaum waren.«

Dementsprechend freut es mich, dass ich mit ihm andere Erfahrungen sammle und für mich Unbekanntes kennenlerne.

Als Asher schließlich in Santana auf einem geschotterten Parkplatz den Motor abstellt, aussteigt und mir die Beifahrertür öffnet, habe ich endlich nahezu Gewissheit. »Wir gehen auf eine Levada-Wanderung?«, frage ich aufgeregt, lasse meinen Blick schweifen und bleibe schließlich an einer hölzernen Tafel hängen.

Er zwinkert mir zu. »Nicht irgendeine Levada-Wanderung. Sondern meiner Meinung nach die beste und schönste, die Madeira in all ihren Facetten zu bieten hat!«

»Das klingt ... vielversprechend.«

Asher zieht eine Augenbraue fragend nach oben. »Du zweifelst an mir? Warst du schon einmal hier, Charlie? Oder ist das einer dieser Flecken, die du nicht kennst?«

Kopfschüttelnd antworte ich: »Die Levadas im Südwesten kenne ich fast auswendig. Hier im Norden haben wir uns früher tatsächlich eher seltener aufgehalten. Das Klima und die Wetterlage im Süden sagen meinen Eltern deutlich mehr zu.« Ich stocke. »Haben zugesagt ...« Verlegen räuspere ich mich. Na, toll. Da ist es wieder passiert. Ein klitzekleiner Unterschied, der aber die Welt bedeutet.

Asher macht einen vorsichtigen Schritt auf mich zu. Sein Blick ist weich und sanft. Ich lese Mitgefühl darin. »Du vermisst deine Eltern sehr, oder?« Seine Stimme ist leise.

Stumm nicke ich und krächze: »Ja.« Eine Träne löst sich aus meinem Augenwinkel und kullert mir über die Wange.

Er bemerkt es und wischt sie mit einer unendlichen Zärtlichkeit weg. Seine Finger fühlen sich warm und rau auf meiner Haut an, verursachen ein sanftes Prickeln. Dieses verwandelt sich in eine angenehme Gänsehaut und breitet sich über meinen ganzen Körper aus.

Ashers Wirkung auf mich ist vollkommen ungewohnt. Nie hat ein Mann solche Empfindungen bei mir ausgelöst, bewirkt einzig durch eine simple, nahezu banale Geste.

Er streicht mir über das Kinn und lässt seine Finger sachte meine Kehle entlangfahren. In seinen Augen liegt wieder dieser dunkle Glanz, den ich bereits im Konferenzraum gesehen habe.

Doch mit einem Ruck lässt er seine Hand fallen, räuspert sich und tritt einen Schritt zurück. »Es tut mir leid.

Ich wollte dir nicht zu nahe treten«, raunt er und fährt sich mit der Hand über den gestutzten Bart.

Mir fällt auf, dass er das jedes Mal tut, wenn er verunsichert oder nervös ist.

Mache ich ihn etwa nervös?

Er schnappt sich seinen Rucksack von der Ladefläche des Pick-ups und dreht sich wieder grinsend zu mir um. »Bereit für Madeiras schönste Levada?«

»Hoffentlich haben Sie nicht zu viel versprochen, Senhor Monteiro. Ansonsten ist die Lady hier äußerst pikiert.« Frech grinse ich ihn über meine Schulter an und quieke vergnügt, als er auf mich zustürmt und versucht, mich zu kitzeln. Die Traurigkeit von eben ist verschwunden. Ganz im Gegenteil: Ich freue mich auf unser kleines Abenteuer.

»So gefällst du mir schon viel besser, Charlie,« sagt Asher leise.

»Wie denn?«

»Wenn du mir das schönste Lächeln schenkst, das ich je bei einer Frau gesehen habe.«

Wow.

Jetzt bin ich sprachlos. Außerdem spüre ich schon wieder, wie mir die Hitze den Hals hinaufkriecht. Na, toll. Wenn er so weitermacht, bleibt das mein Dauerzustand: der Kopf wie eine vollreife Tomate.

In meiner Kehle bildet sich ein Kloß und mein Blick fällt auf Ashers sinnliche Lippen. Unbewusst beuge ich mich ein Stückchen näher zu ihm.

Reiß dich zusammen, Charlotte! Euer Date dauert noch nicht einmal eine Stunde und du denkst schon daran, ihn zu küssen!

Das entgeht ihm nicht, aber statt meinem Verlangen nachzugeben, zwinkert er mir zu und hält mir auffordernd seine Hand hin. »Wollen wir?«

Sofort verschränken sich unsere Finger wie von selbst miteinander, was mir abermals ein aufgeregtes Kolibri-Flattern in meinem Bauch beschert. Dieser Kerl bringt mich noch um den Verstand!

Die ersten paar Minuten führt mich Asher über einen mit Rindenmulch bestreuten Weg zu einem Forsthaus im Queimadas Park, wo die Levada, wie er mir erklärt, ihren eigentlichen Ausgangspunkt hat. An einem der hölzernen Sitzgelegenheiten bleibt er stehen und deutet auf unsere farbenprächtige Umgebung: hinter uns das mit Stroh gedeckte Forsthaus, vor uns ein Ententeich, eingefasst von magentafarbenen Rhododendronbäumen und Azaleensträuchern und einem märchenhaften Lorbeerurwald.

»Wow!«, flüstere ich ehrfürchtig.

»Nicht wahr? Heute zeige ich dir die Levada do Caldeirão Verde. Ich war schon oft hier und könnte die Strecke immer wieder abgehen.«

»Aber wieso sind wir so früh unterwegs?«, frage ich ihn und muss fast ein Gähnen unterdrücken. Immerhin ist es sieben Uhr morgens und außer uns beiden weit und breit keine Menschenseele zu sehen.

Mit einem strahlenden Lächeln sieht er mich an. »Weil wir um diese Uhrzeit diese Schönheit allein genießen können. Viele Touristen tauchen erst gegen Vormittag auf und schlendern im Gänsemarsch zu dem Wasserfall am Ende der Levada. Was sehr anstrengend sein kann, wenn man dahinter hergehen muss.«

»Ein Wasserfall?«, hake ich begeistert nach.

»Ja, dem sogenannten grünen Kessel, wie man den Caldeirão Verde übersetzt.«

»Das klingt großartig!«

Wir wandern langsam weiter, an dem Forsthaus vorbei, und folgen den Schildern, die in Richtung des grünen Kessels weisen. Knappe sechs Kilometer haben wir auf dem Hinweg vor uns.

»Weißt du, nur wenn man allein unterwegs ist, ohne die Massen an Menschen, kann man die Natur um sich herum angemessen bewundern. Da fallen einem Kleinigkeiten auf, die dir ansonsten durch die Lappen gehen. Wäre doch zu schade, oder?«

»Stimmt.« Mein Blick schweift umher. »Ich frage mich tatsächlich, warum ich noch nie mit meinen Eltern hier war ...«

»Wundert mich.«

»Mich ebenfalls. Weißt du, mit der Zeit habe ich gelernt, diese Insel zu lieben, wenngleich ich als Kind das Planschen im seicht-warmen Meer vermisst habe – wie man es von typischen Strandurlauben kennt. Als ich noch klein war, habe ich nicht verstanden, warum es keinen normalen Sandstrand gibt, obwohl wir hier auf einer Insel sind und das Meer praktisch überall ist.«

»Ich weiß, was du meinst. Aber dafür gibt es ja die Brandungspools.«

Ich lache. »Sag das mal einer quengeligen Siebenjährigen.«

»Touché.« Er lacht ebenfalls. »Was hat dagegen geholfen?«

»Die Aussicht auf ein Pastel de Nata.« Von diesen cremigen Blätterteigtörtchen habe ich als Kind nie genug bekommen können. Noch heute ist die traditionelle portugiesische Süßspeise mein Lieblingsdessert und ich mag die Puddingfüllung am liebsten, wenn sie warm ist und frisch aus dem Ofen kommt.

»Ah!« Asher schmunzelt wissend, sagt aber nichts weiter dazu.

Der Weg, den wir einschlagen, ist weitestgehend eben. Durch Baumriesen hindurch überqueren wir einen breiten Waldweg, lassen teils steile und felsige Abschnitte hinter uns und kommen bald an den ersten kleineren Wasserfällen vorbei. Der weiche Waldboden dämpft unsere Schritte, sodass bis auf Vogelgezwitscher und das zarte Plätschern der Levada kaum etwas zu hören ist.

»Du hattest recht. Es ist hier wie im Märchen«, gebe ich nach einer Weile fasziniert zu.

Asher feixt. »Denkst du, ich bin ein Amateur?«

»Du wieder!«, antworte ich lachend und gebe ihm einen Klaps auf den Oberarm. »Will ich wissen, wie viele Frauen du schon hierher geschleppt hast?«

Mit seinem verboten schiefen Grinsen sieht er mich an. »Ein Gentleman genießt und schweigt.«

Ich schlage mir die Hände vor das Gesicht und gebe vor, angewidert zu sein. »Dein Ernst?«

»Nope, eigentlich nicht«, antwortet er und zuckt mit den Schultern. »Tatsächlich bist du die erste Frau, mit der ich diesen Ausflug unternehme.«

Mit einer hochgezogenen Augenbraue mustere ich ihn und stelle an seiner Mimik fest, dass er die Wahrheit sagt.

»Sie überraschen mich immer wieder aufs Neue, Senhor Monteiro.«

Mit der Wanderung hat Asher total ins Schwarze getroffen, sie ist absolut eindrucksvoll. Immergrüne Flora und abwechslungsreiche Fauna umgeben uns zu jeder Zeit. Ich entdecke Madeira-Heidelbeeren, Rotbuchen und japanische Sicheltannen. Außerdem erkenne ich das Trällern des Madeira-Buchfinks, welches uns den ganzen Pfad über begleitet. Am Himmel erspähe ich sogar einen jungen Mäusebussard auf Beutejagd.

»Die Caldeirão Verde wurde im achtzehnten Jahrhundert angelegt. Sie überquert schroffe Abhänge und Berge, um das Wasser, das von den höchsten Gipfeln läuft, ins Tal zu transportieren. Dort wird es genutzt, um die Agrarfelder der Gemeinde Faial zu bewässern«, erklärt Asher, während wir uns durch eine für das Tal markante Engstelle drücken, deren Wasserschleier uns mit einem feinen Sprühnebel empfängt.

Erschrocken quietsche ich auf und kichere.

Gott, das Wasser ist verdammt kalt!

Schützend halte ich mir die Hände über den Kopf, obwohl ich weiß, dass das überhaupt nichts bringt, lache aber trotzdem weiter.

»Komm schnell!« Asher greift wieder nach meiner Hand und zerrt mich ebenso lachend hinter sich her. Wir umrunden die nächste Hangnase, allerdings bleibt er stehen und zieht mich eng an seine Brust. »Alles in Ordnung?«, murmelt er in mein Haar.

Ich nicke. »Klar.«

»Ich hoffe, es gefällt dir bis jetzt.«

Und wie!

»Das wirst du nie erfahren«, gebe ich trocken zurück.

Wissend nickt er. »Na dann.« Er drückt mir einen sanften Kuss auf die Wange und gibt mich frei.

Kurz bleibe ich stehen, um der Berührung seiner weichen Lippen bis tief in mein Inneres nachzuspüren.

»Kommst du?«, fragt Asher über die Schulter.

Ich schließe rasch zu ihm auf. »Mhm!«

Nach einigen Minuten erreichen wir eine kühle und feuchte Unterführung, die wir mit Hilfe einer Taschenlampe aus Ashers Rucksack durchqueren. Respekt, er ist auf alles vorbereitet. Danach folgen drei weitere, längere Tunnel, viele schmale und rutschige Wegabschnitte und abfallende, schwindelerregende, aber gesicherte Stellen, bevor wir schließlich unser eigentliches Ziel erreichen.

Ich staune nicht schlecht, als wir am Fuße eines phänomenalen Wasserfalls mit senkrecht hochstrebenden Wänden stehen. Mit großen Augen sehe ich mich um: Wir haben unverkennbar den Caldeirão Verde, den grünen Kessel, erreicht. Jetzt ist mir auch klar, woher dieses Naturschauspiel seinen Namen hat, denn der Wasserfall ergießt sich in das kalte, kristallklare Teichbecken, dessen Boden in den verschiedensten Grün- und Blautönen schimmert. Farne und Moose überwuchern die steil nach oben laufenden Felswände.

»Wow …«, entfährt es mir. »Ich verstehe, warum das deine liebste Levada ist. Der Ausblick ist traumhaft schön.«

»Da hast du recht. Einfach traumhaft schön …«

Ich schaue zu Asher, der neben mir steht, merke aber, dass er nicht die Natur um uns herum betrachtet. Stattdessen liegt sein warmer Blick auf mir. In meiner Kehle bildet sich ein dicker Kloß und ich schlucke schwer. Er hat wieder diesen liebevollen Ausdruck in den Augen, der meine Knie weich werden lässt.

»Ash …«, flüstere ich. Langsam nähere ich mich ihm und muss dabei den Kopf in den Nacken legen, um ihn ansehen zu können. »Danke, dass du mich hierher gebracht hast! Du glaubst gar nicht, wie viel mir dieser Tag bedeutet.«

»Immer wieder gern, Sardas.«

»Sardas?«

»Der portugiesische Begriff für Sommersprossen.« Mit dem Zeigefinger stupst er mich auf die Nase und zeichnet dann eine Linie über den Nasenrücken zu meinen Wangen. »Die gefallen mir. Sehr sogar.«

Oh …

Ich strahle ihn an.

Statt einer Antwort stelle ich mich auf die Zehenspitzen und lege meine Lippen auf die seinen. Asher erwidert den Kuss augenblicklich. Indem er den Arm um meine Taille legt, zieht er mich näher an sich heran. Wie von selbst umfasse ich seine muskulösen Oberarme, lasse meine Hände weiter über seine Schultern bis hinauf in seinen Nacken gleiten.

Er hinterlässt eine Spur von heißen Küssen an meinem Hals, wodurch ich ein Kichern unterdrücken muss. Sein Dreitagebart kitzelt mich.

Asher merkt es sofort und stoppt. »Alles okay?«

Lachend antworte ich: »Ja, nur dein Bart …« Sanft streiche ich darüber und verharre mit dem Zeigefinger auf seiner Unterlippe. »Er kitzelt mich.« Ich muss mich räuspern, während er einen zarten Kuss auf meine Fingerspitze haucht.

»Ich rasiere ihn weg, wenn er dich stört.«

»Nein.« Sein Ernst? »Nein!«, betone ich vehementer. »Wirklich nicht! Er steht dir und verleiht dir den Hauch eines wilden Holzfällers.« Ich grinse ihn keck an. »Das gefällt mir.«

Er schmunzelt. »Holzfäller also?! Soso ...«

»Ja, verwegen, rau und ... sexy«, flüstere ich heiser.

Sein Adamsapfel hüpft, während er hart schluckt. »Du findest mich sexy?« Seine Stimme kratzt wie Sandpapier.

Sogleich beschleunigt sich mein Puls und mein Herz trommelt mir bis zum Hals. »Wäre ich sonst mit dir hier?«

»Fuck, Charlie. Wo warst du nur mein ganzes Leben lang?!«

Bei diesen Worten treffen seine Lippen erneut auf meine. Es folgt ein leidenschaftlicher Kuss und unsere Zungen tanzen miteinander, als hätten sie nie etwas anderes getan. Unser Kuss ist heiß, intensiv und einnehmend. Asher ist sanft und fordernd zugleich und erobert mich mit einer immensen Zärtlichkeit, sodass mir vollkommen schwindelig wird.

Ich beende den Kuss und schiebe ihn sanft von mir. Mein Herz schlägt unerbittlich gegen meine Rippen, wilder als jemals zuvor.

Wir sehen uns eine Weile schweigend an, bis mein Magen urplötzlich so laut knurrt, dass selbst Asher es hört. Er legt sein schiefes Grinsen auf. »Da ist wohl jemand hungrig, hm?«

Ich rolle mit den Augen, muss aber lächeln. Wie dauernd in seiner Gegenwart.

Er löst sich von mir und nimmt den Rucksack von seinem Rücken. »Komm, ich habe uns ein kleines Picknick vorbereitet.«

»Was?« Ungläubig beobachte ich, wie er auf einem großen Stein eine kleine Decke ausbreitet und verschiedene Boxen hervorzaubert.

»Na ja ... Frisches Obst, Käse, Weißbrot, ein bisschen Wein – das magst du doch, oder?«

Ich nicke und raste innerlich komplett aus. Kann dieser Mann Gedanken lesen? Das ist das absolut beste Date, auf dem ich jemals war. »Du überraschst mich immer wieder, Asher Monteiro.«

10. Kapitel: Pôr do sol, Pastel de Nata und ein bisschen … Meer

»Die letzten paar Meter müssen wir laufen, Sardas«, informiert mich Asher, öffnet die Fahrertür und steigt aus seinem Truck.

Ich tu es ihm gleich und sehe mich irritiert um. Wohin will er? »Ash, was hast du vor?«

Eben sind wir aus Santana zurückgekehrt. Auf dem Rückweg vom Caldeirão Verde zum Forsthaus kamen uns – wie Asher prophezeit hatte – Scharen von Touristen entgegen, die sich teilweise im Gänsemarsch an der Levada entlang hangelten. Absolut furchtbar. Im Stillen danke ich ihm für die Idee der frühmorgendlichen Wanderung.

Nach einer Kaffeepause im kleinen Forsthauscafé sahen wir uns in Santana die typischen und im ganzen Ort verteilten Casas de Como, alte strohgedeckte Bauernhäuser, an. Anschließend fuhren wir in den Parque Temático da Madeira, einen Themenpark, der sich spielerisch mit der Inselgeschichte Madeiras befasst. Dort bewunderten wir den Nachbau der alten Zahnradbahn von Monte und fuhren im traditionellen Ochsenschlitten durch den Freizeitpark.

Statt den Pick-up jetzt vor dem Haupthaus von *Vinho Monteiro* zu parken, fährt Asher auf einem schmalen Weg entlang der Rebstöcke weiter. Mitten hinein in die Weinberge, wo sich normalerweise einzig die Weintraubenernter fortbewegen.

Wir steigen aus und um uns herum summt und raschelt es und die letzten Sonnenstrahlen des Tages fallen durch die Spitzen der Weinstöcke direkt auf mein Gesicht.

Mit seinem typischen schiefen Grinsen stellt sich Asher vor mich, in seinen grünen Augen blitzt es spitzbübisch auf. »Keine Sorge, die Axt ist und bleibt auf der Ladefläche. Hier gibt es zu viele Zeugen.«

Ich pruste los und schüttle vergnügt den Kopf. »Haha. Den Axtmörder kaufe ich dir eh nicht ab.«

Seine Augenbrauen heben sich. »Ist das so?«, fragt er trocken.

Ehe ich darauf reagieren kann, geht er in die Hocke und wirft mich blitzschnell über seine Schulter, sodass ich die Welt keine Sekunde später kopfüber betrachte.

»Lass mich sofort runter!«, quietsche ich. Trotzdem muss ich lachen.

»Nichts da, Lady!« Asher stimmt in mein Gelächter ein, gibt mir einen Klaps auf den Po und marschiert den Weg weiter, der jetzt deutlich schmaler wird.

Urgh, wie wackelig das ist!

Obwohl er mich festhält, befürchte ich fast, gleich mit ihm Richtung Tal zu stürzen. Bevor ich meine Bedenken äußern kann, setzt er mich aber bereits vorsichtig auf meinen Füßen ab.

»Da sind wir, Sardas!«

Irritiert mustere ich die hölzerne Strohdachhütte, die vermutlich ein Geräteschuppen ist. »Aha?«

Asher quittiert meine Verwirrtheit mit unverhohlener Belustigung. »Nicht der Luxus, den die Lady gewohnt ist?«

Bitte?

»Äh, nein, aber was willst du mir hier zeigen? Die schärfsten Rebscheren oder den größten Entlauber, den *Vinho Monteiro* zu bieten hat?«

»Ach so, wäre dir meine Briefmarkensammlung lieber gewesen?«

»Spinner!« Lachend schüttle ich den Kopf. »Im Ernst, was ist das hier?«

»Komm, ich zeige es dir!« Aus seiner Hosentasche zieht er einen Schlüssel und sperrt das kleine Gerätehäuschen mit dem strohgedeckten Dach auf. Dann hält er mir seine Hand hin und sofort verweben sich unsere Finger miteinander. Wir treten ein und ich komme aus dem Staunen nicht mehr heraus.

»Willkommen in meinem kleinen Paradies!«, raunt er.

»Wow!«, entfährt es mir. Vollkommen geplättet sehe ich mich um. Anders, als ich erwartet habe, reihen sich hier nicht Heckenscheren und Spaten aneinander. Stattdessen ist der Geräteschuppen zu einem modernen, gemütlichen Gartenhaus umgebaut worden: eine weiß-lasierte Holzverkleidung an den Wänden, eine Lounge-Ecke aus Europaletten mit allerlei Kissen und Fellen und alte Weinkisten, die als Regale und Tischchen dienen.

»Wie cozy ist das denn bitte?«

»Gefällt es dir?«

Ich kann das Lächeln in seiner Stimme hören, ohne mich zu ihm umdrehen zu müssen.

»Ob es mir gefällt?«, wiederhole ich eine Oktave höher. »Soll das ein Witz sein? Das ist absolut traumhaft!« Ich drehe mich um die eigene Achse, um den gesamten Raum auf mich wirken zu lassen. »Ist das dein Werk?«, frage ich ehrfürchtig.

Asher nickt. »Als mein Vater und ich das Gelände inspiziert haben, stand das Häuschen schon leer. Da wir keinen Nutzen dafür fanden, weil es für die Maschinen sowieso zu klein ist, kam mir die Idee, es umzubauen.«

»Das ... Das ist ... Einfach wow!« Strahlend sehe ich ihn an und merke, wie stolz er auf das alles hier ist.

»Es ist zu meinem persönlichen Rückzugsort geworden, wenn ich Ruhe nach der Arbeit brauche oder einfach für mich sein will.«

»Wirklich klasse!«

»Aber das ist gar nicht das eigentliche Highlight.« Er zwinkert mir zu und macht eine ausladende Bewegung zu einer weiteren Tür.

»Nicht?« Ich folge ihm nach draußen und bleibe abrupt stehen. »Du verarschst mich doch!« Verblüfft sehe ich mich um und bin fassungsloser als zuvor. Dass sich der Geräteschuppen mitten im Weingebiet befindet, ist mir vorher schon klar gewesen. Aber das hier?

Am Fuß der kleinen Terrasse fällt der Weinberg steil ab und bietet einen atemberaubenden Blick in die Ferne, wo die Hausdächer von São Vicente und das Meer auszumachen sind. Die untergehende Sonne färbt den Himmel in warme Goldtöne. Ringsherum stehen Pflanzkübel mit Bananenstauden und bieten ein wenig Sichtschutz.

Asher nimmt in einem Korbsessel Platz, beobachtet mich schmunzelnd und zündet ein paar Kerzen in gläsernen Windlichtern an. »Zu viel versprochen?«

»Nope! Ich glaube, ich habe meinen neuen Lieblingsort hier auf der Insel gefunden.« Frech grinse ich ihn an und setze mich in den zweiten Sessel. Erst jetzt fällt mein Blick auf das, was auf dem aus einem Weinfass umfunktionierten Tischchen zwischen uns steht: ein Kühler mit einer Flasche Vinho Verde, zwei Weingläser und ... nein! »Ash! Du hast Pastéis de Nata besorgt?«

»Wie mir scheint, liebst du die Teilchen wirklich.«

»Und wie!«

Wenn er so weitermacht, drehe ich noch vollkommen am Rad!

»Zugegebenermaßen: Ich habe zwar alles besorgt, aber mit etwas Hilfe von Ava. Sie hat die Sachen hierher gebracht, während wir noch unterwegs waren.« Er schenkt uns ein und hält mir ein Glas hin, worauf wir anstoßen. »À sua saúde!« Zum Wohl!

Ich nehme einen Schluck von dem kühlen Weißwein und schmecke die angenehm fruchtige Säure, die sich auf meiner Zunge ausbreitet. Danach schnappe ich mir eines der Gebäckstücke und beiße genüsslich ab. »So verdammt lecker«, seufze ich zwischen zwei Bissen.

Bestes. Date. Ever!

»Freut mich, dass es dir schmeckt.«

Als die Sonne hinter dem Horizont verschwindet und der Abend in eine schummrige Dämmerung übergeht, beginnen die Zikaden zu zirpen.

»Oh, sieh mal, Fledermäuse«, sagt Asher auf einmal und deutet in den Himmel.

»Wo?«

»Da, siehst du sie?«

»Wahnsinn! Wie schnell die fliegen, da kommt man mit den Augen kaum hinterher. So idyllisch hier ...«

»Ist deine Heimat denn genauso malerisch wie die hiesige Gegend?«

»Schon, dennoch komplett anders, irgendwie. Die Hänge im Moseltal sind lange nicht so hoch und steil, aber trotzdem imposant. Die Mosel schlängelt sich durch die verschiedenen Weinanbaugebiete und viele Menschen gehen dort Wandern und Radfahren. Man kann sogar Flusskreuzfahrten unternehmen und die zahlreichen Städte besuchen, die sich am Ufer der Mosel dicht aneinanderreihen. Nicht umsonst ist es das beeindruckendste Weinanbaugebiet in Deutschland, aber es ist trotzdem nicht mit Madeira zu vergleichen. Madeira überzeugt durch sein südländisches Flair, an der Mosel wird zum Wein aus der Region deutsche Hausmannskost serviert.«

»Und wo genau bist du aufgewachsen?«

»In der Nähe von Koblenz in Rheinland-Pfalz. Sagt dir das was?«

Asher schüttelt den Kopf. »Das macht aber nichts. An der Art, wie du mir davon erzählst, merke ich, wie wichtig dir deine Heimat ist.«

»Das stimmt. Leider bin ich seit dem Tod meiner Eltern nicht mehr oft da gewesen. Meine Großeltern sind schon vor Jahren verstorben und dadurch hat mich dort nichts mehr gehalten. Deshalb habe ich meine Siebensachen gepackt und bin zu Raph-« Ich stocke und räuspere mich. »... zu meinem Ex-Verlobten nach Kalifornien gezogen.«

Asher zieht die Augenbrauen hoch.

Shit ...

»Sorry, ich wollte nicht von meinem Ex anfangen«, gebe ich zerknirscht zu.

»Kein Thema«, antwortet er rau. »Ich freue mich, dass du so offen mir gegenüber bist. Das ist nicht selbstverständlich.«

»Findest du?«

»Gott, Sardas, wenn du wüsstest, wie die Frauen vorher waren, die ich gedatet habe.« Er fährt sich mit der Hand durch die dichten Haare, sodass sich sein muskulöser Trizeps anspannt.

»Bitte?« Wie darf ich das denn verstehen? Als Kompliment? Oder wie meint er das konkret? Dass Asher kein Kind von Traurigkeit ist, ist mir bewusst. Aber wie lang ist die Liste seiner Verflossenen? Ist er ein draufgängerischer Playboy oder insgeheim doch der treue Romantiker? Sein Auftreten heute und sein Bemühen um unser Date sprechen für sich.

»Nicht, was du annimmst«, sagt er lachend und unterbricht damit meine Überlegungen. »Ich kann deine Gedanken bis hierher hören, Sardas!«

Je öfter er mich so nennt, desto besser gefällt mir der Nickname. Hat mich Raphael je anders als Charlotte oder Baby genannt? Ich kann mich nicht erinnern. Sardas dagegen ist nicht beliebig, sondern einmalig. Genauso wie die Art, mit der Asher mich jedes Mal ansieht. Zum Dahinschmelzen!

»Wie hast du es dann gemeint?«, hake ich vorsichtig nach.

Er blickt zu mir, seine grünen Augen sind jetzt dunkler als zuvor. »Du sagst, was du denkst. Das gefällt mir. Du bist ehrgeizig und zielstrebig und du bist nicht auf den Mund gefallen. Außerdem bist du heute, ohne zu murren, mit mir gewandert, Charlie. Meinst du, es gibt in Napa Valley viele Frauen, die freiwillig Trekkingschuhe anziehen und wandern gehen?« Er reibt sich über die Lider und ich spüre, wie mir bei jedem seiner Worte das Gesicht glüht. »Himmel, allein die Tatsache, dass du vorhin schier ausgerastet bist – im positiven Sinne –, als du mein kleines Cottage hier gesehen hast, hat mir gezeigt, wie du tickst. Du liebst die Natur und begeisterst dich für Kleinigkeiten, wie die Pastéis.«

Meint er das ernst? Ich atme schwer und genehmige mir einen weiteren Schluck aus dem Weinglas, ehe ich auflache. »Gott, wieso driften unsere Gespräche eigentlich dauernd in so ernste Richtungen ab?«

»Es ist die Wahrheit, Charlie.«

Nickend sehe ich ihn an. In seinen Zügen erkenne ich Aufrichtigkeit und Zuneigung. »Ich weiß«, murmle ich. »Ich weiß ...«

Seine Worte bedeuten mir alles.

Allmählich wird es kühler, weshalb ich mir ein paar Mal über die Oberarme reibe. Asher bemerkt es sofort und steht auf. »Du frierst. Moment, bin gleich wieder da.«

Keine Minute später kommt er zurück und legt mir eine flauschige Decke um die Schultern. »Hier. Besser?«

Dankbar bejahe ich. Gott, dieser Mann ist ...

»Du bist vollkommen anders, als ich dich zu Anfang eingeschätzt habe«, gebe ich nach einer Weile leise zu.

»Hoffentlich besser?«, feixt er und ich muss schmunzeln.

»Unser erstes Zusammentreffen war ziemlich ... wie soll ich sagen?«

»Knisternd? Anziehend? Weltbewegend?«

Mit einer hochgezogenen Augenbraue mustere ich ihn. »Nervtötend? Zeitraubend?«

»Was? Nein!«

»Doch, nervig trifft es ziemlich gut«, beharre ich grinsend auf meinem Standpunkt, füge aber dann ernster hinzu: »Dafür macht der Tag heute alles wett.«

Um meine Worte zu verdeutlichen, verlagere ich meine Position und beuge mich zu Asher. Meine Nasenspitze ist nun direkt vor seiner. Ich lege meine Hände um seine Wangen und küsse ihn zärtlich.

Aus Ashers Kehle entweicht ein Stöhnen und ich vertiefe unseren Kuss. Meine Finger finden ihren Weg zu den Knöpfen seines Pilotenhemdes und machen diese nacheinander auf. Meine Hand wandert unter den dünnen Stoff und bleibt auf der warmen Haut über seinem Herzen liegen, das kräftig unter meinen Fingern schlägt. Meine Nervenzellen gehen in Flammen auf, sodass mir von all den Küssen und Berührungen schwindelig wird.

Ich halte es kaum noch aus. Auf einmal hält Asher inne, steht auf und zieht mich an den Händen hoch. »Komm, lass uns reingehen«, raunt er verheißungsvoll.

In seinen Augen erkenne ich glühendes Verlangen, weshalb ich nur stumm nicke. Ab diesem Moment kann ich es kaum noch erwarten, ihn näher und in mir zu spüren.

11. Kapitel: Kaffee und Wein, alles ist fein

»Seid ihr jetzt zusammen?« Ava mustert mich über den Rand ihres Kaffeebechers und verkneift sich mit aller Mühe ein Grinsen, ich erkenne es an ihrer verschmitzten Miene.

»Keine Ahnung?«, antworte ich.

»Aber ihr habt miteinander geschlafen!«

»Ava!«, entgegne ich empört.

»Was denn?« Jetzt grinst sie tatsächlich. »Du willst mir doch nicht erzählen, dass dich unser Lonely Boy in seine versteckte Hütte entführt, zu der nur er persönlich Zugang hat, du mit ihm die Nacht verbringst und ihr dann kein Paar seid? Das glaubst du wohl selbst nicht!«

»Lonely Boy?«

»Meinst du denn, dass sich Asher hier bereits auf eine Frau eingelassen hat?«

»Vielleicht?«

»Nope.« Vehement schüttelt sie den Kopf und stellt die Tasse auf dem Küchentisch im Pausenraum ab. »Der Mann hat ein Unternehmen zu führen, zu gründen, was auch immer.« Sie gestikuliert mit ihren Armen wild in der Luft und fährt sich dann mit den Fingern durch die dicken Strähnen ihrer Braids. »Seit wir auf Madeira sind, bist du die erste Frau, die er datet. Ich kann mich außerdem nicht daran erinnern, dass er in Kalifornien in letzter Zeit jemanden hatte. Dieser Mann ist beschäftigt.«

»Wem sagst du das ...«, murmle ich.

»Hm?«

»Seit er mich am Sonntagmorgen nach Hause gebracht hat, haben wir uns praktisch nicht mehr richtig gesehen. Die Arbeit zähle ich nicht. Gestern hat er mich zwar in die Markthalle nach Funchal mitgenommen, aber da ging es ebenfalls einzig um die Arbeit.«

»Ach, wegen der regionalen Obst- und Käsehändler für die Weinproben?«

Ich nicke. »Ich habe Asher begleitet, weil er meine betriebswirtschaftliche Meinung schätzt. Kaum woanders findest du so viele Lieferanten auf einem Haufen wie im Mercado dos Lavradores. Wir haben dort verschiedene Käsesorten probiert und exotische Früchte ausgewählt, die aromatisch am besten mit unseren Weinen harmonieren.«

»Wieso ist Leandro nicht mitgefahren?«

Verständnislos zucke ich mit den Schultern. »Der hatte zu tun. Jetzt ist die Woche fast wieder rum und bis auf die täglichen Meetings und unsere *Dienstreise* ...« Ich setze das letzte Wort in Anführungszeichen. »... haben wir keine zehn Sätze miteinander gewechselt.«

»Moment mal! Zusammengefasst heißt das, du hast Asher zwar seit eurem phänomenalen Date nicht mehr gesehen, aber er hat dich zu einer Verköstigung mit nach Funchal genommen, wo ihr euch den halben Tag in trauter Zweisamkeit durch die verschiedenen Stände geschlemmt habt?«

Ava sieht mich mit einem Blitzen in den Augen an und wartet darauf, dass bei mir der Groschen fällt. Was er nach einem Wimpernschlag tut.

»Oh, Mann ...«, stöhne ich auf. »Das war tatsächlich ...«

»Romantisch? Zauberhaft? Süß?«, hilft sie mir aus.

»Alles zusammen?« Verlegen schlage ich mir die Hände vor das Gesicht. »Himmel, manchmal habe ich eine unfassbar lange Leitung.«

»Leitung?«, feixt sie. »Das war wohl eher eine Pipeline!«

Wir prusten beide los.

»Olá! Como vai você?«, begrüßt uns Leandro, der plötzlich zu uns in den Pausenraum tritt und sich einen Kaffee macht.

»Bem, obrigada!«, bedanken Ava und ich uns unisono. Uns geht es gut.

Ich hebe den Arm und sehe schockiert auf meine Armbanduhr. »Gott, ich muss zurück ins Büro! Wie lange haben wir bitte gequatscht?«

Kichernd erheben wir uns, doch Leandro hält mich auf, ehe ich den Raum verlasse: »Charlotte? Asher wollte vorhin etwas von dir.«

Oh ...

»Etwas Wichtiges?«

Er schüttelt den Kopf. »Não. Er wollte etwas mit dir wegen später besprechen.«

»Obrigada. Dann gehe ich ihn mal suchen!«

»De nada!«

Auf dem Weg zurück in mein Büro werfe ich verstohlene Blicke in die verschiedenen Räume, kann Asher aber nirgends entdecken.

Kaum dass ich den Computer aus dem Ruhezustand geweckt habe, klopft es an meiner Tür und Asher lehnt lässig am Rahmen.

»Na, Lady? Alles gut bei dir?«

Genervt verkneife ich mir ein Augenrollen. Er kann es nicht lassen.

»Alles prima. Du wolltest mich sprechen?«

Asher lacht leise. »So bockig heute?«

Finster sehe ich ihn an, muss mir aber gleichzeitig ein Grinsen verkneifen. So wie er da im Türrahmen lehnt, mit dem Unterarm am Holz abgestützt, kann ich ihm nicht böse sein. Selbst wenn er mich »Lady« nennt. Doch mittlerweile habe ich mich irgendwie sogar an den Namen gewöhnt. »Sardas« wäre mir trotzdem lieber.

»Wollen Sie sich nicht setzen, Senhor Monteiro?« Ich deute auf die beiden Stühle vor meinem Schreibtisch.

»Wieso?«, will er wissen, ohne auf meine Frage einzugehen. »Lenke ich dich ab?«

»Natürlich nicht!«, gebe ich viel zu schnell zurück.

Oh, doch ... Innerlich warte ich bereits darauf, dass ein Stück seines teuren Hemds nach oben rutscht, damit ich einen Blick auf einen Streifen seines nackten Bauches erhaschen kann. Seines verdammt muskulösen, nackten Bauches. Damn!

Ich seufze auf, denn er weiß genau, wie er auf mich wirkt. Seine verschmitzte Miene spricht Bände. Doch er erlöst mich: »Wann machst du Feierabend, Sardas?«

Ah, da ist es ja wieder!

»So gegen drei Uhr.«

»Das trifft sich gut. Lust, Filipe und mich mit den Kindern zu begleiten?«

Ohne überhaupt zu wissen, wohin es geht, bejahe ich freudestrahlend. »Was habt ihr geplant?«

»Unten im Dorf gibt es einen Bauernhof mit einem Mini-Streichelzoo. Lamas, Esel, Schweine, Ziegen, Kaninchen. Alles, was ein Kinderherz höherschlagen lässt. Wir waren schon öfter mit den Kindern dort, sie lieben es.«

»Das kann ich mir vorstellen. Wann geht es los?«

»Filipe bringt die Kiddies mit seinem Transporter direkt zur Farm, er hat heute nicht so viele dabei. Anscheinend hat sein Kollege einen Konkurrenzausflug geplant.« Wieder lacht er leise, was mir ein angenehmes Prickeln auf der Haut beschert.

»Gerne komm ich mit. Wie schön, dass du fragst. Danke dir, Ash. Das bedeutet mir viel.«

»Nichts zu danken«, murmelt er und sieht mich mit seinem eindringlichen Blick an, der mein Herz schneller schlagen lässt.

Verlegen räuspere ich mich. »Benötigst du noch Hilfe bei der Vorbereitung? Habt ihr auf der Ranch was geplant? Außer natürlich, dass die Kinder schonungslos über die Vierbeiner herfallen werden und sie mit Kuschelattacken überfallen.«

Nickend überlegt er. »Da wäre tatsächlich etwas …«

»Ja?«

»Vor ein paar Wochen hast du in der Teamsitzung diese Malbücher vorgestellt. Ist die Lieferung schon angekommen?«

»Jap. Allerdings nur eine Charge an Probedrucken.«

»Das macht nichts. Könntest du ein paar davon einpacken?«, fragt er.

»Klar. Die Kinder freuen sich sicherlich darüber«, bestätige ich lächelnd.

»Dann sehen wir uns später?«

Aber hallo!

12. Kapitel: Unverhofft … trinkt oft

»Ana, posso apresentar a minha amiga?«

Asher stellt mich als seine Freundin vor? Wie putzig ist das denn bitte? Mein Herz macht einen entzückten Luftsprung.

Er kniet neben dem kleinen Mädchen und sieht sie von der Seite an. Sie hingegen mustert mich verstohlen mit ihren großen, braunen Augen.

Ich gehe ebenfalls in die Hocke und strecke ihr lächelnd meine Hand hin. »Olá, Ana.«

»Como te chamas?«, fragt mich die Vierjährige nach meinem Namen.

»Chamo-me Charlie«, stelle ich mich ihr vor.

»Charlie?«, hakt sie verwirrt nach und steckt sich den Zeigefinger in den Mund. Dann sieht sie Asher an, formt ihre kleinen Hände zum Trichter und flüstert ihm so laut ins Ohr, dass ich sie verstehen kann: »Nome estranho.« Merkwürdiger Name.

Ich muss lachen und Ana sieht mich erschrocken an.

»Desculpa«, entschuldigt sie sich leise.

»Está bem.« Alles in Ordnung.

Wir erheben uns und Asher fragt die Kleine, ob sie mit zu den anderen Kindern will. Denn diese sind bereits im Streichelzoo-Gehege und kraulen die Tiere um die Wette. Asher nimmt Ana an der Hand und geht mit ihr zusammen durch das Gatter. Ich beobachte das Geschehen von draußen und kann nicht verhindern, dass sich dabei ein breites Lächeln auf meine Lippen legt.

Die Kinder aus dem Waisenhaus haben unverkennbar Freude und quieken, wenn eine Ziege oder ein Schaf besonders ausgiebig über ihre Hände schleckt, in denen sie spezielles Trockenfutter bereithalten. Ana greift ebenfalls in den Eimer am Zaun, um sich eine Ladung Futterpellets in ihre Hände zu schaufeln, welche sie dann einem unerschrockenen Kaninchen vor die Schnauze legt.

Asher weist sie an, den Hasen vorsichtig entlang des Fells zu streicheln. Sie quietscht vergnügt auf, weil der Zwergwidder sie am Arm stupst und nach mehr Liebkosungen verlangt. Er bleibt dicht an ihrem Oberschenkel liegen, seine Ohren hängen entspannt nach unten.

Mit langsamen Schritten entferne ich mich vom Gehege und nehme stattdessen auf einer hölzernen Sitzgarnitur Platz, die unmittelbar in der Nähe aufgestellt ist. Von dort aus beobachte ich das Geschehen und kann es noch immer nicht fassen, dass Asher mich gefragt hat, ob ich mitkommen will. Wenn er wüsste, welche Freude mir das bereitet hat!

Aus dem Augenwinkel nehme ich eine Bewegung wahr und drehe den Kopf. Vor mir steht die junge Bäuerin und hat eine Flasche Wein und zwei Gläser dabei.

»Boa tarde! Du bist Charlotte, richtig?«

»Sim.«

»Chamo-me Catarina. Meinem Mann und mir gehört der Bauernhof«, informiert sie mich und ich bin überrascht, wie einwandfrei ihr Englisch ist. »Darf ich mich zu dir setzen? Ich habe auch etwas zu trinken mitgebracht.« Zur Bestätigung ihrer Aussage hebt sie die Weinflasche und die Gläser und grinst mich mit einem Schulterzucken an.

»Immer gerne!«

»Du bist eine Freundin von Asher, oder?«, fragt sie, während sie uns einschenkt. Wir stoßen an und ich genehmige mir einen Schluck des kühlen Roséweins.

Zum Glück muss ich nicht mehr fahren.

»Sim. Ich arbeite seit ein paar Wochen bei *Vinho Monteiro*.«

»Ah!«, antwortet sie wissend. »Gefällt es dir dort?«

Ich nicke und wir verfallen in ein Gespräch über meine Tätigkeiten in der Firma und ihre Aufgaben auf dem Hof. Wie sich herausstellt, möchte ich mit Catarina nicht um alles in der Welt tauschen. Ihre Schilderung von der Arbeit auf der Farm klingt anstrengend, kräftezehrend und schweißtreibend. Wortwörtlich. Ihr Tag beginnt, wenn ich noch in meinen Kissen schlummere, und endet, wenn ich den Feierabend schon vor Stunden eingeläutet habe. Aber ihr gefällt es, es ist ihr Leben. Ihre Begeisterung ist aus jedem Wort herauszuhören.

Nach einer Weile sieht sie an mir vorbei zum Haupthaus und wirft mir dann einen bedauernden Blick zu. »War schön, dich kennenzulernen, Charlotte. Aber ich muss wieder zurück. Die Pflicht ruft.«

»De nada!«, rufe ich ihr hinterher, während sie sich winkend von mir entfernt. Den Wein lässt sie stehen.

In diesem Moment kommt Asher, mit Ana an der Hand, zu mir an den Tisch. Im Gehege herrscht nach wie vor ausgelassene Stimmung, und Filipe achtet darauf, dass die Kinder es mit den Vierbeinern nicht übertreiben.

»Na, etwa schon genug?«, frage ich.

Asher hilft Ana auf die Holzbank und nimmt dann selbst Platz, sodass sie jetzt zwischen uns sitzt. »Jap. Nachdem der Hase genug hatte und weggehoppelt ist, hatte sie keine Lust mehr.«

Wir lachen beide und betrachten schmunzelnd die Vierjährige, die mich wieder mit ihren großen Augen beobachtet.

»Você quer pintar?« Ich frage sie, ob sie malen möchte, und ziehe gleichzeitig eines der Malbücher und ein Mäppchen mit ein paar Buntstiften aus meinem Shopper, die ich im Büro aufgetrieben habe.

Ana nickt verhalten und steckt sich wieder den Zeigefinger in den Mund. »Posso?«, fragt sie Asher nuschelnd um Erlaubnis.

»Sim.« Er lächelt sie liebevoll an und zeigt ihr dann das Malheft. Auf Ana warten kunterbunter Rätselspaß, Labyrinthe und Seiten mit schwarzen Umrissen zum Ausmalen. Selbstverständlich alles rund um den Weinanbau und die Kelterei. Frühkindliche Prägung vom Feinsten.

Eine Idee, die mir im Zuge der Planung der Weinproben gekommen ist. Denn auf diese Weise sind die Kinder beschäftigt, während die Eltern bei uns im Weingarten die Produkte verköstigen.

Obwohl Ana auf einem Kissen und dadurch etwas höher sitzt, sieht sie gerade so über die Tischplatte. Mit der

Zunge im Mundwinkel greift sie nach einem Buntstift und beginnt hochkonzentriert, die Traubenrebe auszumalen. Diese wird knallpink. Aber egal. Wird eben eine exotische Traubensorte.

Ana ist ein kleiner Goldschatz. Wenn man nicht aufpasst, hat sie einen sofort um den Finger gewickelt.

»Ich will nicht wieder damit anfangen, Charlie. Auch wenn es mich im Grunde nichts angeht, aber eine Sache lässt mir keine Ruhe«, beginnt Asher nach einer Weile und sieht mich dabei ernst an.

Oha. Was kommt jetzt?

»Ja?«

»Dein Ex-Verlobter – Raph? ... Wie kommt es, dass er auf einmal keine Kinder mehr wollte? Das ist doch kein Thema, zu dem man seine Meinung mir nichts, dir nichts ändert. Schließlich machst du keinen Hehl daraus, dass du Kinder magst.«

Ich seufze laut und denke nach. Diese Frage habe ich mir ebenfalls schon mehrmals gestellt. Bislang habe ich keine vernünftige Antwort gefunden. Welche Beweggründe hatte Raph?

Wahrscheinlich muss ich etwas weiter ausholen, um diese Frage ansatzweise beantworten zu können.

»Du weißt, dass ich nach dem Tod meiner Eltern meine Zelte in Deutschland komplett abgebrochen habe, um endgültig nach Kalifornien zu ziehen, oder?«, beginne ich meine Erklärung, woraufhin Asher nachdenklich nickt. »Raph habe ich während eines Auslandssemesters kennengelernt. Nach meinem Studium und der Zusatzausbildung als Sommelière hat es sich praktisch angeboten, direkt einen Job im Weingeschäft in Kalifornien anzunehmen. Das war eine großartige Gelegenheit für mich.«

Diese Stelle, direkt nach dem Studium, ohne konkrete Berufserfahrung? Für eine derartige Chance gehen viele Menschen über Leichen.

»Für mich hört sich das an, als wäre eure gemeinsame Zukunft in Stein gemeißelt gewesen.«

Schnaubend antworte ich: »Wem sagst du das ... Langsam glaube ich allerdings, er hat mir das alles vorgemacht.«

»Aber wozu?«

»Das ist die Eine-Million-Dollar-Frage.«

»Hat er es dir nicht erklärt?«, hakt Asher nach.

»Nope. Das Einzige, was er meinte, war – ich zitiere –, dass diese scheiß Hochzeit und mein Wunsch nach Kindern ihm am Arsch vorbei gingen.«

Asher sieht in diesen Sekunden so aus, wie ich mich damals gefühlt habe: Als hätte ich ihm eine schallende Ohrfeige verpasst.

»Wow, was für ein Arschloch ...«, murmelt er. Zum Glück versteht Ana kein Wort von dem, was wir sagen.

Mit zusammengepressten Lippen nicke ich. Jap. Meine Rede.

»Sorry für die Ausdrucksweise, er ist immerhin dein Ex. Aber dieser Kerl ...« Er beendet seinen Satz nicht. Der Ärger über Raphaels Verhalten ist ihm deutlich ins Gesicht geschrieben.

»Lässt dich an die Decke fahren? Bringt dein Blut zum Kochen?«, helfe ich deshalb nach und zucke mit den Schultern. Ashers momentane Reaktion habe ich selbst einige Male durchlebt – ich habe aufgehört zu zählen.

Aus diesem Grund lässt mich dieser Teil meiner Vergangenheit mittlerweile kalt. Raphael hat sich sein Glück mit mir verspielt, er ist selbst schuld. »Um deine Frage aufzugreifen: Keine Ahnung, was Raph dazu getrieben hat, seine Meinung zu ändern. Für mich spielt das heute keine Rolle mehr. Ich finde nur schade, dass ich durch diese Sache meine beste Freundin Harper verloren habe.«

»Wieso das?« Verdutzt sieht mich Asher an.

»Tja, sie hat sich auf Raphaels Seite geschlagen, weil ich ihrer Meinung nach *überdramatisiert* habe.« Miststück.

Asher lacht bitter auf. »Weil du was? Schluss gemacht hast, weil für dich eine Welt zusammengebrochen ist?«

So in etwa. Wenn es nur das allein gewesen wäre.

Ana sieht bei Ashers Gefühlsausbruch kurz erschrocken auf.

»Está bem«, flüstert er beruhigend und sie widmet sich wieder ihrem Malbuch. Zur Bekräftigung streichelt er über ihre zu zwei Zöpfen geflochtenen Haare.

»Nun ...«, antworte ich frustriert. »Das ist Harper. Vielleicht kam ihr das alles sehr gelegen. Mich würde nicht wundern, wenn sie sich zwischenzeitlich in sein Bett geschlichen hat.«

Jetzt bin ich tatsächlich froh, dass uns Ana nicht versteht. Unser Gespräch ist mit Sicherheit nicht für die Ohren einer Vierjährigen gedacht.

Asher schnaubt. »So eine ist sie?«

»Haargenau so eine«, meine ich resigniert und zucke mit den Achseln.

Zu dieser Erkenntnis bin ich schon vor einiger Zeit gelangt. Wenn ich mich recht entsinne, während meiner

Trauerphase. Die weitestgehend aus Hollywood-Schnulzen, Tonnen an Süßkram und – Schande über mich – billigem Rotwein bestanden hat. Danach bin ich nur noch wütend gewesen und habe die überflüssigen Tränen – und Pfunde – durch Sporteinheiten energisch in ihre Schranken verwiesen.

Raphael und Harper können mir gestohlen bleiben.

»Meine Ex-Freundin tickt ähnlich wie diese Harper«, beginnt Asher nach einer Weile und reißt mich damit aus meinen Gedanken.

»Deine Ex?«, hake ich nach und bin überrascht, dass er dieses Thema offen anschneidet, obwohl er bislang nicht viel über seine Beziehungen verraten hat.

Er nickt und blickt abwesend in die Ferne. »Violet hat die meisten meiner Aussagen ins Lächerliche gezogen und mich bei vielem ebenfalls nicht ernst genommen. Schon gar nicht meine Gefühle.«

»Das klingt hart.«

»War es. Für Violet war es nur wichtig, Geld zu besitzen. Viel Geld. Und zusätzlich der damit verbundene Status und das Prestige. Wer kein Geld hat, zählt nichts bei ihr. Nachdem sie das erste Mal von den Plänen hier auf Madeira erfahren hat, meinte sie, sie wolle mit keinem Mann zusammen sein, der von vorne beginnen müsse. Das sei unter ihrer Würde.«

»Wow …«, antworte ich sarkastisch. »Klingt sympathisch.«

»Du sagst es. Ich habe lange gebraucht, um Violets wahres Gesicht zu erkennen. Ihre Lügen, ihre verqueren Ansichten, was Geld und Vermögen betrifft.«

»War sie denn vermögend?«, frage ich mit klopfendem Herzen und werde prompt an mein eigenes Erbe erinnert.

Asher schnaubt abfällig. »Vermögend ist gar kein Ausdruck. Sie schwimmt in Geld. Aus diesem Grund könnte ich mit keiner Frau zusammen sein, die aus denselben Verhältnissen stammt. Violet war mir Lehre genug.«

Autsch.

Ich schlucke schwer, weil ich mir der Tragweite seiner Aussage bewusstwerde. Mir wird gleichzeitig heiß und kalt.

»Aber zum Glück ist das bei dir nicht der Fall«, meint er und sieht mich über Anas Kopf hinweg liebevoll an.

Ich setze ein gequältes Lächeln auf und weiß nicht, was ich sagen soll.

Shit ...

Auf keinen Fall werde ich ihm jetzt von meinem Erbe erzählen. Das kann ich nicht. Damit würde ich alles kaputtmachen. Und mich als womöglich größere Lügnerin als diese Violet offenbaren. Denn bei ihr wusste er von Anfang an, womit er es finanziell zu tun hat. Sie hat sich zwar im Nachhinein als Miststück entpuppt, aber ich verschweige ihm schon von Anfang an die Wahrheit über meine wahre Herkunft.

Mistmistmist ...

Das kann nicht gutgehen. Das *wird* nicht gutgehen. Nie und nimmer. Wenn Asher von meinen Lügen und meinem Millionenerbe erfährt, wird er seine Konsequenzen daraus ziehen.

Was das bedeutet?

Er wird Schluss machen, mich hochkant aus der Firma werfen. Was sein gutes Recht ist. Ich könnte es ihm nicht verübeln.

Wieso? Wieso muss diese Violet ausgerechnet wohlhabend und solch eine Bitch sein?

Nein. Ich kann Asher nichts von dem Erbe sagen. Ich darf es nicht. Für mich steht zu viel auf dem Spiel. Ich will diesen Mann nicht verlieren. Dafür stecke ich schon zu tief in der Sache. Und mit meinem Herzen.

Ich kann nur beten, dass Asher nicht herausfindet, wie viel mir meine Eltern hinterlassen haben. Dass ich – wie Raphael mir stets vorgeworfen hat – in der Tat nicht auf den Job angewiesen bin. Obwohl ich meinen Job liebe.

Außerdem mag ich Asher. Darum darf ich das jetzt nicht kaputtmachen.

»Asher?«, piepst Ana auf einmal und lenkt unsere Aufmerksamkeit auf sich. »Estou cansado.« Sie ist müde.

Bevor sie den Stift beiseitelegt, sieht sie abwartend zwischen uns hin und her.

Just in diesem Augenblick tritt Filipe zu uns an den Tisch und erklärt den Ausflug für beendet. Ana strahlt ihn an, klettert sofort über die Bank und flitzt mit ihren kurzen Beinen zurück in Richtung des Transporters.

Vergessen sind das Malbuch und ... wir.

13. Kapitel: Die weltbesten Pancakes ever

»Guten Morgen.« Gähnend und mit nackten Füßen schlendere ich in den großzügigen Wohnbereich und bin überrascht, Asher am Herd vorzufinden.

»Dir ebenso einen guten Morgen, Sardas«, antwortet er und blickt von der Pfanne auf. Unwillkürlich verdunkeln sich seine Iriden und er schluckt schwer, sodass sein Adamsapfel hüpft. »Du in meinem Hemd, halbnackt ... An diesen Anblick könnte ich mich gewöhnen. Pass nur auf, dass ich dich nicht wieder zurück ins Bett zerre.«

»Damit wir da weitermachen, wo wir vorhin aufgehört haben?« In den frühen Morgenstunden wohlgemerkt. Schelmisch lasse ich meine Augenbrauen tanzen. »Jederzeit bereit!«

»Jetzt sofort? Nach den vier Touchdowns? Sorry, aber ohne Kaffee und ein ordentliches Frühstück geht da gar nichts.«

»Dreieinhalb, aber wer zählt schon mit«, gebe ich trocken zurück.

Asher stutzt, legt dann aber den Kopf in den Nacken und lacht aus voller Kehle.

Ich grinse. »Was duftet hier denn so köstlich?«, will ich von ihm wissen.

»Pancakes. Sind gleich fertig«, antwortet er und wendet im selben Augenblick die Pfannkuchen mit einer Bratschaufel.

Dieser Mann kann kochen? Das wird ja immer besser.

Da wir gestern Abend nach dem Ausflug zum Bauernhof einzig Augen füreinander hatten, packe ich die Gelegenheit beim Schopf und nehme jetzt Ashers Wohnbereich genauer unter die Lupe. Solange er in der Küche beschäftigt ist, ist das meine Chance.

Die Wohnung befindet sich direkt über dem Haupthaus von *Vinho Monteiro*. Genau wie im Erdgeschoss besteht hier alles aus Beton, Glas und Holz. Zudem hat Asher die Wohnung modern und stilvoll eingerichtet. Gefällt mir.

An der Wand neben der großen Ledercouch gibt es sogar ein – überraschenderweise – gut bestücktes Bücherregal. Mit den Fingerspitzen fahre ich über die Buchrücken und entdecke Klassiker von Hemingway, Fitzgerald oder Woolf.

»Du liest?«, frage ich ihn über die Schulter und ziehe gleichzeitig *The Great Gatsby* aus dem Regal.

»Du etwa nicht?«, ruft er zurück.

Schmunzelnd blättere ich durch die alte Ausgabe.

»Was ist dein Lieblingsbuch?«, will ich wissen. »Und sag jetzt bitte nicht *Gatsby*.«

Ich spüre einen Luftzug im Genick und plötzlich steht Asher nah hinter mir und drückt mir einen Kuss in den Nacken.

»Warum?«, flüstert er in mein Haar. »Denkst du etwa, reiche Prohibitionsschmuggler, die aus Liebeskummer berauschende Partys wegen einer verlorenen Liebe schmeißen, sind mein Vorbild?« Die Belustigung kann ich deutlich in seiner Stimme hören.

Ich stelle das Buch zurück ins Regal, drehe mich um und schlinge meine Arme um seinen Nacken. Sofort legen sich seine Hände auf meine Taille.

»Nicht so wirklich.« Grinsend drücke ich ihm einen Kuss auf die Lippen. »Nun sag schon, hast du ein Lieblingsbuch?«

»Lieblingsbuch ist zu weit gegriffen. Hemingway liest sich ganz gut, aber mit dieser Meinung stehe ich vermutlich allein da.«

»Aber gibt es kein Buch, das dir so richtig gut gefallen hat?«

»Zugegebenermaßen mochte ich *Peter Pan* sehr gern.«

»Das Kinderbuch?«, hake ich ungläubig nach.

»Ja, warum nicht?«

Statt einer Antwort pruste ich los. Ich habe alles, nur nicht *das* erwartet.

Asher schüttelt belustigt den Kopf und lässt mich los. »Komm«, sagt er. »Das Frühstück wird kalt.«

Er nimmt mich an der Hand und führt mich zum Esstisch, an dem wir schräg gegenüber Platz nehmen. Bevor er mir Kaffee aus der French Press einschenkt, schaufelt er mir den Teller voll, sodass ein kleiner Turm aus Pancakes vor mir aufgestapelt liegt. Sofort schnappe ich mir die Flasche Ahornsirup und schütte eine ordentliche Ladung darüber.

»Bereit für die weltbesten Pancakes ever?« Verschmitzt sieht Asher mich an und wartet darauf, dass ich meinen ersten Bissen nehme.

»Ambitionierte Aussage, Senhor Monteiro.«

»Nette Alliteration, Lady«, gibt er gleichmütig zurück, ehe ich mir eine Gabel voll in den Mund schiebe und genüsslich kaue.

Gott, ist das lecker!

Die Pancakes sind locker und fluffig und werden durch den würzig-süßen Ahornsirup geschmacklich in den Gourmethimmel katapultiert. Himmlisch! Absolut fantastisch!

»Du hast nicht gelogen«, gebe ich zwischen zwei Bissen zu. »Die Pancakes sind der Wahnsinn!«

»Na, so was.«

Ich lese die Genugtuung auf seinen Zügen und bin gewillt, ihm einen kleinen Dämpfer zu verpassen. Nur zum Spaß, versteht sich. »Das liegt natürlich *einzig* an diesem Ahornsirup. Er ist genial.«

»Ist das so?«

»Hm. Auf jeden Fall«, gebe ich zurück und muss mit aller Mühe ein Lachen unterdrücken. »Was ist das überhaupt für eine Marke?«

Prüfend nehme ich die Glasflasche mit Bügelverschluss in Augenschein. Ich drehe sie, aber es ist kein einziges Etikett aufgedruckt.

»Keine«, antwortet Asher zwischen zwei Bissen. »Ist von meiner Grandma.«

Fast verschlucke ich mich. »Wie bitte?«

»Überrascht, Sardas?« Er grinst mich an. »Meine Grandma hat meinen Grandpa in ihren frühen Ehejahren irgendwann dazu überredet – Gramps würde ›verdonnert‹ sagen –, ein paar seiner geliebten Rebstöcke aufzugeben, um dort Ahornbäume zu pflanzen. Seit diese einen kräftigen Stamm haben, zapft sie jedes Jahr selbst Ahornsaft und kocht daraus den Sirup. Eine familiäre Spezialität, wenn du es so nennen willst.«

Nahezu sprachlos und mit offenem Mund starre ich Asher an. Damit habe ich nicht gerechnet. »Das ist ... wow!«

»Nicht? Und das, obwohl du mich eigentlich nur aufziehen wolltest«, murmelt er und kommt meinen Lippen dabei gefährlich nahe.

»Tatsächlich?«, piepse ich.

»Du bist eine verdammt schlechte Lügnerin, Charlie.«

Weiß ich. War ich schon immer.

»Ich habe deinen Täuschungsversuch sofort durchschaut.«

»Hat doch Vorteile, oder?«, hauche ich an seinem Mund.

»Hat es«, bestätigt er leise. Und dann küsst er mich.

Ashers Lippen treffen auf meine und sofort überwältigen mich meine Sinne. Mir steigt sein ledrig-sandelholziges Parfum in die Nase, gleichzeitig schmecke ich die Süße des Sirups auf seiner Zunge. Sein Verlangen berauscht mich und bewirkt, dass ich mehr will. Eine explosive Mischung, die meinen Puls zum Rasen und mein Herz zum Flattern bringt.

Ich ziehe ihn näher an mich heran, kralle mich an seinen Oberarmen fest. Er legt mir beide Hände um die Wangen und lässt sie dann in meinen Nacken wandern, wo er in mein Haar greift.

Weil ich es nicht mehr aushalte und meine Mitte vor Begierde pocht, ziehe ich ihn mit mir hoch und hinter mir her, zurück ins Schlafzimmer.

Als ich Stunden später erschöpft die Augen öffne, gibt die Matratze neben mir nach und Asher steht gerade auf. Ich beobachte ihn dabei, wie er auf Zehenspitzen seine Kleidung zusammensucht und sich dann anzieht.

»Was hast du vor?«, murmle ich verschlafen und ziehe das Bettlaken höher.

»Du bist ja wach. Ich wollte dich nicht wecken, sorry!«

»Nicht schlimm. Wie spät ist es?«

»Nachmittag. Kurz nach zwei.«

Was? Schon so spät?

Ich richte mich auf die Ellbogen gestützt auf. »Wir haben den halben Tag vertrödelt«, stelle ich belustigt fest und setze mich dann in den Schneidersitz.

Asher dreht sich zu mir um und hebt die rechte Augenbraue. »Vertrödelt? Wie darf ich das verstehen?«

»Na ja, erst das ...« Ich deute zwischen uns beiden hin und her.

»Du meinst den Sex?«

O Gott.

»Äh, ja«, krächze ich und spüre, wie mir die Hitze in die Wangen schießt. »Außerdem hätte ich dich einfach nicht für den Kuscheltyp gehalten.«

»Gern geschehen, Sardas«, antwortet er vergnügt. »Aber leider muss ich los. Ich habe eine Videokonferenz mit meinem Dad und Jaiden, die kann ich unmöglich verpassen.«

»Was Ernstes?«

Er schüttelt den Kopf. »Nur ein paar finanzielle Angelegenheiten. Aber wir sind seit Tagen dazu verabredet.« Ein Blick auf seine teure Armbanduhr lässt ihn die Lippen zusammenpressen. »Deshalb muss ich jetzt los. Es tut mir leid, Charlie. Bleib doch hier, so lange du magst.

Ich freue mich, wenn du noch da bist, wenn ich zurückkomme.« Zwinkernd kommt er zum Bett und drückt mir einen Kuss auf die Lippen.

»Okay«, hauche ich, nachdem er sich von mir gelöst hat.

»Bis später«, verabschiedet er sich und verschwindet durch die Tür.

Müde lasse ich mich zurück ins Bett fallen, muss aber breit grinsen.

Und wie ich hier bleibe!

14. Kapitel: Poncha trinken, bis der Winzer kommt

»Sieh dir das an!« Ava deutet auf die bunten Blumengirlanden, die über die malerischen Gassen gespannt sind. Wohin man sieht, überall leuchtet es weiß, blau, gelb, rot und grün.

»Wunderschön, oder?«, bestätige ich sie. »Ich kann mich gar nicht entscheiden, was ich hübscher finde: die Girlanden oder die vielen Hortensien.«

Mit dem Finger deute ich auf einen Blumentrog, der von verschiedenfarbigen Hortensien überwuchert ist. Von Weiß über Rosa und Blassblau bis hin zu einem tiefen Violett ist dabei jede Farbe vertreten.

»Ganz ehrlich? Mich beeindrucken die Strelitzien fast mehr. Die wachsen hier überall. Sogar am Straßenrand. Wie bei anderen das Unkraut.«

Wo sie recht hat, hat sie recht.

»Ist wahrscheinlich nicht umsonst die Nationalblume der Insel«, mutmaße ich.

»Weil sie am Straßenrand wächst? Das ist aber kein Vorzeige-Gewächs.« Skeptisch sieht mich Ava an.

»Nein. Weil sie *überall* wächst!«

»Ach so.«

Beide lachen wir.

Von der Küste peitscht ein kräftiger Wind, welcher die Palmwedel flattern lässt und bewirkt, dass ich mir ständig meine Haare hinter die Ohren klemmen muss.

Wir schlendern gemächlich an den herausgeputzten Häusern von São Vicente vorbei in Richtung des Kirchplatzes, wo die Igreja und unser eigentliches Ziel sind: die Snack-Bar *Refugio*.

Kurz nachdem wir Platz genommen haben, kommt die Bedienung aus der weit geöffneten Tür der Bar und fragt missmutig, was wir trinken möchten. Das wettergegerbte Gesicht und die von Arbeit gezeichneten Hände verraten ihr hohes Alter.

»Traga-nos dois copo de Poncha, faz favor«, bestelle ich uns zwei Gläser Poncha.

»Poncha?« Ihre rechte Augenbraue wandert in die Höhe. Schon klar. Das Rum-Mixgetränk trinken hier üblicherweise die Männer. Aber auf den exotischen Nikita-Cocktail für Frauen stehe ich nun wirklich nicht. Wer fährt schon auf eine Mischung aus Ananassaft, Vanilleeis und Bier ab? Ich nicht.

»Sim, Poncha«, versichere ich ihr mit einem freundlichen Lächeln, woraufhin sie nur brummt.

Mit schlurfenden Schritten und hängenden Schultern kehrt sie in die Bar zurück und verschwindet hinter dem Tresen, wo sie einem jungen Mann ruppige Anweisungen erteilt.

»Was hast du uns da Leckeres bestellt?«, fragt Ava mit schiefgelegtem Kopf.

»Poncha! Ich garantiere dir, du wirst es lieben!«

»Ach ja?«

»Jap. Ein Mix aus weißem Rum, frisch gepresstem Zitronensaft und Honig«, erkläre ich.

»Klingt süffig.«

»Definitiv.«

Keine fünf Minuten später kehrt die herzallerliebste Bedienung zurück und knallt zwei kleine Gläser und eine Schüssel Kartoffelchips auf unseren Tisch. Vorsicht, Einsturzgefahr.

»Obrigada«, bedanken wir uns unisono.

»À sua saúde«, sagt sie und verschwindet wieder.

»Das hätte ich nicht besser sagen können: Zum Wohl!«

»Cheers!«, antwortet Ava und wir stoßen an.

Ich genehmige mir einen Schluck des sonnengelben Drinks und schmecke die herrliche Kombination aus der herben Süße und dem unverkennbaren Geschmack des Zuckerrohrschnapses.

»Oh, my gosh!«, stößt Ava begeistert aus. »Das ist ja ultra lecker!«

Schmunzelnd sehe ich sie an. »Habe ich zu viel versprochen?«

»Nope.« Sie kippt das Glas bis zur Hälfte runter.

Oho.

»Vorsicht, der hat es in sich«, warne ich sie, aber da ist es bereits zu spät, denn sie trinkt weiter.

»Woah, der knallt ja richtig rein«, sagt sie nach nicht einmal einer vollen Minute.

Feixend schiebe ich ihr die Schüssel Chips hin. »Hier, nimm ein paar, die wirst du brauchen.«

»Die paar Snacks werden nicht reichen. Ich brauch etwas Deftigeres!«

Als die Bedienung – aka unsere griesgrämige Oma – eine weitere Runde um die Tische dreht, bestellen wir uns zwei Prego No Bolo do Caco, Rindfleisch-Sandwiches im traditionellen Knoblauchbrot. Köstlich!

Je mehr wir auf Portugiesisch mit ihr reden – besser gesagt: ich –, desto zugänglicher wird sie. Nachdem wir die Sandwiches verdrückt haben und die zweite Runde Poncha bestellen, setzt sie sich sogar zu uns und plaudert ein wenig aus dem Nähkästchen. Wir erfahren, dass Margarida die Besitzerin des *Refugio* ist, sie die Café-Bar schon seit Jahrzehnten betreibt und sie hoffentlich bald ihrem Enkel – dem jungen Mann hinter dem Tresen – übergeben kann.

Kaum dass sie uns wieder allein lässt, kündigt mein Smartphone eine eingehende Nachricht an. Ich hebe das Display an. Von Asher.

Na du? Gar nicht zu Hause? ;-)

Schnell tippe ich eine Antwort.

Nope, bin mit Ava im Refugio.

Ah, das erklärt, warum ich bei dir vor einer verschlossenen Tür stehe und niemand aufmacht. Der Vinho Tinto ist schon warm geworden ;-)

Sorry :-/

*Ach Quatsch, alles gut. Genieß deinen Abend mit Ava! :-**

Lächelnd lege ich das Handy auf den Tisch und hebe den Kopf. Ava beobachtet mich verschmitzt über den Rand ihres Poncha-Glases. In ihren Augen funkelt es verdächtig.

»Was?«

»Du bist verliebt.« Es ist eine Feststellung, keine Frage.

Ich schnaube. »Wie kommst du denn darauf?«

»Mach mir – und vor allem dir selbst – nichts vor. Es ist dir an der Nasenspitze anzusehen. Du strahlst richtig, seit du das Ding ...« Sie weist mit dem Kinn auf mein Telefon. »... in der Hand hattest. Lass mich raten? Du hast mit Asher geschrieben?«

Ich verziehe meine Lippen. Erwischt.

»Habe ich recht oder ... habe ich recht?« Amüsiert lässt sie ihre Brauen hüpfen, ich dagegen verdrehe die Augen.

»Bin ich so leicht zu durchschauen?«, frage ich trocken.

»Hah! Ich wusste es!«

Peinlich berührt schlage ich mir die Hände vor das Gesicht. »Es geht alles so verdammt schnell mit Asher.«

»Aber es fühlt sich doch richtig an, oder?«

»Das schon«, bejahe ich, »aber ich komme frisch aus einer Beziehung und habe das Gefühl, dass ich mich Hals über Kopf in etwas Neues stürze. Versteh mich nicht falsch, Asher ist toll, aber ...«

»Es geht dir trotzdem etwas zu schnell«, schlussfolgert sie.

»Ja. Nein. Ach, keine Ahnung«, brumme ich.

»Aber du bist bis über beide Ohren in ihn verliebt. Das sieht selbst ein Blinder mit Krückstock.«

Das bin ich wirklich. Ich bin verliebt in Asher. Das ist mir schon länger bewusst.

Ich spüre, wie meine Wangen in Flammen stehen. »Mhm«, bestätige ich deshalb.

»Das ist doch das Wichtigste, findest du nicht?« Ava mustert mich mit wackelndem Kopf, so wie sie es immer tut, wenn sie ihr Gegenüber von ihrer Aussage überzeugen will.

»Ganz ehrlich? Ich habe etwas Angst«, gestehe ich leise.

»Vor was?«

»Vor dem großen Knall? Davor, dass ich aus dem Traum aufwache und erkenne, dass die Realität bitter und fies ist?«

»Worauf spielst du an?«

Seufzend nehme ich einen großen Schluck Poncha, bevor ich mit meiner Erklärung beginne. Wenn ich es nicht besser wüsste, würde ich denken, mir Mut antrinken zu müssen. Aber weshalb? Wegen Ava? Nie und nimmer. Eher deswegen, der nackten Wahrheit endlich ins Auge zu sehen.

»Raphael«, stoße ich nach einer Weile aus.

»Dein Ex-Verlobter«, mutmaßt Ava.

Ich nicke langsam, ehe ich fortfahre: »Weißt du, auch mit ihm war am Anfang alles großartig. Er hat mich auf Händen getragen, bis er irgendwann ... nicht mehr so war. Je länger wir zusammen waren, desto mehr habe ich seinen wahren Kern kennengelernt. Ich habe vieles auf den Stress in der Arbeit und auf die Planung der Hochzeit geschoben. Aber wenn ich im Nachhinein objektiv darüber nachdenke ... Raphael hat sich als Arschloch entpuppt.«

Mit einer steilen Falte zwischen den Augenbrauen sieht Ava mich an. »Was hat er getan?«, fragt sie verärgert.

»Sein Umgangston und sein komplettes Verhalten mir gegenüber haben sich verändert. Am Anfang war er charismatisch, aufmerksam, zuvorkommend. Am Ende hat er mir nur noch das Gefühl gegeben, ich sei eine nervige Last, als könne ich ihm nichts rechtmachen. Er ist grob geworden, unfreundlich.«

Ava verengt die Augen zu Schlitzen. »Ist er handgreiflich geworden?«

»Gott bewahre, nein!«, antworte ich schnell, weil es der Wahrheit entspricht. »Es war seine gesamte Art. Ich war für ihn nicht mehr als der Dreck unter seinen Stiefeln. So zumindest habe ich sein Handeln interpretiert. Die geplatzte Hochzeit und seine plötzlich geänderte Meinung bezüglich der Kinderplanung waren nur das Sahnehäubchen auf der Torte. Als hätte er mich die ganze Zeit über verarscht.«

»Klingt nach einem echten Charmebolzen«, kommentiert Ava sarkastisch.

»Was du nicht sagst ...«

»Und jetzt fürchtest du, dass Asher auch so wird?«

Verwirrt zucke ich mit den Schultern. »Vielleicht?«

Tröstend legt sie mir eine Hand auf den Arm. »Ich kann dich beruhigen. Ich kenne ihn schon länger. Asher ist von Grund auf ein anständiger und lieber Kerl. Hier deshalb mein Ratschlag an dich: Hab ein bisschen Vertrauen, und wenn das nicht funktioniert, gönn dir ... viele Ponchas.«

Verdattert blinzle ich und dann prusten wir beide los.

Einige Runden später sitzen Ava und ich kichernd da und amüsieren uns prächtig über die kleinen Anekdoten, die uns Margarida nach jeder weiteren Bestellung erzählt. Noch bevor wir so dermaßen beschwipst waren, haben wir uns über unsere Studiengänge ausgetauscht, die – trotz räumlicher Distanz – gar nicht so unterschiedlich waren. Während Ava an der UC Berkeley Economics studiert und sich später auf E-Commerce und Social Media spezialisiert hat, hat mich mein Wirtschaftsstudium an der FWU Bonn in die »klassische« Marketing-Ecke driften lassen. Im Grundstudium haben wir ähnliche Kurse besucht und können sicherlich von unseren Erfahrungen gegenseitig profitieren.

Als mir das vierte Glas Poncha aufstößt, sehe ich Ava an der Nasenspitze an, dass sie ebenfalls genug hat.

»Du bist ganz grün im Gesicht«, sage ich kichernd und muss aufpassen, dass ich nicht lalle.

»So fühle ich mich auch ...«, antwortet sie breit und legt sich stöhnend ihre Hand an die Stirn. »Gott, ist mir schlecht.«

»Wir sollten zahlen und gehen«, schlage ich deshalb vor und muss mir einen fetten Rülpser verkneifen. Shit ...

»Ich kann nicht mehr. Mit dir einen trinken zu gehen, endet tödlich, Charlie. Morgen habe ich wahrscheinlich den krassesten Kater meines Lebens wegen dir.« Immer noch mit der Hand an der Stirn lässt sie den Kopf in den Nacken fallen und hält sich mit der anderen Hand gleichzeitig den Bauch. Obwohl ich genauso viele Ponchas hatte, geht es mir scheinbar weitaus besser als meiner Freundin.

»Woher soll ich denn wissen, dass du nichts verträgst?«

Avas Kopf schießt hoch und der Ansatz eines Funkelns macht sich auf ihren Zügen breit, ehe sie mein schelmisches Grinsen bemerkt. »Wer kann denn bitte erahnen, dass in diesen Mini-Teilen so viel Zündstoff steckt?« Sie hält ihr mickriges Glas hoch, deren Inhalt schätzungsweise nicht mehr als eine normale Kaffeetasse fasst.

»Ich habe dich gewarnt.«

»Das hast du«, brummt sie. »Wie kommen wir jetzt heim?«

Ein Blick auf mein Smartphone verrät mir, dass es zu spät für den öffentlichen Nahverkehr ist.

Da kommt mir eine Idee.

»Moment!«, sage ich zu ihr und nehme es erneut zur Hand. Schnelle öffne ich den Messenger und tippe eine Nachricht.

Ash, bist du noch wach?

Seine Antwort lässt nicht lange auf sich warten.

Sicher, Lady. Was gibt's?

Ava und ich haben zu viele Ponchas gesüffelt. 8-)

Warum wundert mich das nicht?! Soll ich euch abholen kommen?

Dieser Mann ist ... unglaublich. Kann er Gedanken lesen?

Ginge das denn?

Klar. Aber wie seid ihr dorthin gekommen?

Mit dem Bus und dann zu Fuß.

Zum Glück steht dann wenigstens kein Auto herum, das wir morgen abholen müssen.

Kein Problem, ich hole euch ab. Bin in fünfzehn Minuten da. Bleibt, wo ihr seid, bitte.

Du bist der Beste, danke!

Für dich immer, Charlie! <3

Am Ende von Ashers Nachricht sehe ich das Herz-Emoji, ich schlucke schwer und mein eigenes Herz macht einen freudigen Satz.

Ava scheint recht zu haben und mein Bauchgefühl bestätigt es ebenfalls. Trotzdem ...

Hoffentlich mache ich mit meinen Lügen nicht alles kaputt ...

15. Kapitel: Wann spricht man von einem Schock?

Asher steigt aus seinem Truck, geht um die Motorhaube herum und öffnet mir die Beifahrertür. Er ist Gentleman durch und durch. Dankbar und etwas erschöpft lächle ich ihn an und Händchen haltend schlendern wir zum Hauptgebäude.

»Es war ein toller Tag, weißt du?«, sage ich.

»Das freut mich. Mir hat er auch Spaß gemacht. Wie alles mit dir.«

Ich schmiege mich kurz an seinen Oberarm und spüre die Hitze, die seine Haut trotz des Pilotenhemdes ausstrahlt. Dann greife ich in seinen Nacken, ziehe ihn ein Stück zu mir herunter und drücke ihm einen weichen Kuss auf die Lippen.

Heute haben wir einen Ausflug in den Osten Madeiras nach Caniçal unternommen, einen vom Fischfang geprägten Ort, wo sich die Fischkutter im Hafenbecken tummeln. Wir besuchten das Museo da Baleia, das moderne Walfangmuseum der Insel, und waren anschließend in einem pittoresken Fischlokal am alten Hafen essen. Wir bestellten uns als Vorspeise einen Teller

Meeresschnecken und freuten uns dann über den frisch gefangenen Espada preto, den Schwarzen Degenfisch, für den Madeira bekannt ist und der vielerorts als paniertes Filet mit Banane serviert wird. So wie ihn Ava und ich öfter in der Mittagspause verdrücken.

Mittlerweile ist es später Nachmittag und während wir uns dem Haupteingang von *Vinho Monteiro* nähern, fällt mein Blick auf einen hochglanzpolierten, rostroten BMW X6 auf dem Parkplatz. Ein tiefer gelegtes SUV? Auf den hiesigen Straßen? Wie dämlich ist das denn bitte?

Ich runzle die Stirn, solch einen Wagen – Prolet lässt grüßen – habe ich hier noch nie gesehen. Hat aber ein portugiesisches Kennzeichen. Ein Mietwagen?

»Ich müsste noch einmal kurz ins Büro, Sardas«, informiert mich Asher, bevor wir die Eingangstür erreichen. »Dad hat mir vorhin gemailt, dass er die aktuelle Lieferantenliste sehen will.«

»Ist okay.«

Anstatt direkt zum Nebeneingang zu gehen, der nach oben zu Ashers Appartement führt, betreten wir deshalb das gläserne Foyer.

»Vielleicht ist Ava ebenfalls noch da, dann entführe ich sie auf einen Kaffee«, meine ich und gebe ihm damit zu verstehen, dass sein Abstecher ins Büro kein Problem für mich darstellt.

Der Mann hat ein Unternehmen zu führen. Da ist es selbstverständlich für mich, ihm solche Gelegenheiten einzuräumen. Zumal ich in der Regel selbst ziemlich beschäftigt mit meinen neuen Aufgaben bin. Manchmal wundert mich sogar, wie viel Zeit mir Asher in den wenigen freien Minuten schenkt. Besser gesagt: schenken kann. Umso dankbarer bin ich über solche Ausflüge wie heute. Quality time nur für uns beide!

Unsere Beziehung hat sich in den vergangenen Wochen eingependelt und verfestigt. Mittlerweile weiß das gesamte Personal, dass wir ein Paar sind. Am Anfang fand ich das seltsam, aber inzwischen habe ich mich daran gewöhnt. Ich bin immer wieder erstaunt, wie sehr sich die Kolleginnen und Kollegen für uns beide freuen und mich als seine feste Freundin akzeptieren.

Asher ist ein wunderbar liebenswerter Mensch, er trägt mich auf Händen und liest mir jeden Wunsch von den Augen ab. Nie zuvor bin ich einem Mann wie ihm begegnet. Er fördert das Beste in mir zutage, bringt mich zum Lachen und hört mir zu.

Ich bin bis über beide Ohren in ihn verliebt. Nein, mehr sogar. Ich liebe ihn, von ganzem Herzen. Ständig sehne ich mich nach der Geborgenheit, die ich in seiner Gegenwart verspüre. Wenn er mich küsst, schwebe ich vor Glück. Wenn wir miteinander schlafen, katapultiert er mich in ungeahnte Sphären. Wir ergänzen uns perfekt. Er ist meine persönliche Droge.

Ich möchte eben zu der Frage ansetzen, wie lange Asher im Büro brauchen wird, erstarre aber mitten in der Bewegung, als mein Blick zum Empfangstresen schweift.

Mit übereinander gekreuzten Knöcheln lehnt dort ein Mann mit makellosem, sonnengebräuntem Teint und im maßgeschneiderten Businessanzug, farblich auf Schuhe, Krawatte und Einstecktuch abgestimmt. Er kann es sich leisten. Er hebt sich vom Pöbel ab. Die hellen Spitzen seines dunkelbraunen Haares fallen ihm in die Stirn. Seine rechte Hand steckt lässig in der Hosentasche. Er hat den Kopf gesenkt und ist auf das Smartphone in seiner linken Hand fokussiert. Meine Aufmerksamkeit fällt sofort auf den dominanten Siegelring an seinem kleinen Finger.

Nein.

Nein!

Neinneinneinnein!

Ich keuche laut auf, sodass Asher abrupt neben mir stehen bleibt und mich fragend ansieht. »Charlie, was ist los?«

Mein Mund steht offen, völlig sprachlos stiere ich nun zum Tresen. Perplex schüttle ich den Kopf. Immer und immer wieder.

Das kann nicht sein! Das *darf* nicht sein!

In der Sekunde, in der Raphael – damn what? – seinen Kopf hebt und meinen Blick findet, gefriert mir das Blut in den Adern und ich erstarre zur Salzsäule.

Er? Hier? Zum Teufel, was soll das?

»Charlotte!«, ruft Raphael übertrieben enthusiastisch und ich merke, wie sich Asher neben mir verspannt. Kein Wunder.

»Charlie, wer ist das?«, fragt er.

Ich bin nicht imstande zu antworten, sondern sehe gebannt zu meinem Ex, der mit selbstbewussten Schritten und einem selbstgefälligen Grinsen näherkommt.

»Wenn ich mich vorstellen darf?« Raphael hält Asher die Hand hin. »Raphael Johnson. Ich bin Charlottes Verlobter.«

»Ex-Verlobter«, zische ich und kann nicht verhindern, dass ich ihn wütend anfunkle. Was bildet der sich ein?

Dieser ignoriert mich und sieht Asher herausfordernd an, welcher widerwillig Raphaels Hand schüttelt. »Asher Monteiro«, brummt er.

»Interessant«, murmelt Raphael und ich kann nicht verhindern, dass sich ein Knurren aus meiner Kehle löst. Bevor er mir die Chance lässt zu reagieren, zieht er mich an sich und drückt mir einen Kuss auf die Wange. Geht's noch?

»Verdammt, was soll das, Raph? Was tust du hier?«, fahre ich ihn an und stoße ihn gleichzeitig von mir weg.

»Ich habe dich gesucht«, informiert er mich spöttisch. »Und endlich habe ich dich gefunden, Baby!«

»Ich bin nicht dein Baby!«, fauche ich und Asher neben mir gibt ein tiefes Grollen von sich. Sein Blick sprüht Funken.

»Ach, alles eine Frage der Perspektive.« Er macht eine wegwerfende Geste und sieht sich in der Eingangshalle um. »Nett hier. Aber ganz ehrlich? Es hat eine Ewigkeit gedauert, dich hier zu finden.«

»Das war Sinn und Zweck der Sache«, antworte ich gereizt. Außerdem: Wenn er mir nur ein einziges Mal zugehört hätte, wüsste er, dass Madeira mein Traum ist. »Was. Willst. Du. Hier. Raphael?«

Das muss ein beschissener Alptraum sein und ich kann nicht fassen, dass er hier vor mir steht. Hier. Auf *Madeira*! Nach all den Monaten.

Zwischen uns ist es, verdammt noch mal, aus! Unwiderruflich. Wenn er denkt, er könne an unsere gemeinsame Zeit anknüpfen – weshalb auch immer –, hat er sich geschnitten. Ich habe Raphael und meine Zukunft mit ihm aus meinem Leben gestrichen. Ich bin froh darum, denn ich hätte es keine Sekunde länger mit ihm ausgehalten.

Auch Raphael schien kein Problem mit unserer Trennung zu haben. Im Gegenteil: Bei unserem letzten Streit hat er mir gesagt, dass er froh sei, mich endlich los zu sein. Dass er einen Ballast wie mich nicht bei seinem Karriereaufstieg brauchen könne. Dass ich eine naive Klette sei, die nur die Hochzeit und – ich zitiere – blöde Kinder im Sinn habe. Dass die Liebe nur ein Hirngespinst von einfältigen Hausmütterchen sei, die den ganzen Tag vor sich hin träumen. Und zu allem Übel: Dass ich den Job bei seinen Eltern aufgrund meines Erbes eh nicht ernst nehme, sondern nur aus Jux und Tollerei mache.

Das und Etliches mehr hat er mir an den Kopf geworfen. Es war demütigend und verletzend. Außerdem hat es mir die Augen geöffnet, wer Raphael tief in seinem Inneren ist, wie er tickt. Ein Mensch, mit dem ich niemals den Rest meines Lebens verbringen möchte. Nur über meine Leiche.

Was zum Teufel tut er also hier?

Raphael wendet sich wieder an Asher: »Sie haben sicherlich schon von mir und meiner Familie gehört.« Klar, der Esel nennt sich stets zuerst. »Schließlich sind wir in Kalifornien so etwas wie ... Nachbarn.«

Knirschend presse ich die Zähne aufeinander. Er weiß, wer Asher ist. Da hat jemand seine Hausaufgaben gemacht. Natürlich. Was auch sonst. Raphael wäre nie ohne Plan hierher geflogen. Nur: Was ist sein Plan?

»Ich verstehe nicht ganz ...«, wirft Asher verwirrt ein.

»Raph, hör auf damit!«, fahre ich dazwischen, aber es bringt nichts. Als wäre ich etwas anderes von ihm gewohnt. Innerlich verdrehe ich die Augen über meine eigene Torheit.

»Ach, hat Charlotte denn gar nichts erwähnt?«

»Raphael! Hör. Auf!«

»Meinen Eltern und mir gehört ...« Er macht eine dramatische Kunstpause. »... *Grizzly Bear Vineyards.* Sie wissen schon: Potter Valley, Kalifornien.«

Als würde er mit einem Dreijährigen sprechen. Meint er, Asher weiß nicht, wo Potter Valley liegt?

Trotzdem fürchte ich mich vor Ashers Reaktion. Mit deutlichem Widerwillen wandert mein Blick zu ihm. Wie versteinert mustert er Raphael.

Oh. Das gefällt mir nicht. Das gefällt mir ganz und gar nicht.

»Was wollen Sie hier?«, fragt Asher leise und wiederholt damit meine Frage von vorhin, die Raphael bislang geflissentlich ignoriert hat.

Dessen Blick schweift mit einem fiesen Lächeln auf den Lippen langsam zwischen uns beiden hin und her. Doch noch immer sagt er nichts dazu.

»Wenn Sie nicht vorhaben zu antworten, bitte ich Sie nun höflichst, unser Gelände zu verlassen. Sollten Sie sich weigern, werde ich den Sicherheitsdienst rufen.«

Sicherheitsdienst? Welcher Sicherheitsdienst?

Ich muss mir auf die Zunge beißen, um nicht zu glucksen. Obwohl die Situation alles andere als witzig ist. Außerdem ist Ashers Stimme gefährlich ruhig, was selbst in mir eine Heidenangst auslöst. Auch wenn ich ihn in- und auswendig kenne.

»Ah, es war schön, mit euch beiden zu plaudern.« Raphael sieht kurz auf seine übertrieben luxuriöse Designeruhr. Wie alles an ihm spiegelt sie seine Gier nach Geld und Macht wider. Ich. Hasse. Ihn. »Aber ich muss dann langsam wieder los.«

Ashers Muskeln sind zum Zerreißen angespannt. Wenn Raphael nicht schleunigst verschwindet, passiert noch ein Unglück.

Mit einem letzten Blick über seine Schulter schlendert dieser jetzt Richtung Ausgang und wirft im Hinausgehen den Autoschlüssel in die Luft, nur um ihn kurz darauf wieder aufzufangen. Die Protz-Karre gehört also ihm. Warum wundere ich mich überhaupt ...

Nachdem Raphael ins Auto gestiegen ist und mit durchdrehenden Reifen vom Parkplatz fährt, sodass der Kies in alle Richtungen spritzt, dreht sich Asher mit grimmiger Miene und vor Zorn glühenden Augen zu mir um.

»Der Sohn von *Grizzly Bear Vineyards.* Ernsthaft, Charlie?«

16. Kapitel: Der Teufel ist kein Eichhörnchen

Ich kann nicht mit Asher sprechen. Nicht jetzt. Nicht, bevor ich diesen Arsch von Raphael zur Rede gestellt habe.

Seine Anwesenheit bringt mein Blut zum Kochen. Dennoch: Ich *muss* wissen, was er vorhat.

Raphael ist nicht der Typ, der einfach irgendwo hinfährt, geschweige denn hinfliegt, weil er die Gegend verlockend findet.

Nein. Da steckt mehr dahinter. Anders kann ich mir sein Auftauchen nicht erklären.

Aus diesem Grund muss ich schleunigst herausfinden, was Raphael will, bevor er irgendeinen Schaden anrichtet. Das ist nämlich seine Spezialität.

»Charlie, wo willst du hin?«, ruft mir Asher aufgebracht hinterher, da ich ihn ohne ein Wort stehenlasse und zu meinem Fiat 500 flitze, der neben seinem hellblauen Truck parkt.

Ich weiß, nicht die feine Englische.

»Charlie, verdammt! Bleib stehen! Wo willst du hin?«

Mit schmerzendem Herzen ignoriere ich seine Rufe, steige schnell in den Wagen und starte den Motor. Aus dem Augenwinkel erkenne ich Asher, der auf den Parkplatz und mir hinterherläuft, bevor er im Rückspiegel immer kleiner wird.

Himmel, das wird er mir übelnehmen.

Nachdem ich einige Serpentinen in Richtung São Vicente hinter mir gelassen habe und sicher bin, dass Asher mir nicht folgt, bleibe ich in einer Haltebucht stehen und krame mein Smartphone aus der Handtasche. Da ich beim Einrichten alles mit dem alten Handy synchronisiert habe, ist das Telefonbuch ebenfalls identisch.

Ich bete, dass Raphaels Nummer noch dieselbe ist. Nie hätte ich gedacht, sie jemals wieder zu benutzen. Doch heute ist es so weit. Verfluchter Johnson!

Mit zitternden Fingern öffne ich den Messenger und starte einen neuen Chat mit ihm.

Raphael, wir müssen reden. Wo bist du? Charlotte

Das ging schneller als angenommen.
Dachte ich mir doch, dass du Sehnsucht nach mir hast.

Hat er neben dem Telefon auf meine Nachricht gewartet, oder was? Grummelnd tippe ich eine Antwort.

Sehnsucht? Und von was träumst du nachts?

Ach, wie ich diese Aufsässigkeit vermisst habe.

Argh! Und schon treibt er mich wieder in den Wahnsinn!

Lass das! Sag mir lieber, wo du schläfst.

Hotel Vicente Baia. An der Küstenstraße in diesem Sao irgendwas.

São Vicente.

Woher, denkt er, hat das Hotel seinen Namen? Angestrengt reibe ich mir die Nasenwurzel. Klasse, das kann ja heiter werden.

Whatever. Dann sehen wir uns gleich?

Ja.

Wenige Minuten später fahre ich auf den großzügigen Parkplatz des Hotels und staune nicht schlecht über die Außenfassade. Normalerweise bestechen die Unterkünfte hier auf der Insel durch ihre Schlichtheit. Warum wundere ich mich nicht, dass Raphael eines der wenigen ausgewählt hat, welches hochmodern und exklusiv ist? Das zumindest beweisen der Neubau und die fünf Sterne über der Einfahrt. Mein Fehler. Wie bei allem, was meinen Ex betrifft.

Kaum dass ich den Wagen zum Stehen bringe, kommt mir Raphael von der Terrasse der Hotelanlage entgegen und stellt sich mit den Händen tief in den Hosentaschen vor meine Motorhaube. Die Ärmel des Hemdes hat er hochgekrempelt, seine elegante Wollhose passt überhaupt nicht hierher.

Er hat sein süffisantes Lächeln aufgelegt, wofür ich ihm am liebsten eine knallen würde.

Aber, nein. Ruhig bleiben, Charlie! Das ist er gar nicht wert!

Während ich aussteige, recke ich das Kinn vor und trete ihm mit verschränkten Armen entgegen.

»So schnell sieht man sich wieder«, sagt Raphael ohne Begrüßung.

Schnaubend antworte ich: »Glaub mir, darauf hätte ich gut und gerne verzichten können. Aber du lässt mir keine andere Wahl.«

»Ist das so?«

»Das weißt du ganz genau«, schnauze ich. »Also, was willst du hier, Raphael? Und jetzt erzähle mir nicht, du bist wegen des guten Weins oder der grandiosen Aussicht hier. Wir wissen beide, dass das eine bombastische Lüge wäre.«

Statt direkt zu antworten, schnalzt er missbilligend mit der Zunge. »Kein netter Start für eine Unterhaltung, findest du nicht?«

»Wie hast du es dir denn vorgestellt? Dass ich dich auf Knien anflehe, dass du mich zurücknimmst? Spoiler-Alert: Das wird nicht passieren, Raphael.«

»Nun, zunächst einmal könnten wir uns setzen. Bei einem Glas Roten redet es sich doch viel leichter.« Er weist mit dem Kinn zu einem freien Tisch auf der Terrasse und geht voraus, woraufhin ich ihm widerstrebend folge. Na toll. Doch bleibt mir etwas anderes übrig? Bei Raphael? Kaum.

Es weht ein kräftiger Wind, die Wellen des Atlantiks peitschen gegen die steinige Küste. Eine feine Gischt verteilt sich wie ein Sprühnebel und hinterlässt einen feuchten Film auf meiner Haut. Viel lieber würde ich jetzt unten am Kiesstrand sitzen und das Meer beobachten.

Der Kellner tritt zu uns an den Tisch und Raphael bestellt wie selbstverständlich auf Englisch. Er spricht kein einziges Wort in der Landessprache. Ich verdrehe die Augen, weil er pampig wird, da ihn der Ober nicht auf Anhieb versteht.

»Nein, nicht vom Hauswein! Wir möchten zwei Gläser Ihres *besten* Rotweins!«

»Das ist der Hauswein, Senhor«, antwortet dieser mit starkem Akzent.

»Desculpe, eigentlich möchte ich etwas anderes«, schalte ich mich entschuldigend dazwischen und lächle den Kellner freundlich an. Ich bleibe im Englischen, Raphael soll ruhig im Bilde darüber sein, was ich gleich sage. »Könnte ich statt des Weines ein Glas Brisa Maracuja bekommen, faz favor?«

»Sim, sehr gerne, Senhora. Ein Glas Vinho tinto für den Gentleman und eine Brisa Maracuja. Obrigado.«

Gentleman, dass ich nicht lache.

Erst, als der Ober verschwindet, wage ich einen Blick zu Raphael, der mich mit zu Schlitzen verengten Augen beobachtet.

Er ist es nicht gewohnt, dass ich ihm widerspreche. Schon gar nicht bei Bestellungen in Restaurants, wo er stets für uns beide ausgewählt hat, ohne jemals zu fragen, was ich essen oder trinken möchte. Tja, so ist Raphael.

»Nun sag schon, Raphael, was willst du hier auf Madeira?«, spucke ich aus, da er keine Anstalten macht, etwas zu sagen. Eine gefühlte Ewigkeit mustert er mich und wir liefern uns ein stummes Blickduell.

»Ganz schön praktisch für dich, Charlotte. Direkt nach dem Studium einen heiß begehrten Job in einer namhaften Firma anzufangen und sich gleich darauf eine Stelle beim einzig wichtigen Konkurrenten derselben Firma zu verschaffen. Seltsamer Zufall, findest du nicht?«

Bitte?

»Ich habe keinen Schimmer, was du mir damit sagen willst.«

»Tatsächlich?«, fragt er scheinbar belanglos, indem er seine manikürten Fingernägel überaus interessiert begutachtet.

»Es stimmt. *Monteiro Winery* und *Grizzly Bear Vineyards* sind die größten Konkurrenten in Kalifornien.«

Zwischenzeitlich kommt der Kellner vorbei und stellt die Getränke vor uns ab.

»Du magst es für einen seltsamen Zufall halten, aber es ist nichts anderes als das. Wie–«

Moment mal!

Nein!

Dieser hinterhältige Mistkerl!

»Darum geht es hier gar nicht, oder?«, hake ich empört nach.

Wie aufs Stichwort hebt er den Kopf, seine Augen sprühen Funken. »Oh, Charlotte. Hat es endlich Klick gemacht, ja?«

»Dir ist vollkommen bewusst, dass das reiner Zufall ist«, hauche ich entsetzt, weil mir in diesem Augenblick klar wird, worauf er hinauswill.

»Hältst du mich für einen Amateur?« Er lacht auf. »Aber, ja, mir ist das bewusst, nur um das zu verdeutlichen. Allerdings scheint mir, als hätte dein ... *Boss* ..., Asher Monteiro, nichts von deinen ehemaligen Verbindungen gewusst. Oder hast du seine Reaktion vorhin anders interpretiert?«

»Lass Asher aus dem Spiel«, schimpfe ich.

Shit ...

»Volltreffer«, antwortet er herablassend.

Mir wird gleichzeitig heiß und kalt, weil mir bewusstwird, dass Raphael tatsächlich nicht ohne Grund hier ist.

»Wenn wir schon beim Thema sind«, fährt er fort, »weiß denn dein geliebter Asher – du fickst ihn, habe ich recht? –, dass du ein horrendes Vermögen von deinen Eltern geerbt hast? Kommt doch für ihn und seine neue Firma recht praktisch, findest du nicht?«

»Das geht dich einen feuchten Dreck an!«

»Was davon? Der Fick oder das Vermögen?«

»Fahr zur Hölle, Raphael!«

»Liebend gerne, Baby. Doch vorher noch eine Sache.« Er beugt sich über den Tisch und ist mir plötzlich viel zu nahe. »Wenn du nicht willst, dass Monteiro ebenfalls falsche Schlüsse zieht oder von deinem kürzlich erworbenen Vermögen erfährt, dann hör mir jetzt gut zu. Denn eine reiche Erbin, die *ganz zufällig* beim größten Konkurrenten ihres alten Arbeitgebers eine neue Arbeitsstelle annimmt, die sie im Grunde finanziell nicht nötig hat? Da könnte man schon auf interessante Gedanken kommen, findest du nicht?« Er schnalzt wieder mit der Zunge, lässt mich aber im Unklaren, was genau er damit meint. »Also misch dich nicht in meine

Angelegenheiten ein, sonst lernst du mich von einer ganz anderen Seite kennen. Und das willst du nicht, glaub mir. Haben wir uns verstanden?«

Die letzten Worte knallt er mir gefährlich leise ins Gesicht, sodass ich instinktiv zurückweiche. Sein kalter Blick trifft mich. So eiskalt wie alles an ihm: seine Stimme, seine Natur, sein Herz.

Als ich mir der Tragweite seiner unverschämten Forderung bewusstwerde, packt mich das Entsetzen. Dabei bin ich kein Stück schlauer als zuvor.

»Du bist ein berechnendes Arschloch, Raphael.«

Ein fieses Grinsen macht sich auf seinen Zügen breit. »Immer zu Ihren Diensten.«

Mir schießen Tränen in die Augen. Wissen ist Macht. Das hat er mir stets eingebläut. Ich hätte nur nicht gedacht, es irgendwann am eigenen Leib zu spüren, denn: Raphael hat mich in der Hand.

Aus diesem Grund nicke ich stumm, mir bleibt keine andere Wahl. Ich kann nichts dagegen tun. Zumindest fürs Erste.

Doch einen Deal mit Raphael Johnson einzugehen, ist, wie einen Pakt mit dem Teufel zu schließen. Vielleicht sitzt dieser aber in diesem Moment höchstpersönlich vor mir.

17. Kapitel: Liebe ist gut, Vertrauen wäre besser

»Wo warst du?« Asher öffnet mir die Tür zu seiner Wohnung und sieht nicht glücklich aus. Im Gegenteil: In seinen Augen liegt ein Ausdruck von Schmerz und Verletztheit, den ich heute zum ersten Mal an ihm sehe.

Zu wissen, dass ich der Auslöser dafür bin, zerrt an meinen Nerven. Mein Herz zieht sich zusammen und ich muss schlucken. Scheiße. Trotzdem lehne ich mich ihm entgegen, hauche ihm einen Kuss auf die Lippen. Obwohl er diesen erwidert, spüre ich seine Unbehaglichkeit.

»Hi«, flüstere ich zaghaft.

Er seufzt. »Hey.«

Er will sich von mir lösen, allerdings greife ich schnell nach seinen Händen und verschränke meine Finger mit den seinen. Hier geblieben!

Den Kopf in den Nacken gelegt, um ihm ins Gesicht zu sehen, streiche ich ihm eine verirrte Strähne aus der Stirn. »Es tut mir leid, dass ich vorhin abgehauen bin.«

Asher brummt, sagt aber nichts. Er weicht meinem Blick aus und zwischen seinen Brauen bildet sich eine steile Falte.

Ich trete näher an ihn heran und lege ihm meine Hand auf die Brust. Sein Atem geht zittrig und ich glaube fast, seinen Körper unter mir beben zu spüren. Doch genau in dem Moment, in dem ich meine Hand an seine Wange legen will, lehnt er sich zurück und löst sich von mir.

»Ich weiß, wie das für dich ausgesehen haben muss. Mein Ex taucht hier auf und ich lasse dich einfach stehen.«

»Du bist ihm gefolgt, richtig?«

Ich nicke und augenblicklich verhärten sich Ashers Kiefermuskeln, er wendet den Blick erneut ab. Ein schweres Gewicht legt sich auf meine Brust. Bittere Enttäuschung, gefolgt von Angst. Angst, zu weit gegangen zu sein und ihn damit vergrault zu haben.

»Warum, Charlie?«

»Das hatte nichts zu bedeuten, Ash«, wispere ich.

»Ach, nein?« Er lacht scharf auf. »Warum bist du dann wie von der Tarantel gestochen hinter ihm her?«

Ich schaue zu ihm hoch und trete wieder einen Schritt näher an ihn heran. »Weil ich das nicht auf mir – *auf uns* – sitzen lassen konnte, dass er hier auftaucht und alles durcheinanderbringt.«

»Durcheinanderbringen nennst du das? Bisher hat er nichts weiter getan, als die Wahrheit ans Licht gebracht.« Gereizt weicht er vor mir zurück. Kopfschüttelnd rauft er sich die Haare und reibt sich über die rauen Bartstoppeln. »Verdammt, Charlie, ich habe dir vertraut!«

»Das kannst du noch immer«, sage ich leise, ehe sich Tränen in meinen Augenwinkeln sammeln. Zum zweiten Mal an diesem Tag. Verfluchter Johnson!

»Ach, wirklich?« In Ashers Stimme hat sich ein sarkastischer Unterton geschlichen. Er wird lauter. »Dann verrate mir doch bitte, warum ich ausgerechnet von deinem Ex-Verlobten – deinem Ex, Charlie! – von deiner Vergangenheit mit ihm erfahre!«

»Ash.«

Das erste Mal, seit wir uns kennen, streiten wir. Wir haben keine Auseinandersetzung, bei welchem Lieferanten wir Essen bestellen oder welchen Film wir auf Netflix schauen wollen. So normale Pärchen-Diskussionen. Nein, hier geht es um viel mehr. Hier geht es um alles. Mein Herz beginnt zu rasen. Die imaginäre Grenze, die er gerade zwischen uns zieht, lässt unsere gemeinsame Zukunft in scheinbar unerreichbare Ferne rücken.

»Gott, Charlie, weißt du eigentlich, wie demütigend die Situation für mich war? Durch so einen aalglatten Schnösel auf das Geheimnis meiner Freundin – meiner verdammten Freundin! – zu stoßen. Als hättest du nicht genügend Gelegenheiten gehabt, mir die Wahrheit über ihn zu sagen.«

»Es tut mir so leid!« Ich kämpfe mit den Tränen. Aber ich verstehe ihn. An seiner Stelle hätte ich mich längst aus der Wohnung geworfen, so wütend wäre ich auf mich. Immerhin weiß ich auch, wer Ashers vergangene Flamme ist.

»Aber wir haben über Raphael gesprochen«, verteidige ich mich krächzend, denn ich kann nicht verhindern, dass meine verdammte Stimme ein wenig bricht.

Außerdem sitzt in meinem Hals ein dicker Kloß, der es mir erschwert zu sprechen.

»Ja. Allerdings hast du mit keinem Wort erwähnt, *wer* er ist. Nicht nur irgendein Raphael, den du im Studium kennengelernt hast. Nein. Raphael *Johnson.* Gott, ich fasse das alles nicht.« Mit den Händen in die Seiten gestemmt schüttelt er den Kopf. »Nicht nur, dass der Typ dein Verlobter war. Zu allem Übel ist er der Fatzke-Erbe von *Grizzly Bear Vineyards,* deinem ehemaligen Arbeitgeber. Ich kann nicht glauben, dass du diesen Schnösel in dein Bett gelassen hast.«

»Da ist nichts mehr zwischen uns. Das musst du mir glauben, Ash!« Mit flehendem Blick sehe ich ihn an und will nach seiner Hand greifen. Bitte weiche nicht zurück, nicht vor mir!

»Das denke ich auch nicht.« Wieder seufzt er. »Dafür warst du viel zu schockiert und aufgebracht über sein Auftauchen.«

»Du kannst mir vertrauen«, flüstere ich tränenerstickt.

»Kann ich das?« Ashers Augen huschen zwischen meinen hin und her, auf seiner Stirn bilden sich tiefe Furchen. Er sieht aus, als würde er einen Kampf mit sich selbst austragen. Vielleicht tut er das auch. Vielleicht ringt er damit, mir zu vertrauen.

»Ich ... ich ...« Himmel, ist das schwer. Jetzt oder nie. Wenn ich will, dass Asher mir vertraut, muss ich mit offenen Karten spielen. Selbst wenn das bedeutet, dass ich in die Tiefe stürzen werde, falls er von meinen Lügen erfährt.

Sein wachsamer Blick durchbohrt mich, während ich all meinen Mut zusammenkratze.

»Ja?«

Bedeutungsvoll atme ich durch, suche in seinen Augen nach einer Antwort. In seinem dunklen Grün lese ich dermaßen viele verschiedene Emotionen, dass ich sie kaum zuzuordnen vermag. Ich verstehe ihn. Herrgott, wie auch nicht?

Aber wie könnte ich ihm die wirkliche Wahrheit verraten? Er hat mir mehr als deutlich zu verstehen gegeben, was er von seiner Ex-Freundin gehalten hat, für die nur Geld, Status und Macht gezählt haben. Er hat sie damals nicht ohne Grund erwähnt. Zwar wird Asher vermutlich nicht davon ausgehen, dass es mir ums Geld oder um Prestige geht, allerdings wird er andere Schlüsse ziehen. Die geplatzte Bombe mit Raphael wäre dagegen nur ein harmloser Chinakracher.

Wenn ich ihm von meinem Erbe und Vermögen erzähle, wird er dieselben Schlüsse ziehen wie Raphael. Dass ich nur eine verwöhnte Erbin bin, die ihren Job nicht ernst nimmt und ihm nur aus Langeweile nachgeht. Danke, auf diese Schublade kann ich verzichten.

Obwohl ... Ash ist anders als Raphael. In jeder Hinsicht. Aber, nein. Beim besten Willen, dieses Risiko kann ich nicht eingehen, selbst wenn ich gerade für einen kurzen Moment mit diesem Gedanken gespielt habe. Dazu bin ich nicht in der Lage.

»Ich will dich nicht verlieren. Ich bin glücklich, hier mit dir. Nachdem Raphael aufgetaucht ist, habe ich meine Zukunft den Bach runtergehen sehen. Er ist kein netter Mensch und Intrigen sind seine Spezialität. Ich möchte nicht, dass er das zwischen uns kaputtmacht«, gestehe ich leise. »Ich finde, du solltest das wissen, bevor du eine überstürzte Entscheidung triffst, die du am Ende vielleicht bereust.«

Asher seufzt ergeben. »Okay«, sagt er flüsternd.

Zaghaft lege ich den Kopf schief. »Okay?«

Plötzlich überbrückt Asher das letzte bisschen Abstand zwischen uns und zieht mich in seine kräftigen Arme. Sofort hüllen mich seine Wärme und sein unverkennbarer Duft nach Sandelholz und Leder ein. Keinen Wimpernschlag später schlinge ich meine Arme um seine Taille und lege die Wange an seine Brust. Ein feiner Hauch von Minze steigt mir in die Nase und kitzelt mich.

Er drückt mir einen Kuss auf die Schläfe. »Ich will dich auch nicht verlieren. Mein Herz gehört dir bereits länger, als du erahnen kannst, Charlie«, raunt er.

Mein Herz stolpert und meine Sicht verschwimmt. Ich will diesen Mann nicht verlieren. Ich *kann* ihn nicht verlieren. Dafür bedeutet er mir zu viel.

Ashers Hand legt sich in meinen Nacken, seine Finger fahren in meine Haare. Er flüstert mir Dinge ins Ohr, die ich kaum verstehe. Seine Stimme ist rau, aufreibend und voll dunklem Begehren, das viel zu nah an der Oberfläche brodelt.

Meine Instinkte drängen mich dazu, mich an ihn zu schmiegen und seine Lippen mit meinen zu verschließen. Mein Herz geht in Flammen auf.

Die Hitze von Ashers Körper umfängt mich und ein aufgeregtes Kribbeln macht sich in meiner Magengrube breit. Als könnte er meine Gedanken lesen, legt er seine Lippen auf meine und beginnt mit seinen Zähnen, zärtlich an meiner Unterlippe zu knabbern. Mir entweicht ein erlöstes Seufzen, das in unserem Kuss untergeht. Denn sofort wird mir bewusst, wie schmerzhaft ich mich nach dieser Liebkosung gesehnt habe.

Ich brauche diese Nähe zu ihm, dieses stille Eingeständnis von Zuneigung. Ohne Asher vermag ich womöglich nicht mal richtig zu atmen.

Ich nehme sein Gesicht zwischen meine Hände und ziehe ihn näher zu mir herunter. Er kommt meiner stummen Aufforderung nach und drängt sich mir entgegen. Sein Duft empfängt mich, vernebelt mir die Sinne. Auch ihm entweicht ein Stöhnen und ehe ich mich versehe, greift er an die Hinterseiten meiner Oberschenkel, hebt mich hoch und trägt mich auf den Armen zu seiner Couch. Vorsichtig setzt er mich darauf ab und macht es sich selbst neben mir bequem. Sofort rutsche ich näher an ihn heran und bette meinen Kopf in die Kuhle an seinem Schlüsselbein.

Minutenlang sitzen wir schweigend da und lauschen unseren erhitzten Atemzügen. Ashers Finger streicheln mich währenddessen sanft an der Seite, was mich erschaudern lässt. Dieser Mann bringt mich noch um den Verstand.

»Es tut mir leid, wenn ich dich verletzt habe. Das war nicht meine Absicht«, entschuldige ich mich erneut nach einer Weile.

»Das weiß ich, Sardas. Das weiß ich doch«, brummt er. Mir fällt ein Stein vom Herzen, weil er mich wieder bei meinem Spitznamen nennt.

»Du kannst mir vertrauen.«

»Keine Geheimnisse mehr?«, hakt er vorsichtig nach.

Ich halte den Atem am.

Shit.

Doch.

Mein Erbe. Und Raphaels daraus resultierende intrigante Drohung.

Aber, nein. Das kann ich nicht riskieren. Nicht jetzt.

Nicht, nachdem Asher einen Schritt auf mich zugemacht hat.

Deshalb kann ich nicht anders: Ich schüttle den Kopf. »Nein.«

Und innerlich bete ich, dass der Teufel seinem Namen nicht alle Ehre macht.

18. Kapitel: Ein aufgeblasener Wolf im Schafspelz

Gerade bin ich dabei, die jüngste Statistik zu einer Umfrage unserer kalifornischen Weinkunden zu ihren Bedürfnissen, Präferenzen und Kaufgewohnheiten zu überprüfen, um die Daten mit dem aktuellen Werbeflyer abzugleichen. Die Kunden sollen, entsprechend der angegebenen Vorlieben, gezielt auf den neu etablierten Weinmarkt auf Madeira aufmerksam gemacht werden. Das Büro und die Druckerei in Napa Valley warten bereits auf die finale Datei, durch die ich mich mehr oder weniger quäle.

Während ich die letzten Zahlen ins Programm übertrage, klingelt mein Bürotelefon. Ich sehe Ashers Durchwahl am Display und will schon den Hörer abnehmen, da klopft es an meiner Bürotür.

»Herein!«, rufe ich und keine Sekunde später öffnet sich die Tür. Mein Lächeln gefriert mir im Gesicht, als ich sehe, wer der Besucher ist.

»Hallo, Charlotte.«

»Raphael«, gebe ich fast knurrend zurück. »Was tust du hier? Wie bist du überhaupt reingekommen?«

»Eure überaus reizende Dame am Empfang–«

»Nein, sag nichts«, unterbreche ich ihn unsanft und reibe mir angestrengt über die Nasenwurzel. Ich will es gar nicht wissen. Doch ich kann nicht verhindern, dass sich alles in mir anspannt. Raphaels Gegenwart fördert eine Wut in mir zutage, die ich nicht in Worte fassen kann, die aber nah an der Oberfläche wabert.

Missmutig beobachte ich deshalb, wie er ungefragt auf einem der beiden Besucherstühle breitbeinig Platz nimmt und dann seinen Blick durch das Zimmer schweifen lässt. Na, großartig.

»Ich kann mich nicht erinnern, dich zum Platznehmen aufgefordert zu haben.«

Er ignoriert mich. »Nett hast du's hier. So professionell. Hätte ich dir gar nicht zugetraut.«

Schnaubend verschränke ich die Arme vor der Brust. »Was. Willst. Du. Hier?« Warum muss ich mich bei dem Blödmann eigentlich ständig wiederholen? »Ich habe zu tun, Raphael. Wenn du also kein bestimmtes Anliegen hast ...« Ich mache eine ausladende Geste Richtung Tür. »... wäre es angebracht, wenn du die Tür hinter dir zumachst.«

»Du wirfst mich raus? Tststs, Charlotte. Ich bin enttäuscht von dir.«

Ich rolle mit den Augen. Dramaqueen lässt grüßen. »Ich sehe keinen Grund dazu, dich hier länger auszuhalten«, herrsche ich ihn an. »Du hältst mich einzig von meiner Arbeit ab.«

»Wir wissen doch beide, dass du diese Arbeit gar nicht nötig hast, Charlotte«, antwortet er höhnisch. »Meinst du nicht, du könntest dir deine Zeit angenehmer vertreiben als mit diesen lästigen Marketing-Geschichten?

Zum Beispiel mit Shopping-Trips, Charity-Events oder Dinner-Partys?«

Ich starre ihn finster an. »Fragst du mich jetzt gleich noch, wann ich die nächste Bridge-Runde schmeiße?«

»Und? Wann steigt die Party?«

»Gott, Raphael, du bist so ... so ...«

»Gut aussehend? Smart? Kultiviert?«

»Blasiert und arrogant trifft es wohl eher. Ja, genau, und selbstgefällig.«

»Da fällt dir doch bestimmt etwas Besseres ein.«

»Wie wäre es mit Arschloch?«

»Ach, Charlotte, du warst auch schon mal kreativer«, hält er mit einem aufgesetzten Lächeln dagegen.

Am liebsten würde ich ihm die Augen auskratzen. Seine selbstverliebte Arroganz geht mir sowas von gegen den Strich.

»Muss wohl an meinem derzeitigen Besuch liegen«, gebe ich prompt zurück. Nicht einmal in meinem eigenen Büro bin ich vor Raphael gefeit. Außerdem habe ich nach unserem Gespräch im Hotel nicht damit gerechnet, ihn so schnell wiederzusehen. Vor allem nicht hier!

»Woran arbeitest du?«, fragt er auf einmal und, so schnell kann ich gar nicht schauen, da hat er den Computerbildschirm zu sich gedreht und studiert die Zahlen in der geöffneten Excel-Datei.

»Lass das!«, schnauze ich ihn an und schwenke das Gerät zurück.

»Meinst du nicht, es wäre sinnvoll, *Grizzly Bear Vineyards* und *Vinho Monteiro* fusionieren zu lassen?«

Ich lege den Kopf schief und blinzele irritiert. »Wie bitte?«

»Ach, komm schon, Charlotte. Als hättest du nicht schon selbst darüber nachgedacht. Erzähl mir nicht, du bist hier ohne Hintergedanken. Eine Fusion der beiden Firmen brächte nur Vorteile.«

Schnaubend schüttele ich den Kopf. »Die da wären?« Aber nein! Lass dich nicht von ihm manipulieren! »Stopp. Stopp!«, unterbreche ich ihn nachdrücklich, ehe er zu einer Antwort ansetzen kann. »Weißt du was? Das interessiert mich überhaupt nicht! Keine Ahnung, welchen Hirngespinsten du hinterherjagst, aber ich habe *keine* Hintergedanken. Ich bin hier, weil ich ein neues Leben beginne. Ohne dich, ohne Kalifornien.«

»Dann bist du an keiner Fusion interessiert?«, hakt er betont gelassen nach.

Ich lache auf. »Äh, nein? Bist du vollkommen übergeschnappt?«

Wieder läutet das Telefon. Anstatt aber abzuheben, drücke ich die entsprechende Taste und lehne den Anruf ab. »Vor allem: Was denkst du, was ich hier tue? Ich bin die CCO, nicht der CEO. Erzähl mir nicht, dass du den Unterschied nicht kennst.«

Wieder zeichnet sich dieses gefährliche Lächeln auf Raphaels Lippen ab. »Oh, sei gewiss, ich kenne den Unterschied. Nur verfügst du, im Gegensatz zu mir, über gewisse ... Beziehungen.« Dabei setzt er das letzte Wort in Anführungszeichen und schiebt danach seine Hände in die Hosentaschen. »Meinst du nicht, dass diese Beziehungen nützlich für deine weitere Karriere wären?«

»Was willst du? Mich wieder erpressen?«, zische ich. »Das wird nicht funktionieren, Raphael. Ich lasse mich nicht mehr auf deine Spielchen ein. Das ist vorbei. Such dir jemand anderen zum Intrigieren. Aber nicht mich.

Und jetzt raus hier! Ich habe die Schnauze gestrichen voll von dir!«

Ich deute mit dem Zeigefinger auf die Bürotür und erhebe mich, um meinen Worten mehr Ausdruck zu verleihen.

Er dagegen steht mit einer so herablassenden Coolness auf, sodass ich ihm am liebsten links und rechts eine klatschen würde. Dieses selbstgefällige Grinsen macht mich wahnsinnig! Was bildet sich dieser Mistkerl eigentlich ein?

Wie eine gefährliche Raubkatze umrundet er meinen Schreibtisch und ist mir mit einem Schlag viel zu nah. Automatisch weiche ich einen Schritt zurück, doch die Rechnung habe ich ohne den schmalen Schrank hinter mir gemacht, den ich auf einmal in meinem Rücken spüre. Ich komme nicht weiter, hinter mir ist Schluss.

Raphael dagegen rückt mir weiter auf die Pelle. Sein Mundwinkel zuckt und er legt eine Hand rechts von meinem Kopf an der hölzernen Oberfläche ab. Mit der anderen packt er mich unsanft am Kinn und zwingt mich dadurch, ihn anzusehen.

Ich spüre regelrecht, wie mir sämtliche Farbe aus dem Gesicht weicht. »Was soll das, Raphael?«, presse ich mühsam hervor.

Ich bin eingekeilt. Zwischen ihm und diesem verdammten Schränkchen hinter mir.

»Dir sollte langsam klar sein, dass du keine Chance gegen mich hast. Ich bekomme immer meinen Willen. Je mehr du dich sträubst und gegen mich wehrst, desto härter wird es für dich. Und glaub mir, du willst nicht gegen mich arbeiten. Da kannst du nur verlieren«, antwortet er leise. In seine Stimme hat sich ein bedrohlicher Unterton geschlichen, der mich am ganzen Körper erzittern lässt.

Raphaels Griff um mein Kinn schmerzt. Seine Finger bohren sich tief in meine weiche Haut und drücken zusätzlich gegen meinen Kehlkopf, was mir das Schlucken erschwert.

»Du tust mir weh, Raphael. Lass mich los«, fordere ich ihn unmissverständlich auf.

Obwohl ich innerlich bebe, gebe ich mich nach außen hin möglichst gefasst. Auf keinen Fall lasse ich mir ihm gegenüber meine plötzliche Unsicherheit anmerken. Trotzdem schießt mir dabei nur ein einziger Gedanke durch den Kopf: Scheißescheißescheiße.

»Dein vorlautes Mundwerk war mir schon immer ein Dorn im Auge.« Seine Augen sprühen Funken, jedoch verringert sich der Druck an meinem Kinn ein wenig. Trotzdem lässt er mich nicht los.

Statt ihm kräftig in seine Familienjuwelen zu treten, starre ich ihn nur an. Ich bin zu perplex, wofür ich mich am liebsten selbst ohrfeigen würde.

Hat der nicht mehr alle Taschen im Schrank? Reichen die Drohungen auf einmal nicht mehr aus? Muss er seinen Worten nun Taten folgen lassen, oder was? Raphael schreckt wohl vor gar nichts mehr zurück.

»Weißt du, Raph–«, setze ich zu einer hoffentlich schnippischen Antwort an, als es zweimal kurz an meiner Bürotür klopft und sich diese dann mit einem Schwung öffnet.

»Warum gehst du nicht an dein Tele-«, beginnt Asher, hält jedoch mitten im Satz inne und bleibt wie angewurzelt im Türrahmen stehen, als er meinen Ex in meinem Büro entdeckt. Direkt vor mir, in dieser gewalttätigen Position. Oder bemerkt Asher Raphaels Griff um meine Kehle etwa gar nicht?

Shit ... Schlagartig breitet sich in meinem Magen eine bleierne Übelkeit aus und das Herz schlägt mir bis zum Hals.

Raphael sieht gelangweilt über seine Schulter zur Tür, lässt aber gleichzeitig von mir ab.

Sofort nutze ich die Gelegenheit, drücke mich an ihm vorbei und schiebe den Schreibtischstuhl mit einer geschickten Bewegung aus dem Weg.

»Asher!«, rufe ich, um einen freundlichen Tonfall bemüht.

Dessen Blick schweift von mir zu Raphael, bis er schließlich auf mir zum Liegen kommt. Seine Miene verfinstert sich zusehends, ich lese die verschiedensten Emotionen von seinem Gesicht ab. Verwirrung, Wut, Schmerz, Unverständnis, Enttäuschung.

»Hallo, Mr. Monteiro«, sagt Raphael übertrieben freundlich.

»Störe ich etwa?«, fragt Ash. Seine Stimme ist ein Grollen, das mir durch Mark und Bein geht. »Oder warum haben Sie Ihre Griffel an meiner Freundin?« Er hat es also bemerkt. Außerdem wirkt er, als explodiere er gleich.

»Raphael wollte gerade gehen.« Um meiner Aussage Nachdruck zu verleihen, werfe ich einen kalten Blick zu meinem Ex, der uns süffisant beobachtet. Der Arsch. Er hat unverhohlene Freude an der ganzen Situation. Hat er darauf gewartet, dass das passiert? Allerdings macht er keine Anstalten zu gehen.

Ich ermahne mich innerlich zur Ruhe und atme tief durch. Mir ist eiskalt. Obwohl ich weiß, dass mir in Ashs Gegenwart nichts mehr passieren kann, zittern meine Hände. Möglichst unauffällig balle ich sie zu Fäusten und presse sie mir an die Seite.

Asher entgeht das anscheinend nicht, denn sein Blick fällt darauf und er zieht die Brauen zusammen. Gott, am liebsten würde ich mich jetzt in seine Arme werfen. Seine Wärme und seinen beruhigenden Herzschlag an meinem Ohr genießen. Und dabei vergessen, was eben passiert ist. Wenn ich nur daran denke, erzittere ich am ganzen Körper. Ich frage mich ernsthaft, wie ich eben überhaupt so ruhig bleiben konnte.

Ich trete näher an Asher heran und greife nach einer seiner Hände, die er so stark knetet, dass die Knöchel weiß hervortreten. Sanft fahre ich mit dem Daumen über das Handgelenk, woraufhin sich Asher merklich entspannt. Mir geht es gut, flüstere ich ihm im Stillen zu.

Nach einer gefühlten Ewigkeit dreht er seinen Kopf langsam zu mir und sieht mir in die Augen. Darin erkenne ich Unverständnis und Schmerz. Und Mitgefühl.

»Ash«, flüstere ich erstickt.

Er nickt mir kaum merklich zu. Dann richtet er seinen Blick wieder über meine Schulter.

Ich nehme ein Schaben der Stuhlbeine hinter mir wahr und drehe mich zu Raphael um, der den Stuhl neben sich zurechtrückt. Mit seiner typischen herablassenden Art und überkreuzten Knöcheln lehnt er jetzt an meinem – *meinem*! – Schreibtisch, als gehöre ihm die Welt. Die Hände hat er tief in den Taschen seiner feinen Stoffhose vergraben. Himmel, hat sie der noch alle?

Sein spöttischer Blick findet meinen und ich kann mich gerade noch davon abhalten, ihm ins Gesicht zu springen.

»Raphael«, sage ich mit fester Stimme, »ich möchte, dass du jetzt gehst. Ich habe mich vorhin klar genug ausgedrückt. Falls du dich weigerst, ist der Sicherheitsdienst nur einen Anruf entfernt. Ich möchte mich nicht noch einmal wiederholen. Verschwinde von hier.«

»Ach, Charlotte, du warst schon immer eine Spielverderberin. Dabei wurde es doch gerade erst lustig.«

»Ich denke, Charlie war deutlich. Gehen Sie, Johnson. Sie sind hier nicht erwünscht.« Ashers Stimme ist dunkel, seine Miene finster und drohend. Von dem sonst so sanftmütigen Kerl ist nichts mehr zu sehen. »Sollten Sie meiner Freundin noch einmal zu nahe kommen, lernen Sie mich von einer ganz anderen Seite kennen. Und jetzt raus hier.«

Raphael ist ein Narr, wenn er denkt, er könnte sich ohne Konsequenzen in Ashers Territorium austoben. Das lässt sich Asher nicht gefallen. In diesem Moment erkenne ich den knallharten CEO in ihm, der er zwangsläufig zu sein hat, wenn er in die Fußstapfen eines Imperiums wie *Monteiro Winery* treten und das Tochterunternehmen führen will. Raphael ist zwar ein ebenbürtiger Feind, aber hier definitiv in der Unterzahl. Powerplay für Asher.

Mit erhobenem Kinn und verschränkten Armen trete ich nach vorn. Auffordernd hebe ich die Augenbrauen und starre Raphael nieder. Verschwinde. Jetzt!

Mit einem letzten Blick auf meinen Bildschirm setzt sich dieser endlich in Bewegung. Was meint er dort zu erkennen? »Den Sicherheitsdienst könnt ihr euch sparen. Ich finde selbst raus.«

Mit Argusaugen verfolge ich seine Schritte und muss zusehen, wie er Asher im Vorbeigehen an der Schulter anrempelt. Natürlich. Der Rauswurf missfällt dem Gorilla. Asher lässt sich nicht provozieren und bleibt ruhig, bis Raphael endgültig verschwunden ist. Einzig an seinen angespannten Kiefermuskeln kann ich erkennen, dass es in ihm brodelt.

Kaum, dass wir allein sind, wirbelt er zu mir herum.

Mit einem Satz ist Asher bei mir und umschließt mein Gesicht mit seinen Händen. Prüfend nimmt er mein Kinn in Augenschein, sein Blick verdunkelt sich. Er schüttelt kaum merklich den Kopf und legt seine Stirn an meine. »Geht es dir gut, Sardas?«, flüstert er rau.

Ich spüre seinen heißen Atem auf meiner Haut und atme erleichtert auf. Endlich.

»Ja«, krächze ich. »Aber, Ash, ich schwöre, ich hatte nichts mit seinem Auftauchen zu tun. Das musst du mir glauben.«

»Ich weiß.« Er küsst mich auf die Stirn und mustert mich dann eingehend. »Ist wirklich alles in Ordnung?«

Mit einem langen Seufzer antworte ich: »Ja. Er hat mich nur provoziert, wie immer.« Dieser verfluchte Johnson!

»Das war mehr als nur reine Provokation, Sardas. Gott, ich will mir gar nicht vorstellen, was passiert wäre, wenn ich nicht aufgetaucht wäre.«

»Es ist aber nichts passiert«, beschwichtige ich ihn, obwohl mein Herz rast. Raphael hat mir eben einen riesigen Schrecken eingejagt. Und mittlerweile bin ich mir nicht mehr sicher, wie weit er wohl gegangen wäre. »Ich habe keine Ahnung, was er damit bezweckt, außer mir gewaltig Angst einzujagen.«

»Was wollte er?«

»Er hat eine Fusion vorgeschlagen. Zwischen *Vinho Monteiro* und *Grizzly Bear Vineyards*.«

Asher schnaubt. »Und das wollte er mit Gewalt aus dir herauspressen?«

»Zutrauen würde ich ihm es«, antworte ich. »Irgendetwas führt er im Schilde, da bin ich mir sicher.«

»So scheint mir das auch«, meint er nachdenklich.

»Ich bin froh, dass du ins Büro geplatzt bist. Allein wäre ich den nie losgeworden.« Ich schlinge meine Arme um seine Taille und lege den Kopf auf seiner Brust ab, sehe aber kurz darauf schon wieder zu ihm hoch. »Danke.«

»Wir haben aber keinen Sicherheitsdienst. Das ist dir klar, oder?«, stellt Asher das Offenkundige fest, dabei zuckt sein Mundwinkel amüsiert.

»Ich weiß«, gebe ich grinsend zurück. »Aber das weiß Raphael ja nicht. Ich habe mir nur ein Beispiel an dir genommen.«

»Du kleine, listige Füchsin. Vor dir muss man sich in Acht nehmen.« Seinen sarkastischen Worten zum Trotz lächelt er mich liebevoll an und küsst mich.

Ich schlinge meine Arme um seinen Nacken und zerfließe unter seinen Liebkosungen. Trotz der zärtlichen Berührungen schweifen meine Gedanken immer wieder ab. Raphaels Besuch lässt mir innerlich keine Ruhe.

Er ist ein Mistkerl, wie er im Buche steht. Und ein Meister der Intrigen. Seine Anwesenheit hier auf Madeira hat ihren Grund, mir will nur nicht einfallen, was für einen. Doch das muss ich herausfinden. Raphael hat hier nichts verloren. Wenn ich ihn loswerden will, muss ich erfahren, was er ausheckt.

Denn eines lass dir gesagt sein, Johnson: Mit einer Baumgartner legt man sich nicht an!

19. Kapitel: Ohne Wein und ohne Klauen stiehlt der Teufel das Vertrauen

»Bevor ihr geht, möchte ich noch gerne eine Sache ansprechen.« Asher räuspert sich und blickt abwartend in die Runde, weil viele schon ihre Stühle verrücken und aufstehen wollen.

Stattdessen setzen sie sich zum zweiten Mal an diesem Tag, ich lasse mich ebenfalls wieder auf den Sessel sinken. Verständnisloses Gemurmel macht sich im Raum breit. Niemand hat damit gerechnet, dass noch was kommt. Die Agenda der großen Teambesprechung war durch.

Ava sieht mich über den Konferenztisch hinweg fragend an, doch ich zucke nur mit den Schultern. Keine Ahnung.

»Quieto faz favor.« Leandro scheint Bescheid zu wissen, denn er bittet die Anwesenden um Ruhe.

»Es gab vor zwei Tagen einen Vorfall hier in der Firma, der mich zwingt, zu handeln und bestimmte

Schritte einzuleiten«, beginnt Asher mit seiner Erklärung.

Verdutzt sehe ich mich im Raum um und erhasche einen Blick auf ebenso verwirrte Gesichter. Was geht hier vor?

Leandro erhebt sich und stellt sich neben Asher. »Ich weise alle darauf hin, die Wichtigkeit dieser Angelegenheit nicht zu unterschätzen. Compreendido?« Wir nicken zögerlich. Ob wir das verstanden haben, wird sich noch zeigen.

»Vorgestern hat sich eine betriebsfremde Person im Gebäude aufgehalten«, sagt Asher.

Kaum merklich versteife ich mich, denn die Richtung gefällt mir nicht, die dieses Gespräch einschlägt.

»Ihr fragt euch sicherlich, wie es dazu kam. Nun, unter Vortäuschung eines Vorwands wurde diese Person am Empfang durchgelassen. Da es sich bei ihr um einen Mitarbeiter unseres Konkurrenten *Grizzly Bear Vineyards* handelt, müssen wir unsere Konsequenzen daraus ziehen.«

Shit. Es geht um Raphael. Doch *Vortäuschung eines Vorwands?* Warum weiß ich davon nichts?

»Ich habe bereits mit unserer Empfangsdame Sabina gesprochen, sie hat eine Abmahnung für ihr Fehlverhalten erhalten.«

Was? Wieso? Mit offenem Mund starre ich zu Asher. Kann mir mal bitte jemand erklären, was hier los ist? Warum mahnt er sie ab? Das konnte sie doch nicht wissen.

»Sim. Dieser Mann hätte zu jeder Zeit in alle Teile des Gebäudes und an betriebsinterne Informationen gelangen können«, fügt Leandro an. »Aus diesem Grund sehen wir uns gezwungen, bestimmte Schritte einzuleiten.«

»Ich stimme Leandro zu«, bekräftigt Asher mit ernster Miene. »Es war äußerst fahrlässig, eine fremde Person ohne Begleitung durch die Firma streifen zu lassen, selbst wenn diese vorgibt, einen Termin bei einem Mitarbeiter oder einer Mitarbeiterin zu haben. Aus diesem Grund müssen sich Besucher ab sofort ausweisen und erhalten einen Besucher-Pass. Wenn ihr Termine habt, holt ihr eure Gäste bitte persönlich am Empfang ab.« Gut, das sind keine großen Überraschungen und in anderen Firmen ist diese Vorgehensweise ebenso üblich.

Ehe Asher weiterspricht, sieht er mich eine Sekunde zu lange an. Als würde er darauf warten, dass ich ihm meine volle Aufmerksamkeit schenke. »Zudem hat dieser Mann, Raphael Johnson, ab sofort Hausverbot, ohne Ausnahmen.«

Okay, auch keine Überraschung. Nur die logische Konsequenz. Nichtsdestotrotz werde ich das Gefühl nicht los, dass sich diese Ansage allein auf mich bezieht. Asher mustert mich und ich nicke als Antwort. Glaubt er mir nicht? Vor allem: Warum spricht er nicht vorher mit mir darüber?

»Damit entlasse ich euch für heute«, verkündet Asher und löst den Blickkontakt mit mir. »Charlotte bleibt.«

Charlotte? Mein Kopf fährt zu ihm herum, doch er weicht meinem Blick aus und konzentriert sich auf den Bildschirm seines Laptops. Die anderen verlassen nach und nach den Raum, sodass am Ende Asher und ich allein zurückbleiben.

Ich erhebe mich, stelle mich vor den Tisch und lasse die Fingerspitzen auf der Tischplatte liegen. Da Asher keine Anstalten macht, seine Arbeit zu unterbrechen, tippe ich kurz mit dem Zeigefinger auf mein Smartphone, das vor mir auf dem Tisch liegt, und stelle fest, dass er mich schon ein paar Minuten warten lässt. Deshalb räuspere ich mich vorsichtig.

»Ash?«, frage ich zaghaft.

Als hätte er vergessen, dass ich anwesend bin, schnellt sein Kopf hoch und er fixiert mich mit seinen grünen Augen. Shit. Er wirkt distanziert und ich habe keine Ahnung, was los ist.

Kurz tippt er auf das Touchpad, dann klappt er den Laptop zu und kommt um den Tisch herum und mit verschränkten Armen vor mir zum Stehen.

»Du wolltest mich sprechen?«

Er nickt und ich kann sehen, wie seine Kiefermuskeln arbeiten. »Was verschweigst du mir, Charlie?«

Kaum hörbar schnappe ich nach Luft und schüttele völlig überfordert den Kopf. »Was meinst du?«, hake ich mit belegter Stimme nach.

Scheiße. Was bitte ist in den vergangenen beiden Tagen passiert? Erst stellt er mich vor versammelter Mannschaft vor vollendete Tatsachen und jetzt ...? Bislang haben Asher und ich über alles gesprochen, auch über wichtige Entscheidungen in der Firma. Teilweise, bevor alle anderen davon wussten. Leider werde ich das Gefühl nicht los, dass Raphael dahintersteckt. Wieder mal.

»Spiel bitte nicht die Unschuldige. Ich rede von Johnsons Besuch.«

»Ich verstehe nicht ganz …« Verdammt, was habe ich nicht mitbekommen?

»Was wollte er hier, Charlie?«, will Asher wissen. Seine Stimme ist nun härter als zuvor.

»Das habe ich dir doch schon gesagt. Er hat etwas von einer Fusion vorgeschlagen.«

»Und weiter?«

»Was willst du denn von mir hören?«

Seine Kiefermuskeln zucken und er mustert mich nachdenklich. »Hast du ihn hierher eingeladen?«

»Wie kommst du darauf?«

»Beantworte bitte meine Frage, Charlie.«

»Herrgott nochmal, nein!« Was zum Teufel ist hier los? Weshalb werde ich hier wie eine Verbrecherin verhört? »Ich verstehe nicht, wie du darauf kommst.«

Asher schnaubt und lacht verbittert auf. »Wirklich, Charlie? Wie ich darauf komme? Weil dein lieber Ex das behauptet hat.«

Ich ziehe scharf die Luft ein. »Wann?«

»Als er sich bei Sabina am Empfang angemeldet hat. Sie sagt, er hätte einen Termin bei dir und du wüsstest Bescheid.«

»Das ist eine Lüge!«, verteidige ich mich und bin nun um einiges lauter. »Himmel, du wirst dem doch nicht glauben, Ash?«

»Ich weiß nicht mehr, was ich glauben soll. Es steht Aussage gegen Aussage. Warum sollte er das behaupten?«

»Warum?« Ich deute zwischen uns hin und her. »Genau deshalb! Weil er einen Streit zwischen uns provozieren will. Das ist Raphael. Das ist sein Stil!« Eine Träne löst sich aus meinem Augenwinkel und kullert mir die Wange hinunter. Schnell wische ich sie weg. »Wieso glaubst du mir nicht, Ash?«

Müde reibt er sich über Augen und Gesicht und sieht mich dann wieder an. »Ich weiß es nicht ...«

»Himmel, Ash, ich schwöre dir, ich habe Raphael nicht eingeladen. Bis eben wusste ich nicht einmal, dass er das behauptet hat. Bitte, Ash.« Ich flehe ihn förmlich an und ich bete, dass er mir Glauben schenkt.

Just in diesem Augenblick vibriert mein Smartphone auf dem Tisch und mein Blick fällt darauf. Ich stocke.

Nein! Dieser verdammte Johnson!

Schnell drückte ich den Anruf weg. Aber es ist zu spät.

Denn als ich den Kopf hebe, sehe ich, dass Asher das Telefon mit zusammengekniffenen Augen fixiert.

»Was will er?«, knurrt er leise.

»Ich weiß es nicht.«

»Wieso hat er überhaupt deine Nummer?«, herrscht er mich an. Mein Fehler. Wieso habe ich dem Mistkerl auch von meiner neuen Nummer aus geschrieben? So dumm.

Mir bleibt keine Zeit zu antworten, denn keine Sekunde später kündigt das Handy eine eingehende Nachricht an. Nicht auch das noch ...

Shit. Ich traue mich nicht, auf das Display zu schauen.

Aber es hilft nichts.

Ich senke den Blick und meine Befürchtung bestätigt sich. Raphael. Schon wieder.

»Was. Will. Er?«, wiederholt Asher schneidend und ich zucke zurück.

Mein Herz trommelt in meiner Brust und ich warte darauf, dass ich aus diesem Alptraum aufwache. Aber zu meinem Bedauern ist alles bittere Realität.

Und ich kann nichts dagegen tun. Ich weiß, dass Ashers Wut nicht gegen mich gerichtet ist. Das ist einzig Raphaels Werk. Dennoch ist meine Kehle wie zugeschnürt. Mein Atem geht zittrig und nun laufen mir endgültig die Tränen über die Wangen.

Als er seinen Fehler bemerkt, glätten sich Ashers Züge und er ist mit einem Satz bei mir. »Sorry, Charlie. Ich wollte dich nicht erschrecken. Es ist nur ... dieser Mann bringt meine schlimmsten Seiten zum Vorschein.«

Ich sehe zu ihm auf und nicke.

»Darf ich lesen, was er geschrieben hat?«, fragt er sanfter.

»Ja, selbstverständlich. Ich habe keine Geheimnisse vor dir.« Lüge. Fette Lüge. Eine lähmende Panik erfasst mich. Die Befürchtung, dass mich Asher in dieselbe Schublade stecken könnte wie Raphael, hat sich wie ein Stachel in meiner Brust festgesetzt. Dass ich meinen Job, meine Arbeit nicht ernstnehme. Dass ich mir womöglich gar keine Mühe dabei gebe. Ich bin noch nicht so weit. Ich kann ihm das nicht offenbaren.

Indem ich mir das Smartphone vor das Gesicht halte, entsperre ich es und öffne den Messenger. Asher verfolgt meine Bewegungen über meine Schulter.

Du drückst mich weg? Deine Manieren waren schon mal besser, Charlotte. Aber egal. Denk nochmal über mein Angebot nach. Wir wären ein unschlagbares Team und mit deiner Hilfe können wir Vinho Monteiro weiterbringen und dort anknüpfen, wo wir aufgehört haben. Und wir wissen doch beide, dass du es hier nicht lange aushältst. Denk darüber nach. Du weißt, wo du mich findest. Raphael

Scheiße. Verdammte Scheiße.

Als ich zur letzten Zeile der Nachricht gelange, weicht mir jegliches Blut aus dem Gesicht. Mir wird gleichzeitig heiß und kalt. Außerdem fürchte ich mich davor, Asher anzusehen. Sein Atem geht abgehackter und er ist verdächtig still. Doch es hilft nichts. Mit bebendem Herzen drehe ich mich zu ihm. Und versteife mich wie von Donnerhand gerührt.

Auf Ashers Gesicht spiegelt sich das wider, was ich lange gegenüber Raphael empfunden habe: Zorn, Abscheu und Verachtung. Nur bin ich mir jetzt nicht mehr sicher, ob Raphael allein Ziel von Ashers Wut ist.

Allerdings lässt er mir keine Möglichkeit nachzufragen. Stattdessen muss ich mit verschwommener Sicht dabei zusehen, wie er mit großen Schritten an mir vorbei und aus dem Raum stürmt.

»Asher!«, rufe ich ihm hinterher, aber es ist zu spät.

Ich stehe wie versteinert da und starre ihm nach. Entweder hört er mich nicht mehr oder er ignoriert mich. Ich habe ihn noch nie so erlebt. Mit einem Krachen fällt die Tür hinter ihm zu, seine Schritte entfernen sich draußen auf dem Gang.

Völlig aufgelöst bleibe ich in dem leeren Raum zurück und weiß nicht, was ich tun soll.

Ist das hier das Ende von unserer Beziehung?

Ich will es nicht herausfinden.

20. Kapitel: In vino veritas

Asher stellt den Pick-up auf der geteerten Parkfläche in Portela ab und wir steigen aus. Passend zu unserer Stimmung ist der Himmel wolkenverhangen. Es sieht nach Regen aus. Obwohl der imposante Penha d'Águia, der Adlerfels, heute nebelverhangen ist, erkennen wir Teile der Gemeinden Porto da Cruz und Faial, die sich an dessen Fuß schmiegen.

Eine weitere Arbeitswoche haben wir hinter uns gebracht. Ash hat gestern vorgeschlagen, einen Ausflug zu unternehmen, und ich habe sofort zugestimmt. Nichtsahnend, dass die Anspannung zwischen uns noch immer vorherrscht. Zwischen uns hat sich etwas verändert. Was genau, kann ich nicht sagen. Auch wenn er sich für seinen Ausbruch im Konferenzraum entschuldigt hat, fühlt es sich so an, als ob er haargenau weiß, dass ich ihm etwas verheimliche. Was, genau genommen, den Tatsachen entspricht. Allerdings in Bezug auf etwas völlig anderes, als Asher annimmt.

Ich steige aus und umrunde den Truck. Asher hält mir auffordernd einen zusammengefalteten Beutel hin.

»Hier. Falls uns der Regen erwischen sollte.«

Wie immer ist er der fürsorgliche Gentleman. Ich öffne die Lasche, falte die Packung auseinander und zum Vorschein kommt eine wasserdichte Regenjacke, die auf den ersten Blick so aussieht, dass sie mir fünf Nummern zu groß ist. Ash kann sich ein Grinsen nicht verkneifen, während ich mir das Zelt prüfend vor den Oberkörper halte. Es endet knapp über meinem Knie. Jap, definitiv Obelix-Größe. Immerhin wird mein Hintern dadurch trocken bleiben.

»Was ist mit dir?«, frage ich, während ich das Jackendings zusammenknülle und wieder in den angenähten Beutel packe. Praktisch.

»Ich habe immer einen Regenschutz dabei«, erklärt er und klopft auf den Rucksack auf seinem Rücken. »Man kann nie wissen, wie sich das Wetter entwickelt.«

Ich nicke. »Okay.«

Jetzt reden wir schon über das Wetter. Wow, absolut großartige Kommunikation. Nicht.

Schweigend folgen wir dem Forstweg Richtung Funduras. Immer wieder weichen wir Pfützen aus und werden von den tiefhängenden Ästen am Wegesrand angetropft. So wie es aussieht, hat es hier vor einiger Zeit schon geregnet.

Nach einer Weile verlassen wir die Forststraße und biegen auf einen beschilderten Waldweg ab. Es zieht Nebel auf und wird merklich kühler. Ich friere nicht, aber für madeiranische Verhältnisse könnte es eine Spur wärmer sein.

»Vorsicht, hier ist es rutschig«, warnt mich Asher vor, ehe der nasse Boden unter meinen Füßen nachgibt und ich strauchele.

»Danke. Wäre mir gar nicht aufgefallen«, gebe ich sarkastisch zurück, was Asher sofort innehalten lässt.

Er dreht sich zu mir um und mustert mich stirnrunzelnd. »Alles okay?«

»Nichts passiert.«

»Das meine ich nicht«, meint er sanft.

»Was dann?«

»Vielleicht die Tatsache, dass du keine zehn Sätze mit mir gesprochen hast, seit wir aufgebrochen sind?«

Ich kneife die Augen zusammen. »Du doch auch nicht.«

Er seufzt und reibt sich über die Nasenwurzel.

Da er sekundenlang nichts sagt, spreche ich das Offensichtliche aus: »Es geht wieder um Raphael, habe ich recht?«

»Nein. Ja. Nicht direkt.«

»Was dann?«, hake ich nach.

Der Nebel wird dichter und verschleiert die Sicht. Große Regentropfen platschen auf das Blätterdach über unseren Köpfen und erzeugen eine unstete Melodie.

»Ich werde einfach das Gefühl nicht los, dass du mir etwas verschweigst, Charlie«, gibt er schließlich zu und sieht mich mit einem verzweifelten Ausdruck im Gesicht an.

Ich schlucke schwer und mein Herzschlag beschleunigt sich. »Wie kommst du darauf?«, frage ich mit kratziger Stimme, weil ich mich davor fürchte, dass unser Gespräch wieder in Streit ausartet. So wie im Konferenzraum. Raphael ist Ashers Red Flag, das hat sich mehr als einmal deutlich gezeigt.

»Keine Ahnung.« Sich die Haare raufend, dreht sich Asher einmal im Kreis und kommt dann dicht vor mir zum Stehen. Kräftig stößt er die Luft aus. Sein Atem streicht über meine Haut und hinterlässt ein Prickeln, das durch meinen ganzen Körper wandert.

Durch die Bäume fallen mehrere dicke Tropfen und die Geräuschkulisse im Wald wird lauter. Bevor meine Klamotten völlig durchnässt sind, befreie ich den Regenponcho erneut aus seinem Gefängnis und ziehe ihn mir über. Asher holt seinen Regenschutz aus dem Rucksack und tut es mir gleich. Dann dirigiert er mich an den dicken Stamm einer Eiche, deren dichtes Blätterdach uns ein bisschen Schutz vor dem aufziehenden Regen bietet.

Nachdem er mich an der Taille zu sich gedreht hat, sieht er mich wieder mit diesem durchdringenden Blick an. »Was verheimlichst du mir, Sardas?«

Erneut bildet sich ein dicker Kloß in meiner Kehle und ich habe Mühe zu sprechen.

Shit.

»Nichts«, hauche ich.

Lüge.

»Ist das wahr?« Sein Blick huscht zwischen meinen Augen hin und her.

»Ja.« Nein.

Du elende Lügnerin.

Er gibt einen undefinierbaren Laut von sich. Er glaubt mir nicht. Wie könnte er auch? Ich würde mir selbst keinen Glauben schenken.

»Ich möchte einfach, dass wir ehrlich zueinander sind«, sagt er.

Ich verstehe ihn. Himmel, und wie ich ihn verstehe!

Doch er geht von falschen Tatsachen aus. Er denkt, ich würde etwas mit Raphael aushecken und ihn mit dieser bescheuerten Idee von Fusion hintergehen. Dabei geht es doch darum gar nicht.

»Du kannst mir vertrauen«, meint er, da ich eine Weile nichts von mir gebe und stattdessen meinen Gedanken nachhänge. Er streicht mir eine Strähne hinter das Ohr.

»Ich weiß«, murmle ich und erschauere unter seiner Berührung.

Der Regen prasselt unaufhörlich hernieder. Die Eiche schützt uns zwar weitestgehend, trotzdem landen immer wieder dicke Tropfen auf unseren Wangen. Wäre die Situation nicht so angespannt, hätte das alles hier etwas von zarter Wildromantik. Ein unkontrolliertes Zittern nimmt von mir Besitz, doch es liegt nicht an der Temperatur.

»Wollen wir vielleicht erst einmal zurückgehen? Dann können wir im Trockenen weiterreden.«

Dankbar nicke ich und schenke Asher ein leises Lächeln.

Ich schnüre mir die Kapuze eng um das Gesicht, sodass fast nur noch Augen und Nase hervorlugen, bevor ich ihm mit gesenktem Kopf folge. Meine Schuhe erzeugen schmatzende Geräusche auf dem feuchten Waldboden. Im flotten Gänsemarsch bewegen wir uns vorwärts, bis wir kurz darauf wieder den geschotterten Forstweg erreichen. Wenn ich den Kopf hebe, peitscht mir der Regen ins Gesicht. Die Pfützen haben sich in kleine Seen verwandelt, die es uns erschweren, das Abenteuer ohne nasse Füße zu überstehen. Als wir schließlich nach einer gefühlten Ewigkeit an Ashers

Truck ankommen, sind meine Socken durchgeweicht und meine Zehen eiskalt.

Bevor ich mich brummend auf den Beifahrersitz fallen lasse, entledige ich mich der nassen Jacke und werfe sie in den Fußraum vor der Rücksitzbank.

»Ist das kalt«, sage ich mit klappernden Zähnen.

»Zieh am besten auch deine Schuhe aus«, fordert Asher mich auf und sieht mich abwartend von der Seite an.

»Was? Nein!«

Hat er etwa Bock auf Eau de Brie? Ich nicht!

»Nun mach schon.« Auffordernd grinst er und deutet mit dem Kinn auf meine Füße.

Na schön. »Wie du willst ...«, murmele ich, löse die Schnürsenkel und schlüpfe dann aus den nasskalten Trekkingschuhen.

»Die Strümpfe auch.«

Angewidert verziehe ich das Gesicht. Das kann nicht sein Ernst sein. Als ich keine Anstalten mache, seiner Aufforderung nachzukommen, schnappt er sich meine Füße und zieht sie zu sich auf den Schoß, sodass ich jetzt mit dem Rücken an der Beifahrertür lehne.

»Ash! Was hast du vor?«, quietsche ich, weil er mir die Socken von den Füßen streift. Kurz darauf umschließen mich seine glühenden Hände. Ich schließe genüsslich die Augen, während er beginnt, meine Fußballen zärtlich zu massieren.

»Gott, deine warmen Finger sind eine Offenbarung!«

»Du bist eiskalt.«

Der Regen lässt nicht nach. Im Gegenteil: Schwere Tropfen trommeln auf das Autodach und ich bin froh, endlich im Trockenen zu sitzen. Wie auf Kommando muss ich niesen.

»Wird es besser?«, fragt Asher nach einigen Minuten.

»Ja, danke«, erwidere ich lächelnd und ziehe meine Beine zurück. Diese durchgängige Sitzbank in alten Fahrzeugen hat schon was. Die Vorteile werden mir gerade überaus bewusst.

Ich spüre, dass Asher mich beobachtet, und sehe ihn an. Jetzt liegt es an mir weiterzureden. Aber es fällt mir schwerer, als es sollte. Ich kann ihm vertrauen, das weiß ich. Irgendwann werde ich die Wahrheit sagen, sagen müssen, einen anderen Weg gibt es nicht. Selbst wenn ich dabei riskiere, dass ich mich noch tiefer in mein Verderben stürze oder Asher verliere.

»Weißt du …«, beginne ich zögerlich. »Raphaels Auftauchen hat alles wieder hochkochen lassen. Ich hatte vor, diesen Mann zu heiraten. Aber statt mit mir unsere gemeinsame Zukunft zu planen, hat er mich wie ein naives Frauchen behandelt, das heim an den Herd gehört. Ich wusste zwar, dass ihm traditionelle Werte wichtig sind, aber das? Er sah in mir mehr ein hübsches Accessoire als eine gleichberechtigte Partnerin.«

»Ein Chauvinist, wie er im Buche steht«, brummt Asher missbilligend.

Dabei ist das nur die Spitze des Eisbergs. Denn das entscheidende Detail habe ich bislang ausgelassen: Ich war vor allem das *kapitalbringende* Accessoire, das brav zu allem »ja« zu sagen hatte. Zumindest in Raphaels Vorstellungen. War dies nicht der Fall, kam es zu unschönen Streitereien. Und bei denen lernte ich, dass er treten kann, vor allem unter die Gürtellinie. Womöglich kann ich dankbar sein, dass es bei verbalen Schlägen geblieben ist.

Wie ich es überhaupt so lange mit ihm ausgehalten habe? Keine Ahnung. Das habe ich mich in der Vergangenheit schon mehr als einmal gefragt.

Das Problem ist, ich kann Asher gegenüber nicht vollkommen ehrlich sein, ohne die ganze Fülle an Abgründen auszupacken. Zumindest jetzt noch nicht. Irgendwann einmal vielleicht.

Ich starre missmutig aus dem Fenster. Die Stimmung hier im Wageninneren ist düsterer als das Wetter draußen.

»Liebst du ihn noch?«, fragt Asher mit rauer Stimme.

Mein Kopf schießt zu ihm herum. »Himmel, nein!«, antworte ich empört. »Wie kommst du darauf?«

Er zuckt mit den Schultern. »Keine Ahnung. Du verhältst dich anders, seit er hier ist. Seltsam, distanziert.«

»Ash ...«, flüstere ich und greife nach seiner Hand. »Das ist es nicht. Das musst du mir glauben. Ich bin längst über Raphael hinweg. Wie dumm wäre ich, das nicht zu sein?«

Ich ertrage den Gedanken nicht, dass er denkt, dass ich noch Gefühle für Raphael habe. Wie könnte ich auch? Selbst ohne Raphaels sexistischem Verhalten hatte ich sehr bald herausgefunden, dass er nicht der Mann fürs Leben ist. Nicht für mich. Er hat andere Vorstellungen von der Zukunft als ich. Obwohl er mir das Blaue vom Himmel herunter gelogen hat, bestehen seine Pläne nicht aus Familie und Kindern. Raphael ist nur auf seine Karriere konzentriert und strebt nach Einfluss und Macht. Dabei geht er, wenn es sein muss, über Leichen. Mit so einem Mann möchte ich nicht alt werden.

»Okay«, meint Asher und nickt langsam. »Ich glaube dir.«

»Mein Herz gehört allein dir, Ash«, flüstere ich. »Ich bin bis über beide Ohren in dich verliebt. Mehr noch: Ich liebe dich.«

Mit einem wehmütigen Ausdruck in den Augen sieht er mich an und drückt meine Hand. »Und ich liebe dich, Charlie.« Ich halte kurz die Luft an. Er liebt mich auch? Mit bebendem Herzen sehe ich zu ihm hoch und kann fast nicht glauben, was er da eben gesagt hat. Mir wird warm ums Herz und mein Bedürfnis, mit der Sonne um die Wette zu strahlen, wird mit jeder Sekunde einnehmender. Er liebt mich. Er liebt mich! Allerdings werde ich mit einem Schlag zurück in die Realität befördert, als ich Ashers ernsten Blick bemerke. »Doch allein der Gedanke, dass du einst Gefühle für ihn gehegt hast, macht mich rasend vor Eifersucht. Mit einem anderen Kerl hätte ich mit Sicherheit weniger ein Problem. Aber er? Er ist für mich ein rotes Tuch. Keine Ahnung, woran das genau liegt. Vielleicht, weil er ausgerechnet der Erbe von *Grizzly Bear Vineyards* ist. Außerdem ist er ein Arschloch. Da sind wir uns doch einig, oder?«

Ich schlucke schwer, weil ich seine Bedenken nachvollziehen kann. Hätte mir eine Freundin von dieser Art von Ex-Freund erzählt, dann hätte ich genauso reagiert.

»Das solltest du mal Harper sagen!« Erstickt lache ich auf, weil die Situation so skurril ist.

»Sollte sie mir jemals über den Weg laufen, werde ich das, versprochen.« Vielsagend lächelt er mich an. »Wollen wir dann langsam zurück? Eine heiße Dusche würde uns beiden guttun.«

Ein letztes Mal wische ich mir die Tränen unter den Augen weg. »Hervorragende Idee!«

21. Kapitel: Übermut kommt vor dem Wein

Tropfnass steige ich aus der Dusche und wickle mich in das flauschige Frotteetuch, das mir Asher bereithält. Noch immer hängt mir die feine, sandelholzige Note seines Duschgels in der Nase, mit dem er mich nach dem Sex ausgiebig eingeseift hat.

»Danke«, sage ich mit einem breiten Lächeln und hauche ihm einen Kuss auf die Lippen.

»Für dich immer«, antwortet er und sieht mich mit einem zufriedenen Ausdruck an. »Das eben war wirklich ... unvergleichlich. Mich in dir zu verlieren ...«

»Es geht mir mit dir genauso«, schnurre ich und schlinge meine Arme um seinen Nacken.

Wir haben die vergangene Stunde gemeinsam unter der Dusche verbracht, so lange, bis das Wasser kalt wurde und uns beide frösteln ließ. Mit Ash zusammen zu sein, ihm nahe zu sein, befördert mich jedes Mal in ungeahnte Sphären. Allerdings ist es nicht nur das Körperliche, das mich zu ihm hinzieht. Asher berührt meine Seele auf eine Weise, die ich bis in die hintersten Bahnen meines Nervensystems spüre. Die mich erzittern lässt, sobald er mir liebevolle Worte ins Ohr flüstert und seine Nase an meinem Hals vergräbt. Wäre ich ihm nicht bereits mit Haut und Haaren verfallen, würde ich mich bei jeder seiner Berührungen erneut in ihn verlieben. Jedes. Einzelne. Mal.

Kein Mann hat mich je so begehrt, so gefordert und auf diese Art geliebt. Er bringt das Beste in mir zum Vorschein und zeigt mir gleichzeitig, wie herrlich das Leben sein kann. Mit ihm, hier, auf der Insel.

Bevor ich mich von ihm löse, stehle ich mir einen weiteren Kuss und sehe ihn verträumt an.

»Was ist?«, fragt er grinsend.

»Nichts. Ich liebe dich bloß«, gebe ich betont gelassen zurück und zucke mit den Schultern, kann aber nicht verhindern, dass mein Herz wie wild trommelt.

Ashers rechte Augenbraue wandert in die Höhe. »Du liebst mich bloß?«

»Mhm.«

»Na, warte ...«, antwortet er schelmisch und beginnt ohne Vorwarnung mit einer Kitzelattacke, bei der ich chancenlos bin. Vergnügt quietsche ich, bevor ich mich von ihm losreiße, kichernd ins angrenzende Schlafzimmer flitze und mich hinter den Möbeln vor ihm zu verstecken versuche. Asher ist mir dicht auf den Fersen. Ein Lachen löst sich tief aus seiner Kehle, das mich am ganzen Körper erschauern lässt. Eine Gänsehaut breitet sich über meinen Rücken aus. Wie ein gefährliches Raubtier auf Beutezug umrundet Asher das Bett und fixiert mich mit einem lüsternen Ausdruck in den Augen.

Ich quittiere diesen, indem ich ihm frech die Zunge rausstrecke und wieder durch das Zimmer und vor ihm davonlaufen will. Doch die Rechnung habe ich ohne die Kommode am Fußende des Bettes gemacht, an der ich in meinem Übermut mit dem kleinen Zeh hängen bleibe. Mehr aus Überraschung als vor Schmerz schreie ich auf und lasse mich im nächsten Moment auf das Bett fallen, sodass ich mit einem unkontrollierbaren Lachanfall auf dem Rücken zum Liegen komme.

Keine Sekunde später senkt sich die Matratze und Asher liegt neben mir. Prüfend wandert sein Blick zu meinem Fuß. »Hast du dir wehgetan, Sardas?«

Kopfschüttelnd antworte ich: »Nein, alles gut. Ich bin nur erschrocken. Wird schon wieder. Der Zeh hat schon weitaus Schlimmeres ertragen müssen.«

»Bist du dir sicher, dass wir nicht zu einem Arzt fahren sollen? Das hat böse ausgesehen.«

Beschwichtigend lege ich ihm eine Hand auf die Brust. »Ehrlich. Es ist alles in Ordnung. Ich habe mich einfach doof angestellt, nichts weiter.«

»Okay. Aber sollte der Schmerz nicht nachlassen oder dein Fuß anschwellen, fahren wir ins Krankenhaus. Ohne Widerrede. Deal?« Den Kopf auf eine Hand im Nacken gestützt, sieht er mich an.

»Deal.« Ich nicke. »Jedoch nur, wenn mein kleiner Zeh einer hässlichen Aubergine gleicht.«

Ashers Mundwinkel zuckt und direkt darüber bildet sich ein Grübchen in seiner Wange. »Soll heißen?«

»Dass er wie eine Aubergine auf Meth aussehen muss. Alles andere wäre reine Zeitverschwendung. Wie gesagt, der ist Schlimmeres von mir gewohnt.«

Asher dreht sich auf den Rücken und lacht. Laut und schallend. Statt ihm dafür böse zu sein – warum auch? –, stimme ich mit ein, halte mir den Bauch und wische mir die Tränen aus den Augenwinkeln. Das war tatsächlich witziger als beabsichtigt.

»Gott, Sardas, manchmal hast du echt einen Schlag.« Er dreht sich wieder auf die Seite, sodass sich unsere Nasenspitzen fast berühren.

»Gib es zu: Deshalb liebst du mich.« Verschwörerisch lasse ich meine Augenbrauen hüpfen.

»Wenn du nur wüsstest, wie sehr ...«, murmelt er, überwindet den letzten Abstand und drückt mir einen leidenschaftlichen Kuss auf die Lippen. Er verlagert seine Position und keine Sekunde später liegt er auf mir und zwischen meinen Beinen und setzt seine heißen Liebkosungen auf meiner nackten Haut fort.

Habe ich erwähnt, dass ich nur ein Handtuch um meinen Körper geschlungen habe? Dabei ist es bei meinem Mini-Stunt so verrutscht, dass kaum mehr Brüste und Hintern bedeckt sind. Im Gegenteil: Viel Spielraum für die Fantasie ist nicht geblieben.

Plötzlich hält Asher inne und streicht mir die Haare aus dem Gesicht. »Ich bin vollkommen vernarrt in dich, Charlie.« Dabei sieht er mir tief in die Augen. Im Licht des Zimmers wirken seine sonst smaragdgrünen Iriden wie ein dunkler Urwald, nahezu schwarz. In ihnen lese ich unbändiges Verlangen, jedoch liegt darin auch eine tiefe Wärme. So wie ich sie bei einem Mann mir gegenüber noch nie gesehen habe. Asher sieht mich an, als hätte er in seinem Leben noch nie etwas Wertvolleres betrachtet. Das lässt mich schwer schlucken und sanft lächeln.

Ich will gerade meinen Nacken strecken, um ihn zu küssen, da kündigt der schrille Klingelton meines Smartphones einen eingehenden Anruf an. Stöhnend lässt Ash von mir ab, wälzt sich herum und greift nach dem Handy auf dem Nachtkästchen.

Nach einem kurzen Blick auf das Display reicht er es mir weiter. »Es ist Ava.«

»Oh, hi, Ava!«, begrüße ich meine Freundin und stelle direkt auf Lautsprecher.

»Hey, Süße! Ich störe doch gerade nicht etwa?«

Ich spüre, wie mir heiß wird, und sehe verstohlen zu Asher, der unserem Gespräch aufmerksam lauscht.

»Mhm? Wie kommst du denn darauf?«, frage ich möglichst unschuldig und beiße mir gleichzeitig auf die Lippen.

Asher grinst.

Ava lacht am anderen Ende. »Nun sag schon: Wobei habe ich gestört?«

Räuspernd antworte ich: »Bin gerade bei Asher.«

»Aha, wusste ich es doch!«

»Du bist übrigens auf laut«, informiere ich sie.

»Alles andere hätte mich auch enttäuscht! Hey, Ash!«

»Hallo, Ava«, antwortet dieser prompt. »Du hast einen Riecher für die ungünstigsten Momente.«

»Gern geschehen!«, gibt sie keck zurück, ich kann ihr breites Grinsen dabei förmlich sehen. »Warum ich anrufe ... Steht unser Date nachher noch, Charlie?«

Innerlich schlage ich mir mit der Hand an die Stirn. Mist, das habe ich völlig vergessen.

»Äh, klar. Du hast doch nichts dagegen?«, frage ich an Asher gewandt.

Er schüttelt den Kopf und wirft einen Blick auf seine Armbanduhr. »Ich habe eh noch zu tun. Einer der Lieferanten für die Eichenfässer macht Probleme. Das würde ich gerne so schnell wie möglich aus der Welt schaffen. Ansonsten müssen wir uns eine Alternative suchen.«

»Sicher?«

»Sure! Habt einen schönen Mädelsabend.«

»Würdest du uns fahren? Bitte?«, will Ava von ihm wissen.

»Na klar, für meine beiden Lieblingsfrauen würde ich doch alles tun.«

»Dann in einer Stunde, Ava?«, schlage ich vor.

»Wohin soll es gehen, Ladies?«

Was für eine Frage!

»Ins *Refugio,*« antworten wir wie aus einem Mund.

22. Kapitel: Eins plus eins macht ... drei

Die Ausläufer des Sturmes auf dem Atlantik sind noch deutlich spürbar und erklären den Regenschauer, in den Asher und ich heute geraten sind. Von der Meerseite weht ein kühler Wind durch die Gassen von São Vicente, was Ava und mich frösteln lässt. Obwohl wir beide Jäckchen zum Überziehen dabeihaben, beschließen wir, den Abend heute im Innenbereich des *Refugio* zu verbringen. Als wir die Snack-Bar betreten, empfängt uns der typische Geruch nach Bier, Rauch und Essen.

Das ein bisschen in die Jahre gekommene Design der Bar besticht durch die gelungene Mischung aus dunklem Mahagoni-Holz und grasgrünen Fliesen an der Theke und den Wänden. Die Regale sind vollgepackt mit Weinflaschen und regionalen Spirituosen. Einige ältere Herren sitzen auf Hockern an der Bar, nippen an ihrem Getränk oder beobachten versonnen die anderen Gäste.

Margarida, die Besitzerin, steht hinter der Theke und zapft ein Bier. Als sie den Kopf hebt und uns erblickt, erhellen sich ihre Züge und sie begrüßt uns winkend.

Ihr Enkel ist weit und breit nicht zu sehen, anscheinend schmeißt sie heute den Laden allein. Während Gläser aneinander klirren und Lachen und portugiesische Gesprächsfetzen durch die Luft schwirren, steuern wir einen kleinen runden Holztisch in der Ecke an. Kaum dass Ava und ich Platz genommen haben, tritt Margarida zu uns an den Tisch, begrüßt uns überschwänglich und nimmt unsere Bestellung auf. Von der grummeligen Oma von unserem allerersten Tag hier in der Kneipe ist nichts mehr zu sehen. Zum Glück.

Keine fünf Minuten später stehen zwei Gläser frisch gemixte Ponchas vor uns und wir stoßen an.

»Chin-chin!«

»À sua saúde«, sage ich und probiere von dem leckeren Cocktail.

»Gott, der Poncha ist jedes Mal wieder ein Gedicht!«, schwärmt Ava.

Grinsend sehe ich sie an. »Was würdest du nur ohne mich tun?«

Sie seufzt theatralisch. »Noch immer Wodka Cranberry konsumieren?«

»Wie lief eigentlich die Woche bei dir? Wir haben uns kaum gesehen.«

»Ich weiß. Ich habe mich irgendwann in meinem Büro verbarrikadiert, weil ich so am besten arbeiten konnte. Die Umstellung unserer Homepage auf das modernere Design hat sich zwar in Grenzen gehalten, allerdings hat die Verlinkung der Partnerwebseiten und unserer Lieferanten, gerade in Verbindung mit Social Media, Stunden gekostet.«

»Mhm. Ich verstehe nicht, warum der Webauftritt schon wieder ein neues Gesicht bekommt. So lange existiert die Seite doch noch gar nicht.«

»Da hast du recht«, stimmt mir Ava zu. »Allerdings meinte Asher, irgendeine der Analysen in den USA hätte ergeben, dass ein neues Design mit diesem und jenem Eyecatcher mehr Menschen anspreche. Whatever.« Sie rollt mit den Augen.

»Dann soll es mir recht sein. Ich will meinen Job hier auf der Insel behalten!«

»Auch wieder wahr.«

Wir lachen beide und grinsen uns verschmitzt an.

»Aber ganz ehrlich?«, beginnt Ava nach einer Weile. »Ich kann immer noch nicht fassen, dass dein Ex hier aufgetaucht ist. Er hat ganz schön viel Wirbel in die Firma gebracht. Ich meine, was denkt er sich? Dass er lieb winkt und du sofort springst und zu ihm zurückgehst? Wie arrogant und von sich überzeugt kann ein Mensch bitte sein?«

Abfällig schnaube ich. »Wem sagst du das ... Das war aber schon immer so. Raphael bekommt stets seinen Willen.«

Mit hochgezogenen Augenbrauen sieht sie mich über den Rand ihres Poncha-Glases an. »Du ziehst doch nicht ernsthaft in Erwägung, dem nachzugeben?«

Fassungslos, irgendwie jedoch auch amüsiert starre ich sie an. »Himmel! Wo denkst du hin? Du kannst so etwas nur sagen, weil du Raphael nicht kennst. Keine zehn Pferde bringen mich zu ihm zurück. Selbst wenn er der letzte Mann auf Erden wäre.«

»Das sagt alles.« Sie zwinkert mir zu.

»Jap.«

Irgendetwas im Barraum erweckt plötzlich ihre Aufmerksamkeit, denn sie schielt an meiner Schulter vorbei. »Sag mal, wie sieht der Kerl nochmal aus?«

»Äh, wer? Raphael?«

Ihr bleibt keine Zeit zu antworten, denn schräg vor mir bleibt jemand stehen. Als ich den Blick hebe, gefriert mir das Lächeln im Gesicht.

Das darf doch nicht wahr sein!

»Einen wunderschönen Abend«, säuselt Raphael und setzt sich ungefragt auf einen der beiden freien Stühle an unserem Tisch.

»Großartig. Absolut großartig«, knurre ich, während ich ihn gleichzeitig wütend anfunkele. Was bildet der sich ein?

Ava neben mir zieht scharf die Luft ein und starrt ihn aus zusammengekniffenen Augen an.

Er streckt ihr die Hand hin. »Ich glaube, wir beide hatten noch nicht das Vergnügen. Ich bin-«

»Raphael«, beendet Ava seinen Satz und hebt herausfordernd ihr Kinn.

»Oh, es hat sich schon herumgesprochen?«, fragt er mit einem falschen Lächeln.

»Was willst du hier, Raphael?«, fauche ich.

»Schon wieder so kratzbürstig, Charlotte? Wo bleiben deine Manieren?«

»Mir war nicht bewusst, dass ich die dir gegenüber brauche.«

Er schnalzt missbilligend mit der Zunge. »Du weißt doch, worauf ich Wert lege, Baby.«

»Weißt du, wie scheißegal mir das ist?«, fahre ich ihn an. »Außerdem bin ich nicht dein Baby. Spar dir das für Harper auf.«

»Das mit Harper und mir ist Geschichte«, antwortet er gelassen.

Ava verfolgt unser Gespräch wie ein mitreißendes Tennismatch. Ihr Kopf schwenkt hin und her.

»Ach, tatsächlich?« Ich ziehe meine Augenbrauen nach oben und zwinge mich dazu, nicht die Augen zu verdrehen, sondern meine Miene emotionslos zu halten. Ich hatte also recht. Die ganze Zeit über lag ich richtig mit meinen Vermutungen. Gott, ich könnte ihn erwürgen. Und Harper gleich mit. Von wegen »beste Freundin«. Pah, dass ich nicht lache. »falsche Schlange« trifft es besser.

»Wo bleibt eigentlich die Bedienung?«, fragt er missbilligend und sieht sich suchend im Raum um. Da er Margarida anscheinend nirgends entdecken kann, steht er auf und geht zur Bar. Vielleicht rechnet er aber auch nicht mit einem verschrumpelten Tantchen als Kellnerin, sondern mit einer jungen, grazilen Einheimischen mit langen, gebräunten Beinen und Zahnpastalächeln. Das Lächeln kann er von Margarida haben, nur ohne Zahnpasta.

»Du hast nie gesagt, wie heiß dein Ex ist«, flüstert mir Ava zu, kaum dass wir allein sind.

»Ist das denn wichtig?«, murmle ich, kann mir aber einen Blick in Raphaels Richtung nicht verkneifen.

Er steht am Tresen und trommelt ungeduldig mit den Fingern auf das hochglanzpolierte Holz.

»Er ist so ein Schnösel.«

»In der Tat. Aber ein sexy Schnösel, das muss man ihm lassen. So ganz neutral betrachtet«, stellt Ava anerkennend fest. Meine Mundwinkel zucken.

Just in diesem Augenblick lässt sich Raphael wieder auf den Stuhl plumpsen und schimpft undeutlich vor sich hin. Keine Minute später taucht Margarida auf, knallt ihm mit grimmiger Miene und etwas zu viel Schwung eine volle Tasse Kaffee vor die Nase. Sie murmelt etwas Unverständliches, ehe sie Ava und mich kurz anlächelt und dann wieder verschwindet. Was war das denn bitte? Allerdings kann ich mir ein diabolisches Grinsen nicht verkneifen.

»Kein neues Mitglied in deinem Fanclub? Da bin ich aber enttäuscht«, sage ich süffisant. Er schnaubt und schnappt sich seine Kaffeetasse.

»Wer hat dir eigentlich erlaubt, mit uns am Tisch zu sitzen?«, fragt Ava, während er am Heißgetränk pustet und gerade dazu ansetzt, einen Schluck zu trinken.

Er hält in der Bewegung inne und stellt die Tasse ab. »Ach, kommt schon«, antwortet er blasiert. »Ihr wollt mich doch nicht ernsthaft von eurem Tisch vertreiben?« Er sieht mich an. »Charlotte, um der guten alten Zeiten Willen. Wir sind doch Freunde!«

»Wir sind keine Freunde. Waren wir nie. Wir waren verlobt.«

»Autsch«, sagt er mit gequälter Miene, die ich ihm nicht abkaufe.

Ava auch nicht. »Dann verrate uns doch, Raphael ...«, beginnt sie, »... was du hier in São Vicente tust, so fern von deiner kalifornischen Heimat?«

Danke.

Aber darauf wird er sich nicht einlassen. Ich kenne ihn. Zu gut.

»Wie gesagt: Ich möchte an vergangene Zeiten anknüpfen. Und keine Sorge, ich habe dabei keine bösen

Hintergedanken.« Wer's glaubt ... »Ich weiß ja nicht, was dir Charlotte alles über mich erzählt hat, aber ich bin nicht halb so schlimm, wie sie sagt.« Gekünstelt lacht er auf und nimmt jetzt doch einen Schluck von seinem Kaffee. Er trinkt ihn schwarz. Passend zu seiner Seele. »Ich möchte hier einfach einen schönen Abend genießen. Und wenn das im Beisein von jemandem ist, den ich bereits kenne, soll mir das recht sein. So eine große Auswahl an Kneipen gibt es hier im Ort nicht.«

So ganz stimmt das zwar nicht, aber ich ignoriere seine indirekte Kritik. Hat eh keinen Sinn.

»Das könnt ihr doch verstehen, oder?« Er sieht uns nacheinander mit großen Augen und gesenktem Kinn an. Fehlt nur noch, dass er mit den Wimpern klimpert.

Meine Augenbrauen wandern bei dieser Vorstellung bis unter den Haaransatz. Will der uns eigentlich komplett verarschen? »Ach, komm, nie und nimmer meinst du das ernst.«

»Was spricht dagegen, den Abend mit einer alten Freundin zu verbringen?«

Dein Erpressungsversuch, du Arsch?, brülle ich ihm im Geiste entgegen. Oder die Art, wie du mich als deine Verlobte behandelt hast? Da fallen mir noch tausend andere Beispiele ein, die ich ihm an den Kopf werfen will.

In seinen Augen blitzt es auf, als ob er genau wüsste, was gerade hinter meiner Stirn vor sich geht.

»Na, dann. Auf eine lustige Runde!«, entgegnet Ava und ich blicke sie überrascht an. Unbemerkt zwinkert sie mir zu.

Aha, daher weht der Wind.

Sie traut ihm ebenfalls nicht über den Weg. Warum auch? Sie kennt unsere Geschichte. Außerdem habe ich ihr vorhin in aller Deutlichkeit vermittelt, was ich von Raphael halte. Dem Arsch.

Sie beginnt deshalb sofort, ihn in ein Gespräch zu verwickeln, und ich bemerke, dass sie ihm nur auf den Zahn fühlen will. Deshalb verstecke ich mein Grinsen hinter einem ausgiebigen Schluck Poncha und muss dabei gehörig aufpassen, dass ich mich nicht verschlucke. Sie macht das geschickt, das muss man ihr lassen.

Raphael dagegen zeigt sich heute von seiner ausgesprochen zahmen, ja, fast schon charmanten Seite. Der Kotzbrocken.

Ich könnte würgen, denn wüsste ich es nicht besser, würde ich auf seine Masche hereinfallen und wie die Fliege an der Klebefalle hängenbleiben.

Deshalb lausche ich und beobachte gespannt, wie er versucht, Ava um den kleinen Finger zu wickeln.

Nach einer Weile kommt Margarida erneut zu uns an den Tisch und erkundigt sich, ob wir noch etwas trinken möchten. Als Raphael eine Sekunde von ihr abgelenkt ist, weil sie ihm mit Händen und Füßen zu verstehen gibt, dass sie ihm noch einen zweiten Kaffee bringt, erhasche ich einen Blick in Avas Gesicht. Ich sage nur: bombastic side eye!

Mehr braucht es nicht, dass ich kapiere, dass sie sich alles andere als um den Finger wickeln lässt!

Zufrieden grinse ich vor mich hin und stütze amüsiert das Kinn auf die Hand, um die gebotene Szenerie in mich aufzunehmen. Dabei weiß ich ganz genau, dass Margarida Englisch spricht. Zwar gebrochen, aber so ahnungslos, wie sie sich gibt, ist sie nicht. Dafür könnte ich sie knutschen, denn es bringt Raphael auf die Palme. Und zwar so richtig! Das erkenne ich an den Kiefermuskeln, die kräftig mahlen, und an seiner verkniffenen Miene. Als würde er jeden Moment nach einem Dolmetscher verlangen.

Idiot!

»Dann erzähl doch mal, Raphael. Was treibt dich nach Madeira?«, will Ava wissen, nachdem Margarida verschwunden ist.

Ich versteife mich, weil ich die Antwort kenne. Oder zumindest einen Teil davon. Diese wird er aber mit Sicherheit nicht verraten.

»Nun ja, die Nachfrage nach europäischen Weinen steigt in Amerika. Auch *Grizzly Bear Vineyards* bleibt von derartigen Anfragen nicht verschont. Da ist es doch selbstverständlich, dass der Junior Boss nach alternativen Produkten Ausschau hält, die ins Programm passen. Findest du nicht?«

Genervt rolle ich mit den Augen. Himmel, geht es eigentlich noch großkotziger?

»Vielleicht lerne ich auch andere Gär- oder Maisch-Methoden kennen, mit denen wir unsere eigenen Weine an die Geschmäcker der europäischen angleichen können.«

Ava hebt zweifelnd ihre Augenbraue und lächelt ihn spitzbübisch an. »Und da verschlägt es dich ausgerechnet nach *Madeira*?« Touché.

»Ja, was für ein Zufall ...«, murmle ich sarkastisch.

»Dabei gibt es doch bestimmt andere, größere Weinanbaugebiete in Europa, die sich dafür besser eignen, oder etwa nicht? Bordeaux oder Burgund in

Frankreich. Piemont oder die Toskana in Italien. Österreich, Griechenland, Spanien. Ach, da fallen mir noch bestimmt zigtausend ein.«

Raphael quittiert Avas Ansage mit einem gefährlichen Lächeln. »*Grizzly Bear Vineyards* ging noch nie mit der Masse. Wir sind einzigartig und heben uns durch unsere exquisiten Weine von der Konkurrenz ab. Das wird sich so schnell nicht ändern. Nicht, solange ich dort etwas zu sagen habe.«

Meine Rede: Voll-Arsch!

In den kommenden paar Minuten versucht er doch allen Ernstes, uns beide von den Vorzügen Madeiras, vor allem als Weinanbaugebiet, zu überzeugen. Ava spielt mit, ich sitze gelangweilt daneben und werfe immer wieder einen Blick auf meine Armbanduhr.

Himmel, den Abend habe ich mir in der Tat anders vorgestellt! Doch Raphael macht keine Anstalten, uns allein zu lassen. Im Gegenteil: Er scheint sich hier wohlzufühlen, während er seine Gift-Tentakel ausfahren lässt.

Als er jedoch auf einmal beginnt, Anekdoten seiner ersten Erlebnisse auf der Insel zu erzählen, werde ich hellhörig.

»Und dann steige ich in den Bus der gebuchten Wandertour ein und wen sehe ich vor mir? Einen Haufen alter Leute und Rentner, alles Briten.« Er war wandern? Es geschehen noch Zeichen und Wunder. »Keine einzige Person unter siebzig. Das müsst ihr euch mal vorstellen!«

»Ja, und dann?«, hakt Ava nach.

»Ich bin natürlich sofort zum Tourguide und habe nachgefragt. Wie sich herausgestellt hat, ist dem Veranstalter bei der Buchung ein Fehler unterlaufen und ich stand auf der falschen Teilnehmerliste. Denn ursprünglich sollte mich der Reisebus zu einem Offroad-Buggy-Verleih bringen, von wo aus eine Buggy-Safari gestartet wäre. Die Gäste im Bus sahen aber eher danach aus, als bräuchten sie für die Wanderwege ihren Rollator. Von wegen Buggy-Safari. Es war eine Kaffeefahrt vom Feinsten, von einer Touristenattraktion zur nächsten. Es hätte nur noch gefehlt, dass der Busfahrer Schlager abspielt, alle dazu schunkeln und Heizdecken verkauft werden.«

Die Vorstellung ist einfach so grotesk, dass ich über seinen Witz lachen muss. Da überwindet er sich ein einziges Mal und will raus in die Natur und dann das! Aus reiner Gewohnheit lege ich ihm die Hand auf den Unterarm und drücke leicht zu.

Avas Miene wird mit einem Schlag verlegen und als ich eine Bewegung an unserem Tisch wahrnehme, begreife ich auch, warum.

23. Kapitel: Man darf den Teufel nicht zum Wein bitten

»Guten Abend, Ladies. Johnson«, sagt Asher.

Ach, du heiliger Strohsack!

Als hätte ich mich an Raphaels Arm verbrannt, ziehe ich meine Hand eilig zurück. Ich traue mich kaum, den Blick zu heben. Doch mir bleibt keine andere Wahl. Während ich das tue, wird mir gleichzeitig heiß und kalt und mir bleibt kurzzeitig die Luft weg. Am liebsten würde ich mich selbst ohrfeigen für meine Dummheit! Gott, wie muss das alles auf ihn wirken? Ashers Miene sagt mehr als tausend Worte. Da habe ich meine Antwort. Seine Augen sprühen Funken, sodass mein Herz für einen Moment stolpert. Er hat sich umgezogen und trägt eine helle Jeans und ein olivfarbenes Pilotenhemd, das seine Oberarme und die muskulöse Brust betont.

Um vom Offensichtlichen abzulenken, schenke ich Ash ein liebevolles Lächeln. Das er aber nicht erwidert. Stattdessen flackert sein Blick zwischen Raphaels Arm und mir hin und her. Als hätten meine Finger ein Brandmal darauf hinterlassen.

»Ash, das ist ja eine Überraschung!«, begrüßt Ava ihn betont lässig.

»Entschuldigt, dass ich euch bei eurem *Mädelsabend* störe«, grollt er.

Mein Lächeln fällt in sich zusammen und ich muss schwer schlucken.

»Oh, nein, du störst nicht!«, übergeht Raphael ihn theatralisch und weist ihn mit der Hand auf den freien Platz neben Ava. Ausgerechnet. »Setz dich doch, Andrew.«

Ich verdrehe die Augen.

»Asher«, entgegnet dieser brummend, lässt sich aber auf dem ihm zugewiesenen Platz nieder.

Ich rutsche auf meinem Stuhl unruhig herum.

»Ich war früher mit meiner Arbeit fertig. Deshalb dachte ich, ich schau mal bei euch vorbei«, erklärt Ash missmutig.

»Hast du das Problem mit dem Lieferanten lösen können?«, will ich von ihm wissen.

Ashers Augenbrauen ziehen sich zusammen, Ava tritt mir unter dem Tisch gegen das Schienbein. Autsch! Vielen Dank auch. Sie hat den Mund zu einer dünnen Linie zusammengepresst, Raphael grinst überheblich und Asher sieht mich vorwurfsvoll an.

»Es gibt Probleme? Das hört sich nicht gut an«, fragt Raphael eine Spur zu interessiert und sieht Ash feixend an.

Dieser schüttelt den Kopf. »Nichts, was dich etwas angehen würde.«

Raphael schnalzt mit der Zunge. »Es gibt keinen Grund für diese Feindseligkeit, Adrian.«

Himmel, muss Raphael ihn so provozieren?

»Sein Name ist Asher«, schnauze ich ihn an und kassiere damit einen triumphierenden Blick von Ava.

Raphael sieht verdutzt drein, Ashers Miene bleibt unergründlich. Ihm gefällt die Situation genauso wenig wie mir.

»Das denke ich schon«, knüpft Asher an Raphaels ursprüngliche Aussage an. »Ich habe nämlich keine Lust, dass unsere Geschäftsgeheimnisse zu meinem direkten Konkurrenten wandern.«

Manchmal bin ich echt dämlich ...

»Geschäftsgeheimnisse, dass ich nicht lache! Als ob es nicht in jedem gut laufenden Geschäft Probleme gibt«, spöttelt Raphael mit einer wegwerfenden Handbewegung. Übertrieben affektiert sieht er plötzlich auf seine teure Bonzenuhr. Die geerbte Breitling von seinem Grandpa, wenn mich nicht alles täuscht. »Was, schon so spät? Wie doch die Zeit verfliegt. Dann werde ich mich an dieser Stelle von euch verabschieden.« Er nickt uns zu. »Ava ... Charlotte ... Asher. War ein schöner Abend. Ich hoffe, wir können ihn bald wiederholen.«

»Das hoffe ich nicht«, murmle ich, ehe Ava ein gekünsteltes Lächeln aufsetzt und »Unbedingt« sagt. Asher murrt, bleibt aber ansonsten still.

Raphael erhebt sich, schiebt seinen Stuhl zurecht und lässt seine Hände auf der Rückenlehne liegen. Dann zwinkert er mir zu – wieso zur Hölle zwinkert er? –, streicht mir im Vorbeigehen über die Schulter und drückt mir völlig überflüssigerweise einen Kuss auf die Wange.

Argh! Ich könnte ihn erwürgen!

»Lass das!«, schimpfe ich, doch da ist das Kind schon in den Brunnen gefallen. Ich traue mich gar nicht, einen Blick zu Asher zu werfen.

Bevor Raphael hinausgeht, macht er einen Abstecher zur Bar und wirft ein paar Münzen auf den hölzernen Tresen. Margarida beobachtet ihn mit verkniffener Miene. Ihr Gesicht spricht Bände. Es sieht so aus, wie ich mich im Inneren fühle.

»Was war eigentlich gerade so lustig?«, fragt Asher und lenkt damit meine Aufmerksamkeit auf sich. Er sieht mich mit schief gelegtem Kopf an. Jegliche Wärme ist aus seinen Augen verschwunden. Stattdessen mustert er mich abschätzig. Sein sonst so sanftes Grün ist dunkel vor Zorn und Missbilligung.

Shit. Warum musste Asher ausgerechnet in dem Moment zu uns stoßen, als ich in scheinbarer Vertrautheit mit Raphael bin? Das darf doch alles nicht wahr sein.

»Raphael hat von seinem ersten Ausflug hier auf der Insel erzählt«, versucht Ava, mir aus der Patsche zu helfen. »Zugegebenermaßen war das echt witzig.«

»Ist das so?«

»Weißt du, Raph hat eben-«

Doch weiter komme ich nicht, denn Asher unterbricht mich. »Ehrlich gesagt, ist mir das scheißegal, Charlie«, fährt er mich an.

Ava räuspert sich neben mir. »Ich denke, ihr solltet mal miteinander reden. Ich werde mir am besten ein Taxi rufen.«

»Das ist doch nicht nötig!«, entgegne ich sofort und ernte einen vorwurfsvollen Blick von ihr, der nicht eindeutiger sein könnte. Doch, das ist es, scheint dieser zu sagen.

Schweigend sehen wir deshalb dabei zu, wie sie ihre Sachen zusammenpackt und sich dann kurzerhand von uns verabschiedet.

Als Ash und ich allein zurückbleiben, übertönt das Stimmengewirr der Bar die erdrückende Stille bei uns am Tisch. Ich wage einen Blick zu ihm und erkenne, dass seine Kiefermuskeln arbeiten. Er starrt missmutig vor sich hin, seine Hände, die er auf der Tischplatte verschränkt hat, sind total verkrampft.

»Ash ...«, flüstere ich erstickt. »Ich weiß gar nicht, wie ich anfangen soll.«

Er hebt den Kopf und sieht mich an. In seinen grünen Augen tobt ein Sturm, der mich schwer schlucken lässt. Ein dumpfes Gefühl macht sich in meinem Magen breit und, als ein kräftiges Lachen vom Nebentisch erdröhnt, zucke ich erschrocken zusammen.

»Können wir bitte von hier verschwinden?«, fragt Asher. »Mir ist es hier zu laut und ich möchte gerne in Ruhe mit dir sprechen.«

»Okay«, krächze ich und nicke.

Er wirft währenddessen ein paar Scheine auf den Tisch und hilft mir danach in mein Jäckchen. Nach einem letzten Winken zu Margarida verlassen wir die Bar und treten hinaus in die kühle Nacht. Die Straßen von São Vicente liegen wie ausgestorben da. Anscheinend hat es heute aufgrund der frischen Brise alle ins Innere der Häuser verschlagen.

»Mein Auto steht dort hinten auf dem öffentlichen Parkplatz«, sagt Ash und deutet die spärlich beleuchtete Gasse hinunter.

Stumm nicke ich und folge ihm dann. Trotz des Wolljäckchens friert es mich um die Schultern und ich bin froh, dass wir nach wenigen Gehminuten Ashers Truck erreichen.

Nachdem ich auf den Beifahrersitz gestiegen bin, atme ich tief durch und sehe dann zu Ash, der wie gebannt durch die Windschutzscheibe stiert. Seit Raphael das *Refugio* verlassen hat, scheint Ash mit seinen Gedanken vollkommen woanders zu sein. Doch ich dränge ihn zu nichts und halte meinen Mund. Zu sehr fürchte ich mich in diesem Moment vor seiner Reaktion.

Nach einer Weile startet er den Motor. Der Kies knirscht unter den Reifen, während er den Pick-up auf die Hauptstraße lenkt. Wir biegen nach links ab, fahren am VE2-Tunnel vorbei und nehmen den direkten Weg über die Serpentinen zurück zum Weingut.

Die Stille im Wagen ist erdrückend. Aber ich weiß nicht, was ich sagen soll. Innerlich warte ich darauf, dass Ash das Wort ergreift, auch wenn sich dadurch das mulmige Gefühl in mir mit jeder weiteren verstrichenen Sekunde verstärkt.

Nach wenigen Minuten kommen wir am Gelände von *Vinho Monteiro* an, doch statt wie immer auf seinem eigenen Parkplatz direkt vor dem Hauptgebäude zu parken, fährt Ash daran vorbei und steuert den Wagen Richtung Mitarbeiterunterkünfte.

»Willst du noch mit reinkommen? Ich könnte uns eine Flasche Vinho Verde aufmachen und dann reden wir?«, starte ich einen erbärmlichen Versuch, während der Truck vor den Appartements zum Stehen kommt.

»Nein, ich denke nicht«, antwortet er leise.

Ich löse den Sicherheitsgurt und lehne mich mit dem Rücken an die Fahrzeugtür, um Asher besser ansehen zu können. »Warum nicht?«

»Weil das vermutlich keine gute Idee ist.«

»Ash«, sage ich mit einem fetten Frosch im Hals. »Bitte, du musst mir glauben, das mit Raphael eben war alles nur ein dummer Zufall.«

Sein Kopf wirbelt zu mir herum und er sieht mich lange an, bevor er antwortet. »War es das?« Er reibt sich mit der Hand über das Gesicht und schüttelt den Kopf. »Ganz ehrlich, Charlie? Ich weiß nicht mehr, was ich glauben soll. Dich mit ihm zu sehen, hat mich verletzt.«

»Aber da war nichts!«, halte ich dagegen.

»Ach ja?« Er schnaubt abfällig. »Warum muss ich dann dabei zusehen, wie deine Hand auf seinem Arm liegt und du ihn mit einem Ausdruck in den Augen ansiehst, den ich noch nie zuvor an dir gesehen habe? Und zu allem Überfluss küsst er dich noch, bevor er geht. Ganz ehrlich? Was sollte das?«

Bei seinen Vorwürfen spüre ich regelrecht, wie mir sämtliches Blut aus dem Gesicht weicht. Das Herz klopft mir bis zum Hals und hinterlässt ein dumpfes Pochen in meinen Ohren. Ich kann nicht glauben, was er da sagt. Was er annimmt. Welche Schlüsse er daraus ziehen mag. Aber ich kann es nachvollziehen und das macht es umso schlimmer. Mir schießen Tränen in die Augen und ich schüttle den Kopf. Nein! Nein, nein, nein! »Das hast du völlig falsch verstanden! Das war nur ein flüchtiger Moment, den ich Raphael geschenkt habe. Das hatte nichts zu bedeuten, es war einfach nur der Situation geschuldet. Bitte, Ash ... Ich empfinde nichts mehr für Raphael.«

Sein Blick wird weicher, doch Wehmut legt sich auf seine Züge. »Ich glaube dir ... irgendwie ...«

»Aber?«

Er atmet tief ein. »Aber ich kann das nicht mehr.«

»Was? Was meinst du?«

»Das mit uns.«

Ich schluchze auf. »Das meinst du nicht so.«

»Es tut mir leid, Charlie. Aber es geht einfach nicht mehr. Ich liebe dich mehr, als ich in Worte fassen kann. Trotzdem geht es nicht mehr.«

Ich greife nach seiner Hand, doch er zieht sie weg. Mittlerweile laufen mir die Tränen in Strömen über die Wangen und ich wimmere hemmungslos. »Ich liebe dich auch, Ash.«

Betrübt schüttelt er den Kopf. »Das reicht aber nicht.«

»Es reicht nicht, dass wir uns lieben?« Ich wische mir mit dem Ärmel über das Gesicht. Ashers Worte legen sich wie dunkle Schatten auf mein Herz.

»Das würde es. Wenn ich dir noch vertrauen könnte. Doch ich vertraue dir nicht mehr, Charlotte. Das kann ich nicht mehr.«

Irritiert japse ich auf. Dass er mich »Charlotte« nennt und nicht »Charlie« oder »Sardas« schmerzt mich mehr, als es sollte. Ein unkontrollierter Schluckauf löst sich aus meiner Kehle.

»Wir sind ohne einander besser dran.«

»Nein, sind wir nicht!«, widerspreche ich ihm. »Bedeutet dir unsere gemeinsame Zeit denn gar nichts?«

»Mehr, als du ahnst. Jeder Augenblick mit dir war wie ein Stück der Erfüllung meiner Träume.«

Obwohl ich erneut schniefen muss, stocke ich.

War. Nicht *ist.* Er spricht in der Vergangenheit. Scheiße.

»Doch es war ein Fehler, etwas mit einer Untergebenen anzufangen«, ergänzt er.

Dabei fühle ich mich, als hätte er mir mitten ins Gesicht geschlagen. Mein Herz trommelt wie wild gegen meine Rippen und ich habe Mühe zu atmen. Ach, jetzt auf einmal bin ich seine Untergebene? Wie er mich in Seixal um ein Date gebeten hat, hat das aber noch ganz anders geklungen.

»Du hast mich nie als Untergebene angesehen, immer als gleichgestellt«, hauche ich verzweifelt.

»Vielleicht war das bereits mein erster fataler Fehler.«

»Nein!« Ich schüttle den Kopf. »Ich kann das nicht glauben. Das meinst du alles nicht so.«

Ashers Miene wird hart. »Jedes Wort meine ich so.«

Mir entweicht ein weiterer Schluchzer und mein Blick verschwimmt. Ich ringe um Worte, bringe aber keinen Ton über die Lippen. Keine Ahnung, wie ich Asher davon überzeugen soll, dass mit Raphael nichts ist, dass alles nur unglückliche Missverständnisse sind. Dass Raphael ein Arschloch durch und durch ist, der es zu seiner Lebensmission gemacht hat, Intrigen zu spinnen und Menschen zu manipulieren.

»Und was heißt das jetzt?«

»Muss ich dir das wirklich erklären, Charlotte?«

»Ich dachte immer, nichts und niemand könnte uns auseinanderbringen.«

»Das dachte ich auch. Bis zu dem Moment, in dem ich mir von dir verraten vorgekommen bin und Raphaels schmierige Lippen auf deiner Wange geklebt haben.«

»Ich habe dich niemals verraten.«

»Wie erklärst du dir dann Raphaels Auftauchen? Seine ständige Gegenwart? Dass er immer da ist, wo du bist? Dass er mich bei jeder Gelegenheit provoziert und mir zu verstehen gibt, dass das zwischen euch noch lange nicht Geschichte ist?«

»Dafür kann ich nichts!«, verteidige ich mich.

»Nein, damit hast du recht. Allerdings kannst du etwas für dein Verhalten, deine Reaktionen. Denn erkläre mir eines, Charlotte: Weshalb jagst du ihn nicht zum Teufel, wenn du eine solche Abneigung gegen ihn hegst? Warum lässt du zu, dass er deine Gegenwart sucht? Wieso verbringst du Zeit mit ihm? Warum, zum Teufel, lässt du dich von ihm berühren?«

Mit zusammengekniffenen Lippen sehe ich ihn an, schüttle aber den Kopf.

Verbittert lacht er auf. »Lass mich raten: Darauf hast du keine Antwort, richtig?«

Statt meine letzte Chance zu ergreifen, ihm die Wahrheit zu sagen, schweige ich. Ich schweige über mein Erbe, mein Vermögen und über Raphaels erbärmlichen Erpressungsversuch. Wenn ich jetzt damit herausrücke, wird er denken, dass ich ihn von Anfang belogen und hintergangen habe. Ich bin schwach. Zu schwach. Aus diesem Grund sehe ich Asher nur an. Sehe zum letzten Mal in diese waldgrünen Augen, die mich abwartend mustern. Als warteten sie darauf, dass sich im nächsten Moment alles klärt und wir über unsere Dummheiten lachen. Doch das wird nicht passieren. Meine Angst vor Ashers Urteil ist zu mächtig.

»Ich kann dir darauf keine Antwort geben«, bringe ich mühsam hervor.

»Kannst du nicht oder willst du nicht?«

»Ash, bitte …«

»Gott, Charlotte. Ist dir klar, wie verarscht ich mir vorkomme? Als würde ich dich überhaupt nicht kennen.«

Ich spüre mein Herz stolpern, so sehr bringt mich diese Anrede aus der Fassung. »Du bist der Einzige, der mich in Wirklichkeit kennt.«

»Dann hast du in den vergangenen Tagen hervorragende Arbeit geleistet, um mich vom Gegenteil zu überzeugen«, antwortet er voller Sarkasmus. »War irgendetwas davon echt?«

»Alles«, stoße ich schluchzend aus. »Aber spielt das überhaupt noch eine Rolle für dich?«

Asher seufzt und atmet kräftig aus. Sein Atem streicht über meine Haut und hinterlässt ein gewohntes Prickeln, das durch meinen ganzen Körper wandert. »Nein.«

Ich keuche auf, bekomme gefühlt aber trotzdem keinen Sauerstoff in meine Lungen. Damit ist es besiegelt. Das nächste Mal, wenn wir uns begegnen, stehen wir uns als Fremde gegenüber.

»Dann bleibt nur noch eine letzte Sache zu sagen: Es ist vorbei, Charlotte.«

24. Kapitel: Weinen hilft, Wein spült den Schmerz weg

Den vierten Tag in Folge liege ich wie überfahren in meinem Bett, eingewickelt in eine dicke Decke und umgeben von einer Horde flauschiger Kopfkissen, die mir das Gefühl von Nähe vorgaukeln. Im Zimmer müffelt es nach abgestandener Luft und schlechtem Mikrowellenfutter. Ich sollte dringend lüften, doch ich kann mich nicht dazu aufraffen, geschweige denn meine mittlerweile vermüllte Wohnung auf Vordermann bringen. Der einzige Lichtblick in den vergangenen Tagen und Stunden waren die wenigen Flaschen Vinho Verde, die ich auf Vorrat im Kühlschrank gelagert hatte. Doch selbst das fruchtige Prickeln hat nichts an meiner trübseligen Gesamtsituation geändert.

Und jetzt? Jetzt grüble ich in einem fort und lasse mein Gespräch mit Asher pausenlos Revue passieren. Letztendlich komme ich immer wieder zum selben Schluss: Aufgrund meines überaus dämlichen Verhaltens habe ich das Beste in meinem Leben verloren. Ich habe zugelassen, dass sich Raphael erneut in meine Angelegenheiten drängt und alles zerstört, was ich mir aufgebaut habe.

Mit einem zielsicheren Griff zum Nachtkästchen schnappe ich mir ein Taschentuch aus der kleinen Box und schnäuze mir die Nase. Himmel, mein Gesicht fühlt sich total aufgedunsen an.

Ich drehe mich auf die Seite und starre aus dem bodentiefen Fenster, das einen Ausblick auf die Weinberge der Umgebung bietet. Wenig später nehme ich ein dumpfes Klopfen an meiner Haustür wahr.

»Ist offen«, brumme ich, bezweifle aber, dass der Besucher das hören kann.

»Charlie?«, schnappe ich keine Sekunde später Avas Stimme auf.

»Im Schlafzimmer.«

»Ah, hier bist du!«, begrüßt sie mich, ehe ich mich umdrehe, um sie ansehen zu können. »Gott, hier riecht es widerlich. Ist hier drinnen etwas gestorben?«

»Mein Herz?«, gebe ich trocken zurück.

»Haha, sehr witzig«, entgegnet sie mit einem Schmunzeln, geht zum Fenster und reißt es sperrangelweit auf.

Keinen Wimpernschlag später spüre ich einen feinen Luftzug um meine Nase.

»Sei mir nicht böse, Charlie, aber du siehst echt scheiße aus. Komm, du musst aus dem Bett raus. Dusch dich und zieh dir frische Sachen an. Das kann man ja nicht mit ansehen. Du hast genug in Selbstmitleid gebadet.«

»Keine Lust. Lass mich in Ruhe!«, murmle ich und ziehe mir die Decke über den Kopf.

»Nichts da!«, höre ich gedämpft durch den Stoff und auf einmal entreißt sie mir die Bettdecke.

»Scheiße! Spinnst du, Ava?«, rufe ich erschrocken und fröstle sofort, da ich jetzt nur in meinem Shorty-Pyjama auf der Matratze liege. Ich versuche, ihr die Decke wegzunehmen und wieder in die wohlige Wärme abzutauchen, aber keine Chance.

Mit einem fiesen Grinsen sieht sie auf mich herab und deutet mit dem Kopf zur Badezimmertür. »Hopp, schwing deinen süßen Hintern unter die Dusche.«

Mit meinem besten Resting Bitch Face sehe ich sie an, beiße bei ihr aber auf Granit. Schlussendlich stehe ich auf. Sie lässt mir eh keine Wahl. Barfuß tapse ich ins Bad und werfe erst einmal einen Blick in den Spiegel.

Mist. Ich sehe tatsächlich mitgenommen aus. Tiefe, violette Ringe haben sich unter meinen Augen gebildet. Meine Lippen sind spröde und aufgeplatzt und mein Gesicht ist, wie ich schon vermutet habe, rot und aufgequollen und passt sich damit meiner Haarfarbe an. Großartig.

Ich kann mich nicht erinnern, nach der Trennung mit Raphael so scheiße ausgesehen zu haben.

In Gedanken versunken schlüpfe ich aus meinem Schlafanzug und stelle mich unter die Dusche. Ich seife mich ausgiebig ein und sehe dem Schaum dabei zu, wie er im Abfluss verschwindet. Kurz bin ich gewillt, nach Ashers Duschgel zu greifen und daran zu riechen, kann mich aber gerade noch davon abhalten. Stattdessen bleibe ich eine ganze Weile unter dem fließenden Wasser stehen und versuche, mich zu sammeln. Die warmen Tropfen der Regenwaldbrause prasseln auf mich herab und lösen die leichten Verspannungen in meinem Schultern.

Da das Wasser kühler wird, drehe ich den Hahn ab, steige aus der Kabine und wickle mich in ein Frotteebadetuch ein. Mit der Hand wische ich über den beschlagenen Spiegel und stelle fest, dass ich etwas vitaler aussehe als zuvor. Immerhin. Meine trübsinnigen Gedanken sind jedoch geblieben. Missmutig greife ich deshalb nach der Zahnbürste und putze mir die Zähne.

Bevor ich ins Schlafzimmer zurückkehre, tupfe ich ein Feuchtigkeitsserum unter meine Augen, lege einen Hauch Make-up auf und tusche mir die Wimpern. So sehe ich zumindest nicht mehr aus wie ein Zombie.

Als ich aus dem Bad trete, staune ich nicht schlecht. Nirgends mehr vollgerotzte Taschentücher, leere Weinflaschen oder benutztes Geschirr. Flink ziehe ich mir frische Klamotten an und gehe dann in die Küche, wo Ava gerade die Arbeitsplatte abwischt. Stauend sehe ich mich um.

»Sag mir bitte nicht, dass du meine ganze Wohnung aufgeräumt hast. Wie schnell bist du denn?«, will ich von ihr wissen.

Sie hebt den Kopf und sieht mich grinsend an. »Du warst fast eine ganze Stunde da drin. Ich habe mir schon Sorgen gemacht, dass du dich ertränkst«, witzelt sie.

Eine ganze Stunde?

»Ich habe wohl die Zeit vergessen«, antworte ich und lasse mich auf den Barhocker am Küchentresen plumpsen.

Ava dreht sich um, schenkt Kaffee in eine Tasse, gibt einen Schuss Milch dazu und stellt sie mir vor die Nase. »Hier. Dann kommst du wieder zu Kräften.«

Während ich mit gierigen Schlucken trinke, mustert sie mich nachdenklich. »Geht es dir besser?«

Statt einer Antwort stelle ich den Becher ab und zucke mit den Schultern. »Keine Ahnung.«

»Vielleicht hilft das hier?« Mit einem breiten Lächeln zieht sie einen Teller heran, der vollbepackt ist mit Pastel de Nata.

Wo hat der bitte gestanden? Himmel, ich bin echt neben der Spur.

Ich schnappe mir eines der Teilchen und beiße genüsslich davon ab. »Gott, sind die gut!«, schwärme ich zwischen zwei Bissen. »Du bist die Beste, weißt du das? Danke!«

Sie grinst mich an und wirft sich den dicken Braids-Zopf über die Schultern. »Ich weiß.«

Während ich futtere, sehe ich Ava dabei zu, wie sie ein paar letzte Teller und Gläser in den Geschirrspüler räumt und ein Programm startet. Dann lehnt sie sich mit verschränkten Armen an die Kücheninsel.

»Geht's dir jetzt besser?«, wiederholt sie ihre vorherige Frage.

Da ich am Kauen bin, nicke ich und versuche mich an einem Lächeln. Denn das tut es wahrhaftig. Avas Wachrütteln hat mir dabei geholfen, aus meinem Loch zu kriechen. Wäre sie nicht aufgetaucht, wäre ich mit Sicherheit tagelang in meinem Bett versauert.

»Hast du was von Ash gehört?«, flüstere ich, nachdem ich den letzten Bissen hinuntergeschluckt habe.

Sie schüttelt den Kopf. »Nicht wirklich. Seit du dich krankgemeldet hast, hat er sich ebenfalls kaum im Büro blicken lassen. Er hat eine Mail geschickt, dass er im Homeoffice ist.«

»Das ist doch gar nicht seine Art«, überlege ich laut.

»Keine Ahnung. Wenn du mich fragst, geht es ihm genauso beschissen wie dir. Und ich vermute, dass er abends im Büro ist und arbeitet. Die letzten beiden Tage habe ich Licht brennen sehen, wie ich am Abend noch eine Runde spazieren gegangen bin.«

»Das ist alles meine Schuld. Verdammt, Ava, ich habe totalen Mist gebaut.«

Sie seufzt. »Ich weiß, Süße. Ich bin aus dem *Refugio* gegangen, weil ich wollte, dass ihr miteinander *redet* und nicht Schluss macht. Ganz ehrlich? Als du angerufen hast, bin ich aus allen Wolken gefallen.«

»Kann ich mir vorstellen. Ich war genauso geschockt wie du. Bin ich noch immer. Er fehlt mir so.«

Mitfühlend legt sie mir eine Hand auf den Arm und drückt leicht zu. »Das weiß ich doch.«

Das Bild von Ashers davonbrausenden Truck hat sich für immer in mein Gedächtnis gebrannt. Wie ein begossener Pudel stand ich da und hab den Rücklichtern dabei zugesehen, wie sich von mir entfernen. In diesem Moment ist etwas in mir zerbrochen. Wenn ich daran denke, legt sich ein schwerer Stein auf meine Brust. Die Sehnsucht auf ein gemeinsames Leben brennt trotzdem weiterhin in meinem Herzen. Gleichzeitig entwickelt sich die Glut an unterdrücktem Zorn zu einer Stinkwut. Raphael hat mir alles genommen, er hat alles zerstört. Wieder einmal. Ohne seine hinterhältigen Machenschaften wären Ash und ich weiterhin ein Paar.

Mir ist vollkommen klar, dass ich nicht ewig mit der Wahrheit über mein Vermögen hinterm Berg hätte halten können. Allerdings hätte ich ohne Raphaels Interventionen den richtigen Zeitpunkt dafür gefunden. Mit ihm hat alles einen faden Beigeschmack bekommen. Asher vertraut mir nicht mehr. Und das reißt ein tiefes schwarzes Loch in meine Seele.

»Habe ich in den letzten Tagen was verpasst?«, frage ich deshalb, um mich von meinen trübsinnigen Gedanken abzulenken.

»Außer, dass dein lieber Ex aufgetaucht ist und ihn ein ziemlich wütender Leandro rausgeschmissen hat?« Schon wieder? »Du hättest Leandros Gesicht sehen sollen. Der war auf hundertachtzig und hat wie ein Berserker getobt.« Sie kichert vergnügt. »Bis zu dem Zeitpunkt war mir nicht klar, wie viele englische Schimpfwörter er kennt. Jetzt weiß ich es. Irgendwie schade, dass du das verpasst hast.«

Obwohl diese Vorstellung bestimmt witzig war, ist mir nicht nach Lachen zumute. Raphael ist mir ein Rätsel.

»Was will der nur dauernd in der Firma?«, wundere ich mich deshalb.

»Tja, das ist eine ausgezeichnete Frage. Zum Glück war Asher zu dem Zeitpunkt nicht da. Der hätte ihm mit Sicherheit den Hals umgedreht.«

Ich atme tief ein. Zu Recht hätte er das. Wer könnte es ihm schon verübeln? Ich nicht.

»Wir sollten froh sein, dass es nicht so weit gekommen ist«, gehe ich auf Avas Vermutung ein. »Raphael ist der Typ Mann, der bei allem sofort vor Gericht zieht und sein Recht einklagt.«

»Na, das macht ihn doch gleich um vieles sympathischer.«

Ich erhasche einen Blick auf Avas Gesicht, die Mühe hat, ein Lachen zu unterdrücken. Grinsend schüttle ich den Kopf.

»Gott, dieser Kerl ist unglaublich. Wenn du ›Arschgeige‹ googelst, taucht mit Sicherheit ein Bild von ihm auf.«

»Sollen wir es ausprobieren?«, hake ich kichernd nach. Obwohl ich tagelang Trübsal geblasen habe, hat es Ava innerhalb dieser wenigen Minuten geschafft, meine Laune zu heben und mich zum Lachen zu bringen. Das bedeutet mir mehr, als sie ahnen kann. Sie ist eine wahre Freundin.

»Besser nicht. Aus dem Kerl werden wir nicht schlau. Meinst du, der hätte im *Refugio* einen Ton verraten? Dabei bin ich ihm so auf die Pelle gerückt und habe ihn über alles Mögliche ausgequetscht. Aber nichts. Niente. Nada. Geschwafelt hat er wie ein Weltmeister, um den heißen Brei herumgeredet, aber keine nützlichen Informationen preisgegeben.«

»Das sieht ihm ähnlich. Dafür ist er viel zu gerissen. Vermutlich hat er dich von der ersten Sekunde an durchschaut.«

Sie seufzt. »Einen Versuch war es wert.«

»Mhm.«

Sie lugt in meine Kaffeetasse und will mir nachschenken.

»Danke«, sage ich schnell. »Aber ich habe genug. Dein Kaffee hat es in sich.«

Vielsagend grinst sie mich an. »Wenn der Löffel nicht stecken bleibt, ist er nicht stark genug.«

»Das habe ich gemerkt!« Ich muss lachen. »Der ist nicht nur schwarz, sondern wie flüssiges Pech.«

»Jetzt, da du sichtlich bessere Laune hast: Was hältst du davon, spazieren zu gehen?«

»Ein bisschen Bewegung würde mir nicht schaden, da hast du recht.«

»Also ja?«

Lächelnd nicke ich. »Sehr gerne!«

25. Kapitel: Wenn der Kampfgeist erwacht

Lange war ich vor einem Team-Meeting nicht mehr so aufgeregt wie heute. Nachdem ich mir einen weiteren Tag Ruhe gegönnt habe, beschloss ich, wieder zur Arbeit zu gehen. Es hilft nichts: Irgendwann muss ich mich den Tatsachen und Asher stellen. Je früher, desto besser. Ich kann mich nicht ewig vor dieser zweiten ersten Begegnung mit ihm verstecken. Selbst wenn das bedeutet, dass der Schorf an meinem Herzen erneut aufgerissen wird und blutet.

Mein erster Tag in der Firma ist doch nicht erst gestern gewesen. Warum sitze ich also hier im Konferenzsaal und zapple? Ja, ich zapple wieder. Habe ich das nicht längst hinter mir gelassen? Aber, nein, Charlotte Baumgartner muss sich wie in der Schule vor einem anstehenden Referat fühlen, zu dem sie sich nicht anständig vorbereitet hat. Ganz großes Kino.

Mit klopfendem Herzen beobachte ich, wie sich der Raum langsam füllt. Ich werde begrüßt und gefragt, ob es mir bessergeht. Mit einem aufgesetzten Lächeln nicke ich und gebe ihnen die Antwort, die sie hören wollen. Small-Talk vom Feinsten. Wie ich das hasse. Na, zumindest lenkt es mich von dem bevorstehenden Meeting ab.

Da ich ein Kribbeln im Nacken verspüre, versteife ich mich augenblicklich. Ohne hinzusehen, weiß ich, wer soeben den Raum betreten hat. Ein schwacher Duft nach Sandelholz und Leder bestätigt meine Vermutung. Natürlich ist es Asher, der hereingekommen ist. Keine Sekunde später nehme ich aus den Augenwinkeln wahr, wie er an mir vorbeigeht und auf dem Stuhl am Kopfende Platz nimmt. Geschäftig packt er seinen Laptop aus und verbindet ihn mit dem Beamer. Er meidet meinen Blick. Seine Stirn ist gerunzelt und offenbart eine steile Falte zwischen seinen Brauen.

Weil ich nicht weiß, wo ich hinsehen soll, mustere ich sein olivfarbenes Hemd. Das gebügelte Leinen passt nicht so recht zum Rest seines Erscheinungsbildes. Denn Asher wirkt blass und erschöpft. Er hat sich nicht rasiert, sodass der Vollbart zurückkehren wird, wenn er ihn weiter wachsen lässt. Seine braunen Haare sind zerzaust und stehen in alle Richtungen ab. Noch vor wenigen Tagen wäre ich zärtlich mit den Fingern hindurchgefahren.

Auf einmal findet Ashers Blick den meinen und der Schmerz in meinem Herzen wird schlagartig so intensiv, dass er mich beinahe in die Knie zwingt. Ich kann nicht anders, als ihn weiter anzusehen. Sein Blick lässt mich unweigerlich an unsere letzte Begegnung zurückdenken. Der Moment in seinem Pick-up. Kurz nachdem er mir gesagt hat, dass unsere Beziehung vorbei ist, und ich ihn angefleht habe, es noch einmal zu überdenken. Es war das erste Mal, dass er mich voller Schmerz und

Enttäuschung angesehen hat. Wird es von jetzt an immer so sein?

Die zärtliche Verbundenheit, die mir Asher von Anfang an zuteilwerden ließ, ging in einem Strudel aus Schmerz verloren. Unsere Gegenwart wurde zu einer Vergangenheit, ausgelöst durch meine Lügen.

Die Erinnerung an unsere Trennung ist noch zu präsent und sitzt mir wie ein giftiger Stachel in der Brust. Ich beiße mir auf die Zunge, um meine Tränen zurückzuhalten, blinzle energisch gegen sie an. Falls Asher es überhaupt bemerkt, ignoriert er es. Sein Blick bleibt hart, unergründlich.

Der Schmerz in meiner Brust und das Bedürfnis, meine Fehler wiedergutzumachen, werden unerträglich. Doch was, wenn mir die Wahrheit ebenfalls nichts bringt? Wenn er mir nicht glaubt, weil er zu sehr in seinem Schmerz und seiner Eifersucht gefangen ist? Was, wenn es bereits zu spät ist? Wenn ich meine Chance, diesen Mann für mich einzunehmen, verspielt habe?

Asher atmet tief durch, als müsse auch er sich für dieses Meeting wappnen. Wieder steigt mir sein Duft in die Nase, und mit ihm laufen tausend Erinnerungen vor meinem inneren Auge ab. Monatelang sind wir zusammengewachsen und dann haben uns meine verdammten Lügen auseinandergerissen.

Auf einmal steht Asher auf, stützt sich auf der Tischplatte ab und räuspert sich lautstark, um die Aufmerksamkeit aller auf sich zu lenken. Ich habe überhaupt nicht mitbekommen, dass der Raum schon voll ist und alle auf den Beginn des Meetings warten. Ava hat ebenfalls neben mir Platz genommen und wischt auf ihrem

Smartphone herum. Sie muss denken, dass ich sie ignoriert habe. Mist. Das war nicht meine Absicht. Mir bleibt keine Zeit, mich bei ihr zu entschuldigen, denn Asher begrüßt uns und verkündet die heutige Tagesordnung.

Ich höre nur mit halbem Ohr zu, hänge stattdessen meinen Gedanken nach. Vielleicht war es ein Fehler, schon wieder zu arbeiten. Doch ich muss mich ablenken. Außerdem weigere ich mich zu akzeptieren, dass unsere Trennung endgültig ist.

Der Mann, den ich liebe, steht keine drei Meter von mir entfernt, dabei kommt es mir vor, als lägen Universen zwischen uns. Indes wünsche ich mir nichts sehnlicher, als ihn zu berühren. Seine Haut unter meinen Fingern zu spüren. Seine raue Stimme an meinem Ohr und seine Lippen auf meinem Mund. Ich vermisse sein Lachen und die Art, wie er mich angesehen hat. Ich vermisse alles an ihm. Ob ich ihn jemals zurückbekomme? Nicht, wenn ich es nicht schaffe, sein Vertrauen zurückzugewinnen.

Ich höre den Stoff von Avas Jumpsuit neben mir rascheln, dann spüre ich ihren Ellbogen in der Seite. Autsch! Was soll das? Ich schaffe es nicht zu fragen, denn Ashers Stimme donnert über den Raum.

»Charlotte? Muss ich mich wiederholen?«

Shit. Hilflos zucke ich mit den Schultern.

»Entschuldige bitte«, gestehe ich leise. »Ich war eben nicht ganz bei der Sache.«

»Ist das so?«, hakt er mit einer hochgezogenen Augenbraue nach, ihm entweicht ein ungläubiges Schnauben.

Ich blinzle verwirrt.

»Er will wissen, wie der Druck der Kataloge und Broschüren vorankommt«, flüstert mir Ava zu und hilft mir damit aus der Patsche.

Im Schnelldurchlauf gehe ich im Kopf die E-Mail-Korrespondenz mit der Druckerei durch, die ich vor meiner »Abwesenheit« abgearbeitet habe.

»Es ist so ...«, höre ich mich sagen und kratze verzweifelt alle Informationen zusammen, die mir auf die Schnelle einfallen. »Die Druckerei ist bisher kaum mit nachhaltigen Werbemitteln in Berührung gekommen.« Meine Stimme zittert, doch ich rede hastig weiter. »Trotzdem habe ich eine Reihe an ökologischen Papiersorten angefragt, auf die man unsere Magazine und Flyer drucken lassen könnte. In den nächsten Tagen sollten wir Anschauungsmaterial mit Probedrucken erhalten.«

»Details bitte«, fordert Asher.

»Ich habe Naturpapier aus chlorfrei gebleichtem Zellstoff, Papier aus Grasfasern und Kraftpapier aus recyceltem Altpapier zur Auswahl bestellt. Jeweils mit denselben Layoutvorlagen. So können wir uns ganz auf Optik und Haptik konzentrieren.«

Asher nickt zufrieden. »Gut. Wer soll die endgültige Auswahl treffen?«

»Ich hatte an die Führungsriege gedacht. Tiago, Rachel, Leandro, Ava und ... du.« Mich erwähne ich besser nicht.

Mit größter Mühe halte ich Ashers Blick stand und kann beobachten, wie es hinter seiner Stirn arbeitet. Er presst die Lippen zusammen und ich fürchte bereits, dass er Protest einlegen wird. Doch entgegen meiner Annahme nickt er widerspruchslos und stimmt damit meinem Vorschlag zu. Tatsächlich bin ich deshalb ein wenig überrascht.

Dann wendet er sich von mir ab und geht zum nächsten Tagesordnungspunkt über. Als wäre ich nur ein Punkt auf seiner Liste, den er abhaken kann.

Ich starre stur geradeaus und ringe um Selbstbeherrschung. Aber in diesem Raum, mit ihm direkt vor meiner Nase grenzt es schier an Unmöglichkeit, meinen Emotionen zu entfliehen.

Etwas in mir sträubt sich dagegen zu akzeptieren, dass sich unsere Gespräche in Zukunft nur noch ums Geschäftliche drehen werden. Asher hat sich viel zu tief in mein Herz gewühlt. Ich will das zurück, was wir hatten. Je näher er mir ist, desto weniger bekomme ich dieses Verlangen, diese unbändige Sehnsucht aus meinem Kopf.

Dabei zeigt sich doch mittlerweile deutlich, dass das nicht passieren wird. Aus Ashers Blick mir gegenüber ist sämtliche Wärme verschwunden. Er sieht mich an wie jeden anderen; professionell, ohne spezielle Zuneigung oder Gefühle. Neutral, sachlich.

Doch jedes Mal, wenn mich sein Blick nur eine Millisekunde streift, brennt meine Haut wieder lichterloh. Und der Drang, ihn zurückhaben zu wollen, steigt ins Unermessliche.

Die anderen werfen mir fragende Blicke zu. Es ist nicht unbemerkt geblieben, wie frostig die Stimmung zwischen Asher und mir ist. Sie erwarten einen anderen Umgangston, ein anderes Verhalten. Als wären wir noch zusammen. Als würde er mich noch lieben. Kann die Liebe eines Menschen innerhalb von wenigen Tagen erlöschen? Besteht denn überhaupt noch Hoffnung, wenn diese Liebe in ihren Grundfesten erschüttert wurde? Ich traue mich kaum zu hoffen, obwohl ich es mir sehnlichst wünsche.

Das Scharren von Stühlen unterbricht meine Gedanken, die Kollegen verlassen nacheinander den Raum. Verwirrt sehe ich mich um.

Ava steht neben mir und sieht auf mich herab. »Kommst du?«

»Ich habe noch ein Wörtchen mit Charlotte zu bereden«, antwortet Asher an meiner Stelle und ich muss schwer schlucken.

»Wir sehen uns später«, sage ich leise zu ihr und versuche mich an einem Lächeln.

Sie wirft einen kurzen Blick über die Schulter und sieht Ash mit zusammengezogenen Brauen an. »Okay.« Dann verlässt sie den Raum und schließt die Tür hinter sich absichtlich lauter als nötig.

Ash und ich bleiben allein zurück.

Er umrundet den Tisch und bleibt mit verschränkten Armen vor mir stehen. Sein Blick ist so finster wie ein waschechtes Gewitter auf Madeira. Unsicher bleibe ich sitzen und sehe ihn erwartungsvoll an. Sofort wird die Luft im Raum schneidend und ich kämpfe gegen die plötzliche Enge in meiner Kehle an.

»Du warst heute in Gedanken woanders«, beginnt er mit dunkler Stimme. »Vielmehr hatte ich das Gefühl, dass du nur körperlich anwesend warst. Das geht so nicht.«

Ich lache auf. »Wundert dich das? Nach allem, was zwischen uns passiert ist?«

Ashers Nasenflügel weiten sich. »Es spielt keine Rolle, was zwischen uns ist oder war. Ich erwarte von allen meinen Mitarbeitern professionelles Verhalten am Arbeitsplatz. Ich dulde nicht, dass jemand bei einem wichtigen Meeting Löcher in die Luft starrt und keine Ahnung hat, was besprochen wird.«

»Ist das dein Ernst?«, hauche ich fassungslos. »Wenn es dir nur halbwegs ähnlich wie mir geht, weißt du ganz genau, was gerade in mir vorgeht, Ash!«

»Meine Gefühle tun hier nichts zur Sache. Es geht rein um die Firma und dein Verhalten als Marketingleiterin.«

Wie genau stellt er sich das vor? Meine Knie werden weich und ich bin froh, dass ich sitze. Im Geiste kauere ich mich zusammen und vergrabe mein Gesicht in einem flauschigen Kissen. Dabei muss ich stark bleiben. Ich muss alles geben, um die Dinge wieder geradezurücken. Deshalb hebe ich das Kinn und sehe ihn herausfordernd an, obwohl mir nach Weinen zumute ist.

Er bedenkt mich mit einem abschätzigen Blick. »Haben wir uns verstanden?«

»Du warst klar und deutlich.«

»Wenn du deine Arbeit vorbildlich erledigst, haben wir kein Problem miteinander. Immerhin erteile ich dir keine Abmahnung. Dank mir später.«

»Sehr witzig.«

»Siehst du mich lachen?« Damit wendet er sich ab, als wäre damit alles gesagt. Für ihn ist es das bestimmt auch.

Ich beiße mir auf die Unterlippe, um die Tränen zurückzuhalten, die sich erneut ihren Weg in meine Augen stehlen möchten, und bemühe mich, die Fassung zu wahren. Ihn nicht anzuschreien und zu schütteln, er möge mich ansehen wie noch vor wenigen Tagen. Mir wird klar: All das hier wird mich mehr Kraft kosten, als ich angenommen habe oder aufwenden kann. Dennoch bin ich bereit, für uns zu kämpfen. Sollte ich gerade nur zu einem einzigen Entschluss fähig sein, dann zu diesem: Ich werde um diesen Mann kämpfen. Ich werde alles in meiner Macht Stehende tun, um meine Fehler auszubügeln. Meine Lügen dürfen nicht meine Zukunft beeinflussen.

Schau nach vorn und nicht zurück, Charlotte!

Heute Nacht werde ich ein letztes Mal um all das trauern, was wir hatten. Und ab morgen brüte ich einen Plan aus, wie ich diesen Mann zurückerobere.

26. Kapitel: Become the Beast

Irgendetwas stimmt nicht. Doch ich kann nicht in Worte fassen, was. Dass Asher meine Gegenwart meidet und sofort die Flucht ergreift, sobald er mich sieht, ist ein offenes Geheimnis. Aber die Kollegen?

Seit Tagen begleitet mich dieses mulmige Gefühl, das sich jedes Mal einstellt, sobald ich außerhalb meines Büros unterwegs bin oder die Kaffeeküche betrete. Meine Kollegen verhalten sich wie die Spinnen, die vor dem Basilisken fliehen. Ein grotesker Vergleich, aber durchaus treffend.

Ich gehe davon aus, dass sich herumgesprochen hat, dass Asher und ich kein Paar mehr sind. Trotzdem kann ich mir das Verhalten nicht erklären. Sind sie loyal Ash gegenüber und ergreifen Partei für ihn? Das ist lächerlich. Es gibt keinen Anlass, mir aus dem Weg zu gehen. Was hat unsere private Beziehung mit dem Geschäftsgebaren zu tun? Nichts. Und aus diesem Grund verstehe ich nicht, was in Gange ist.

Seit einer Weile sitze ich deshalb vor meinem Computerbildschirm und starre auf die Buchstaben der letzten Eingangsmail. Sie verschwimmen vor meinen Augen, ohne dass ich den Sinn darin erfassen kann. Zu sehr driften meine Gedanken ständig ab. Ich kann mir schlichtweg keinen Reim darauf machen, warum sich die Mitarbeiter von *Vinho Monteiro* mir gegenüber so abweisend verhalten. Entweder ich bilde mir das ein und habe mittlerweile nicht mehr alle Tassen im Schrank. Oder hier spielt sich etwas ab, was mir vollkommen zu entgehen scheint.

Egal, was es ist, es beunruhigt mich und beeinflusst meine Arbeit. Ich bin unkonzentriert und abgelenkt. Auf einen weiteren Einlauf von Asher kann ich allerdings getrost verzichten.

Das hat mir beim Meeting vor ein paar Tagen gereicht. Das heutige Führungstreffen verlief zwar um einiges besser, trotzdem war er – Überraschung – nicht gut auf mich zu sprechen. Selbst Avas Vermittlungsversuche sind bislang kläglich gescheitert. Er gibt mir nicht einmal die Chance, mich ihm zu beweisen. Im Gegenteil: Er reduziert unsere Gespräche rein aufs Geschäftliche und ergreift dann die Flucht, sobald sich die Gelegenheit dazu bietet.

Doch ich kann und werde mich nicht unterkriegen lassen. Ich habe noch nie jemanden so gewollt wie Asher. Aus diesem Grund werde ich mich, sinnbildlich gesprochen, für ihn aus dem Fenster hängen. Ich werde nicht zulassen, dass Raphael erneut meine Zukunft zerstört. Das hat er schon einmal geschafft. Aber nicht dieses Mal. Dieses Mal werde ich wie eine Löwin kämpfen. Und wenn es das Letzte ist, was ich hier auf der Insel tue.

Ava hat mir zugesichert, mich bei meinem Vorhaben zu unterstützen. Sie erträgt es genauso wenig wie ich, dass Ash und ich getrennt sind. Ihr gefiel die Vorstellung von uns beiden. Nicht nur ihr. Asher und ich passen perfekt zusammen, wir ergänzen uns. Ich vermisse, was seine Nähe mit mir macht. Und ich sehne mich danach, in einem Bett aufzuwachen, das nach ihm riecht. Denn je mehr Tage vergehen, desto schneller verfliegt sein Duft nach Sandelholz und Leder in der Bettwäsche. Wenn ich könnte, würde ich diesen Geruch konservieren.

Mit deutlichem Widerwillen bringe ich mich dazu, mich wieder der E-Mail auf dem Bildschirm zu widmen. Ich lese sie erneut durch und tippe dann eine Antwort an den Absender. Bei der heutigen Führungskonferenz haben wir uns auf das nachhaltige Papier aus Grasfasern geeinigt, weil uns die raue Oberfläche und der farbkräftige Druck am meisten überzeugt haben. Aus diesem Grund erteile ich den Auftrag an die Druckerei und klicke dann auf »Absenden«.

Mit einem Seufzer stemme ich mich gegen die Schreibtischkante und rolle den Stuhl etwas zurück. Mein Nacken ist verspannt, weshalb ich ihn mit ein paar simplen Übungen dehne.

Als ich fast fertig bin, klopft es an meiner Bürotür.

»Herein!«, sage ich laut und keine Sekunde später steht Ava bei mir im Zimmer.

»Desk-Yoga?«, fragt sie belustigt und setzt sich auf den Besucherstuhl. Sie hat zwei volle Kaffeebecher dabei und stellt mir einen vor die Nase.

»Nach was sieht es denn für dich aus?«, frage ich zurück und beende meine Dehnübungen.

»Nach einem äußerst qualvollen Stretching.«

Ich grinse, schüttle aber den Kopf. »Danke für den Kaffee.«

»Kein Thema. Ich kann doch nicht verantworten, dass du hier unter Koffeinentzug leidest und ohne Energieschub nachgrübelst.«

»Sehr witzig.«

»Na, nach unserer Sitzung vorhin würde mich nichts mehr wundern.«

»Was meinst du?«, hake ich nach, obwohl ich mir sicher bin, worauf sie hinauswill.

»Moment ... Was oder wen könnte ich meinen?« Sie tippt sich an das Kinn und sieht zur Decke. »Du weißt schon. Es geht um diesen großgewachsenen Kerl. Grüne Augen zum Dahinschmelzen. Eine braune Mähne, durch die man am liebsten wuscheln würde, und ein Hundeblick, der jedem Golden Retriever alle Ehre machen würde?«

»Du redest von Asher«, stelle ich das Offenkundige fest.

»Ach, tatsächlich?«, gibt sie amüsiert zurück und nimmt einen Schluck von ihrem Kaffeebecher.

Seufzend greife ich nach meiner Tasse und halte sie zwischen meinen Händen. »Weißt du, es wird schwieriger, als ich dachte.«

»Dachtest du, es vergehen ein paar Tage und Asher vergibt dir einfach? Dazu ist er nicht der Typ.«

»Das weiß ich. Ich habe nur nicht geglaubt, dass er es mir so schwermachen würde, mit ihm zu reden.«

»Das klingt fast so, als hättest du aufgegeben.«

»Aufgeben? Niemals. Alles, was ich will, ist, Raphael endlich loswerden und Asher zurückgewinnen.« Meine

Finger umklammern die Tasse fester, ich nehme einen vorsichtigen Schluck von der dampfenden Flüssigkeit.

»Weißt du schon, wie du das anstellen willst? Dein Ex ist hartnäckig und Ash stur.«

»*Eifersüchtig* hast du vergessen.«

»Das auch!« Sie lacht und sieht mich gleichzeitig mit einem mitleidigen Blick an. »Das wird nicht einfach, eher eine richtige Herausforderung.«

»Vielen Dank für den Motivationsschub«, antworte ich trocken.

»Immer gerne, Sonnenschein. Aber nun mal Butter bei die Fische: Wie bekommen wir deinen nervtötenden Ex dazu, Madeira zu verlassen?«

»Darüber zerbreche ich mir seit Tagen den Kopf.«

»Hat er eine Schwachstelle?«

Hat er die? Gute Frage. Das Ansehen seiner Familie ist ihm heilig. Aber können wir damit arbeiten? Wir brauchen etwas, das ihm das Genick bricht. Von dem er überzeugt ist. Raphael denkt, er sei der schlauste und gerissenste Mensch auf dieser Welt. Dass ihm niemand das Wasser reichen kann. Wieso nicht dieses Wissen gegen ihn einsetzen?

»Seine unermessliche Arroganz?«, gehe ich deshalb auf Avas Frage ein.

Vielsagend sieht mich Ava an. »Na, wer sagt's denn. Dann wird ihn genau diese zu Fall bringen.«

27. Kapitel: Flowers for my soul

Obwohl es mich normalerweise nicht in die Hauptstadt zieht, kann ich heute nicht anders, als nach Funchal zu fahren. Ich muss dringend meinen Kopf freibekommen. Und die Gefahr, Asher ebendort anzutreffen, gleicht einer nullprozentigen Wahrscheinlichkeit. Im Gegensatz zu den Levadas rund um São Vicente oder Santana. Dort ist mir das Risiko zu hoch.

Grundsätzlich hätte ich nichts dagegen, wenn wir uns über den Weg laufen. Leider herrscht noch immer eine – gelinde gesagt – eisige Stimmung zwischen uns, die bei jedem Treffen zu eskalieren droht. Katz und Maus, Feuer und Eis – Gegensätze wie diese bestimmen unser derzeitiges Verhältnis.

Jeder Tag in der Firma kommt deshalb meiner persönlichen Hölle gleich, denn Ashers Nähe brennt wie glühende Lava unter meiner Haut. Ich muss aufpassen, dass das kleine Fünkchen Hoffnung nicht ausgeht, das in mir aufgekeimt ist.

Fast täglich sitze ich in Konferenzen mit den wichtigsten Personen von *Vinho Monteiro*, doch inzwischen herrscht bei mir mehr Unsicherheit als Leistungsfähigkeit. Der Aufbau des Weinguts geht zurzeit zu allem

Übel stockend voran. Ein spontan insolvent gegangener Flaschenlieferant aus Portugal hat unsere Planung endgültig ins Chaos gestürzt, da sich nun alles darum dreht, eine effiziente Alternative zu finden. Ob ich will oder nicht, der Gedanke drängt sich mir auf, ob es sich dabei um einen Zufall handelt. Zweifellos wird sich unsere prekäre Lage in Übersee herumgesprochen haben, denn Asher führt zusammen mit Leandro nahezu täglich Videokonferenzen mit *Monteiro Winery* in Kalifornien. Ich nehme an, Ashers Vater Lionel und sein Bruder Jaiden möchten sich selbst ein Bild von der Lage machen und eventuelle Risiken abwägen. Asher tut alles für diese Firma. Ich traue ihm zu, dass er mit seinem Privatvermögen einspringt, sofern sich keine Lösung für die investierte Summe bei besagtem Flaschenlieferanten findet.

Um etwas Abstand zu gewinnen, bin ich aus diesem Grund auf dem Weg zum Jardim Botânico, dem Botanischen Garten, der etwa drei Kilometer über Funchal liegt und ein beliebtes Reiseziel der Region ist.

Nachdem ich mit meinem Fiat im Parkhaus bei der Teleférico geparkt habe, fahre ich zunächst mit dem Stadtbus bis nach Monte. Über einen kleinen abschüssigen Pfad gelange ich zur Seilbahn, die mich zu dem farbenfrohen Naturparadies bringt.

Wie es im Sommer üblich ist, staut sich die Hitze in den gepflasterten Gassen der madeiranischen Metropole. Umso angenehmer wird es, als ich die Gondel verlasse und alles um mich herum grün und bunt bepflanzt ist. Schnurstracks gehe ich zur Kasse, um den Eintritt zu bezahlen.

»Bom dia! Queria um bilhete, faz favor!«

»Está bem!«, antwortet die ältere Dame hinter der Glasscheibe.

»Quanto custa?«

Mit einem breiten Lächeln, das ein paar Zahnlücken offenbart, nennt sie mir den Preis, und ich lege mein Smartphone auf das Kartenlesegerät.

»Obrigada«, bedanke ich mich.

»De nada.«

Ich wende mich schon zum Gehen, da fällt mir noch etwas ein. »Aqui é permitido tirar fotografias?«, erkundige ich mich, ob ich hier fotografieren darf.

»Sim, evidentemente! Não pode deixar de visitar ver Loiro-Parque.« Selbstverständlich darf ich das.

Außerdem soll ich unbedingt die Zooanlage mit den Papageien besuchen. Gut zu wissen! Ich bedanke mich für den Tipp und betrete den geschotterten Weg, der quer durch die Anlage führt.

Endlich habe ich Gelegenheit dazu, mich ganz auf mich selbst zu konzentrieren und meinen Gedanken nachzuhängen. Obwohl mir die Probleme der Firma nahegehen, benötige ich ein bisschen Me-time.

Ich spaziere durch die verschiedenen Sektionen des Gartens und staune nicht schlecht. Tausende tropische und subtropische Pflanzen gedeihen hier. Im Flyer vom Kassenhäuschen lese ich, dass der Jardim Botânico der einstige Wohnsitz einer Hoteliersfamilie aus dem neunzehnten Jahrhundert war und früher die britischen Ladys ihre Teestunden im Park verbrachten. Kein Wunder. Die farbenprächtige Mischung aus Oleandern, Geranien, Orchideen, Hortensien und Chrysanthemen lädt regelrecht dazu ein.

Mein Spaziergang führt mich an Springbrunnen, Teichen und Vogelvolieren vorbei. Exotische Obstbäume, Wildblumen, einheimische Flora, Sukkulenten, Kakteen und Palmen, so weit das Auge reicht. Alles um mich herum ist bunt, blüht und summt. Ich fühle mich wie im Paradies, nur Adam fehlt.

Von mehreren Aussichtskanzeln aus kann ich über die Bucht von Funchal bis zum offenen Meer hinausblicken. Idyllischer geht es wohl kaum!

Mit am schönsten finde ich die Strelitzien-Sträucher, die Nationalblumen Madeiras, die hier in der Anlage an fast jeder Ecke anzutreffen sind.

Erst, als mein erster Bedarf an äußeren Eindrücken gestillt ist, gelingt es mir, mich auf das Wesentliche zu konzentrieren. Trotzdem schlendere ich weiter über die verschlungenen Pfade und genieße die stille Ruhe und die Sonnenstrahlen auf meiner Haut.

Dass mir Asher ständig aus dem Weg geht, erschwert mein Vorhaben, ihn zurückzugewinnen. Ich muss dringend eine Möglichkeit finden, Zeit mit ihm zu verbringen. Kurzzeitig kam mir sogar die Idee, mich mit ihm im Fahrstuhl einsperren zu lassen. So verzweifelt bin ich schon. Doch das Risiko, dass diese Forced Proximity in Mord und Totschlag endet … ach, ich übertreibe. Es reicht, wenn er mich bei der Arbeit mit seinen finsteren Blicken und dem distanzierten CEO-Gehabe straft. Jede weitere Feindseligkeit würde mein Herz nicht verkraften.

Es ist nicht so, dass wir uns ständig ankeifen. Dazu lässt er mir gar keine Gelegenheit. Eine direkte Konfrontation wäre mir in manchen Fällen lieber als dieser kalte Krieg. Asher macht es mir durch seine Reserviertheit äußerst schwer, hinter seine Fassade zu blicken oder seine Emotionen zu lesen. Trotz unserer gemeinsamen Zeit bin ich manchmal nicht in der Lage, seine Mimik richtig zu interpretieren.

Ich will nicht daran denken, dass es keine Zukunft für uns gibt. Viel zu sehr sehne ich mich nach der Vertrautheit zwischen uns. Nach etwas, das sich wie früher anfühlt. Wie das, was wir hatten. Bevor alles den Bach runterging. Dank Raphael, diesem Arsch. Mir ist vollkommen bewusst, dass ich Asher die Informationen über mein Vermögen nicht länger hätte vorenthalten können. Allerdings wollte *ich* den Zeitpunkt bestimmen, wann ich ihm davon erzähle. So zwingt mich Raphael zum Handeln, weil es sonst zu spät ist.

Dabei will ich doch nur, dass dieser Funken Hoffnung in meiner Brust weiter aufglüht. Dass Asher mir etwas gibt, woran ich festhalten und glauben kann. Ich bin mir nämlich nicht sicher, ob ich für alles andere stark genug bin.

Denn im Moment fühlt es sich viel zu sehr danach an, als befände ich mich im Sturzflug. Und der Boden kommt mit erschreckender Geschwindigkeit näher.

Ich atme tief durch und lasse meinen Blick über den Ornamentgarten schweifen, eine kunstvoll angelegte Terrassenebene aus grünen und weinroten Pflanzen, die man üblicherweise aufgrund ihrer herausstechenden geometrischen Formen sofort mit dem Jardim Botânico verbindet.

Nach einem letzten kurzen Abstecher zum Amphitheater und zum Vogelpark, wo ich Papageien und andere exotische Vögel bewundere, genehmige ich mir eine

Kaffeepause im Terrassencafé. Da das Wetter herrlich sonnig ist, ist das kleine Bistro gut besucht. Familien mit Kindern und Pärchen sitzen unter den wenigen Sonnenschirmen und unterhalten sich angeregt miteinander. Der Panoramablick von hier oben weitet sich bis zur Bucht von Funchal, wo das Grün der Natur mit dem Blau des Ozeans verschmilzt. Pure Wellness für die Seele.

Seufzend beobachte ich die Menschen um mich herum. Normalerweise ist es nicht meine Art, Groll gegen jemanden zu hegen. Doch Raphael bringt meine schlimmsten Seiten zum Vorschein. Ich möchte, dass er von hier verschwindet. Aber das ist leichter gesagt als getan. Ein einfaches Bitten reicht dafür nicht aus. Ich brauche etwas gegen ihn in der Hand. So wie er mich mit meinem Erbe erpresst. Nur lässt er sich nicht so leicht in die Karten schauen. Das war schon immer so. In der jetzigen Situation macht es mir deutlich, wie hilflos ich bin. Das darf ich nicht zulassen.

Ich muss lernen, Raphael mit seinen eigenen Waffen zu schlagen. In Erfahrung bringen, was er hier verdammt noch mal will. Warum er zerstören will, was ich mir mühsam aufgebaut habe. Und dabei rede ich nicht von meiner neuen Stelle als Marketingchefin bei *Vinho Monteiro*. Nein. Wenn ich mich zwischen dem Job und Asher entscheiden müsste, würde ich Asher wählen. Ihn und nur ihn. Das bedeutet, ich muss herausfinden, warum Raphael mir in meiner neuen Beziehung dazwischenfunkt. Zwischen uns war es aus. Es hat nicht funktioniert. Wir haben weder zusammengepasst noch dieselben Ziele verfolgt. Die Illusion, der ich mich hingegeben habe, Raphael würde eine Familie mit mir gründen wollen, habe ich längst verdrängt. Raphaels Absichten gehen tiefer. Mir ist nur noch nicht klar, was er ausheckt. Dass er mir dazwischenfunken will, ist logisch. Ansonsten wäre er nicht hier auf Madeira. Einem Land, das er vorher nicht mit dem Arsch beachtet hätte. Und so plötzlich soll ich ihm seine Begeisterung für die Blumeninsel abkaufen? Nicht mit mir. Raphael ist kein Naturmensch. Im Gegenteil: Er hasst alles, was mit Pflanzen oder Tieren zu tun hat. Demnach ist er aus einem einzigen Grund hier: Er will seine Intrigen spinnen.

Welche genau das sind, gilt es, so schnell wie möglich herauszufinden. Bevor ein Unglück passiert.

Ich werde Ava um Hilfe bitten müssen. Allein schaffe ich es nicht, gegen Raphael vorzugehen. Allein bin ich gegen Raphael machtlos. Zeitgleich werde ich alles, was in meiner Macht steht, tun, um Ashers Aufmerksamkeit zu erhalten.

Und wenn ich es geschafft habe, dem Monster die Krallen zu ziehen, bleibt zu hoffen, dass mir Asher wieder vertraut. Aber: Step by step. Klingt das nach einem vernünftigen Plan? Hoffentlich ...

28. Kapitel: Wine-out

Ohne zu klopfen, trete ich in Ashers Büro, stelle ihm ungefragt den Teller mit den frisch gebackenen Pastel de Nata vor die Nase und setze mich. Umgehend hüllt mich sein Duft nach Sandelholz und Leder ein.

Langsam hebt er den Kopf und sieht mich mit düsterer Miene an. Dann wandert sein Blick zu den goldbraunen Gebäckteilchen. Er atmet tief durch. »Was soll das?«

»Ich dachte, du könntest eine Pause vertragen. Du liebst die Dinger genauso sehr wie ich«, antworte ich.

»Weswegen bist du hier, Charlie?«

Überrascht reiße ich die Augen auf. Hah! Nicht Charlotte, sondern Charlie! Der Hoffnungsfunke in meiner Brust vollführt einen kleinen Freudentanz. Immerhin *das* habe ich erreicht!

»Ich möchte mit dir sprechen. Asher, ich …«

»Nein!«, unterbricht er mich sofort.

Sein schneidender Tonfall lässt mich erschauern. Dennoch sehne ich mich danach, ihn zu berühren. Meine Hand auf seine Wange zu legen, die rauen Bartstoppeln unter meinen Fingern zu ertasten. Obwohl uns sein breiter Schreibtisch voneinander trennt, war ich ihm schon lange nicht mehr so nahe. Ich müsste nur den Arm ausstrecken …

»Hör dir doch bitte wenigstens an, was-«

»Ich will es nicht hören!«, donnert er und ich zucke zusammen.

Shit. Das läuft anders als geplant. Ich kann erkennen, wie schnell sich seine Brust hebt und senkt. Seine Nasenflügel beben. Was ist nur in ihn gefahren?

»Wie kannst du so hart sein, ohne mir auch nur die Chance zu geben, mich zu erklären? Wo ist die Zeit hin, in der du mich angehört hast? Vor nicht allzu langer Zeit standen wir uns verdammt nahe. Fünf Minuten. Gib mir bitte wenigstens fünf Minuten, Ash.«

Er schüttelt nur schwach den Kopf. »Zwing mich nicht, dich rauszuwerfen.«

Ich stocke und bin mir sicher, dass es wie eine Drohung klingen soll. Wieso hört es sich aber so sehr nach Kapitulation an? Warum macht sich in mir das Gefühl breit, dass Asher anders reagiert, als er will? Himmel, weshalb ist Reden manchmal so kompliziert?

»Ich werde nicht aufgeben, Ash. Ich werde um dich kämpfen. Um uns.«

»Vielleicht solltest du dir angewöhnen, mich nur noch anzusprechen, wenn es ums Geschäftliche geht oder ich dich dazu auffordere.«

Ich schnaube und schüttle den Kopf. Sein Ernst?

»Schaufle dir nicht dein eigenes Grab, Charlie. *Noch* hast du meinen Respekt. Wenn du aber so weitermachst, hast du nicht nur mein Vertrauen verloren.«

Bei seinen harschen Worten schnürt es mir unweigerlich die Kehle zu. Es schmerzt, am eigenen Leib zu erfahren, wie er mich jetzt, trotz all unserer gemeinsamen Zeit, sieht. Doch gleichzeitig keimt weiter Hoffnung in mir auf. Ohne Gefühle würde er mich doch nicht derart bewusst verletzen, oder? Und wenn nur ein Bruchteil seiner Gefühle für mich existiert, schaffe ich es womöglich, ihn dazu zu bringen, mir Gehör zu schenken. Trotzdem zerreißen mich seine Worte innerlich, aber ich ermahne mich zur Geduld. Es bringt nichts, ihn zu erzürnen. Und das rasante Tempo, mit dem er bei unserem Kennenlernen von mir eingenommen war, wird sich nicht wiederholen. Dafür kenne ich ihn zu gut. Dafür ist er zu meinungsstabil.

»Verschwinde aus meinem Büro, Charlie. Ich habe zu tun«, sagt er resigniert und widmet sich wieder seinem Tablet.

Meine Brust wird eng. Ich will nicht gehen.

»Das war's?«, frage ich atemlos und blinzle die aufkeimenden Tränen weg. »Willst du mich quälen?«

Sein Kopf schießt zu mir hoch und seine Miene ist auf einmal wutverzerrt. »Was willst du von mir hören, Charlotte?«, grollt er. »Nichts liegt mir ferner, als dich zu quälen. Doch du lässt mir keine Wahl! Du akzeptierst meine Entscheidung nicht und widersetzt dich meinen Anweisungen als Vorgesetzter!«

Verbittert lache ich auf. »Warum? Weil ich nicht sofort dein Büro verlasse, wenn du es mir befiehlst? Ist das deine Art, mit Mitarbeitern umzugehen? Lässt du jetzt den knallharten CEO raushängen, der du in Wahrheit gar nicht bist?« Mein Puls rast und Ashers Nähe bringt meinen Körper zum Vibrieren. Trotzdem rede ich mich in Rage. Ich kann nicht anders. Er lässt mir, verdammt noch mal, keine Wahl.

»Vielleicht?«, knurrt er.

»Himmel! Gib mir doch fünf Minuten Zeit, um mich dir zu erklären! Warum bist du nur so verflucht stur?«

Asher reagiert so schnell, dass ich keine Chance habe, mich darauf vorzubereiten. Mit der flachen Hand schlägt er auf die Tischplatte und verfehlt nur knapp die Tastatur seines Computers. Wie in Zeitlupe beugt er sich über den Tisch in meine Richtung. Seine Stimme ist nicht mehr als ein Raunen. »Warum? Damit du mir die nächsten Lügen auftischen kannst?«

Scheiße, wie konnte das nur so eskalieren? Wie konnten wir uns vom verliebten Pärchen zu ... zu ... dem da entwickeln? Was ist das zwischen uns? Was sind wir? *Wer* sind wir geworden?

Meine Kehle ist wie zugeschnürt und meinen Rücken überzieht eine Gänsehaut. Ich vergesse unter seinem Blick prompt, wie man atmet. Asher starrt mich an und ich starre zurück. So lange, bis er die Stirn runzelt, sodass sich zwischen seinen Brauen eine tiefe Falte bildet. Hitze steigt in mir empor – keine von der guten Sorte – , breitet sich in mir wie ein Lauffeuer aus, sodass sich alles in mir auf unangenehmste Weise zusammenzieht. Ich kann nicht anders, als mich an der naiven Hoffnung festzuklammern, dass es noch nicht das Ende ist. Ist das dumm? Ich weiß es nicht. Langsam weiß ich gar nichts mehr. Aber ich kann nicht aufgeben. Ich *kann* einfach nicht. Nicht bei ihm.

»Du müsstest mir nur zuhören. Dann würdest du mir Glauben schenken«, versuche ich es deshalb weiter. Ich werde so lange aufstehen, mein Krönchen richten und mich erneut ins Getümmel stürzen, bis ich Asher wieder an meiner Seite habe. Neben mir. Nicht mir gegenüber.

Asher verzieht den Mund zu einem kalten Lächeln. »Bist du sicher? Manchmal kennen wir diejenigen am wenigsten, von denen wir gedacht haben, sie am besten zu kennen.«

»Was soll das heißen?«

»Dass ich dir nie wieder vertrauen werde, Charlotte. Der Zug ist abgefahren.«

Ich schnappe nach Luft. Das meint er nicht so ... Das darf er nicht so meinen! Meine Hände zittern unkontrolliert. Doch bevor ich darauf reagieren kann, ist er schon aufgesprungen, hat sich seinen Laptop geschnappt und verlässt das Zimmer. Mit einem Krachen zieht er die Bürotür hinter sich zu. Ich kann hören, wie sich seine Schritte draußen auf dem Gang entfernen.

Ich sitze wie versteinert da und starre auf den Teller mit dem unberührten Gebäck. Mein Puls rast noch immer und nun laufen mir endgültig die Tränen über das Gesicht.

Verständnislos schüttle ich den Kopf. Habe ich etwas verpasst? Warum hegt Asher plötzlich einen derartigen Groll gegen mich? Klar, er ist verletzt. Er denkt, da ist noch was zwischen Raphael und mir. Allerdings verstehe ich nicht, was sich in den vergangenen Tagen geändert hat. Ashers gebrochener Stolz hat sich in unbändigen Zorn verwandelt. Doch warum? Was entgeht mir? Was hat ihn so verärgert?

Mit der Hand wische ich mir über die Wangen und schnäuze in ein Taschentuch. Von Lovers to Enemies ... Ich bin in meinem verdammten, ganz persönlichen Alptraum gefangen.

Warum kann der Mann, den ich liebe, nicht schnell genug vor mir flüchten, und der Kerl, den ich zum Teufel wünsche, sucht auf einmal meine Nähe? Ein schlechter Scherz ist das.

Erneut schniefe ich.

Gott, das ist das Ende. Aber ich bin nicht bereit, das zu akzeptieren.

29. Kapitel: Kein Pakt mit dem Teufel

Mit hängenden Schultern schlurfe ich zurück zu meiner Wohnung. Der Kies knirscht unter meinen Espadrilles. Die Auseinandersetzung mit Asher hängt mir gewaltig nach. Seit dem Vormittag war kaum mehr an Arbeit zu denken. Ich bin unkonzentriert und lasse in einem fort das Gespräch Revue passieren. Gott, auf einer Skala von eins bis zehn: Wie krass kann eine Unterhaltung eskalieren? Wie krass ist *unsere* eskaliert? Zwölf? Mindestens. Ich frage mich noch immer, wie es so weit kommen konnte. Was passiert ist, dass Asher so abweisend mir gegenüber reagiert. Ich bin nach wie vor überfragt.

Zu allem Überfluss ist Leandro total kurz angebunden, sobald er mir im Büro über den Weg läuft. Von den anderen Kollegen und Kolleginnen will ich gar nicht erst anfangen. Es ist, als hätten sie sich nach unserer Trennung auf Ashers Seite geschlagen und meiden mich deshalb. Gespräche in der Kaffeeküche verstummen, sobald ich den Raum betrete. Sabina, die Empfangsdame, bekommt inzwischen nur noch ein denkbar knappes »Bom dia« oder »Olá« heraus, wenn sie mich sieht. Vorher hat sich mich immer sofort in Gespräche verwickelt.

Dass unsere CFO Rachel Daniels kein Fan von mir ist, ist seit meinem ersten Tag bei *Vinho Monteiro* ein offenes Geheimnis. Doch selbst unser CTO Tiago Lima spricht nur noch das Nötigste mit mir. Es ist zum Haareraufen! Als hätten sich alle aus heiterem Himmel gegen mich verschworen. Die Einzige, die noch zu mir hält, ist Ava.

Sie kann das Verhalten der anderen genauso wenig verstehen wie ich. Sie hat mir versprochen, sich unauffällig umzuhören, wo eigentlich das Problem liegt. Ich meine, wie unprofessionell ist das bitte, wenn sich alle aufgrund unserer Trennung auf diese Weise verhalten? Asher ist der CEO, ich dagegen eine ersetzbare Marketing- und Vertriebsmanagerin. Ein Anruf bei Adelia Cruz, der portugiesischen Personalmanagerin, und ich bin vermutlich meinen Job los.

Himmel, es ist alles so verzwickt!

Aus diesem Grund kann ich es kaum erwarten, endlich nach Hause zu kommen und meine Füße hochzulegen. Ich bin nicht erschöpft, ich bin ausgelaugt.

Ich biege um die letzte Kehre und hebe den Kopf, bleibe aber abrupt stehen und stolpere dabei fast über meine eigenen Füße. Mein Herz gerät ins Wanken, weil ich den rostroten SUV auf den Parkplätzen vor den Unterkünften ausmache. Oh, no. Mir fällt nur eine einzige Person ein, die so einen protzigen Schlitten hier auf der Insel fährt.

Kaum habe ich diesen Gedanken zu Ende gedacht, kommt der Teufel höchstpersönlich um die Motorhaube herum. Shit.

Ich beschleunige meine Schritte, krame in meinem Shopper nach dem Wohnungsschlüssel, doch Raphael versperrt mir den Weg.

»Charlotte«, begrüßt er mich überschwänglich. »Das ist ja eine Überraschung!«

Ich hebe meine Augenbraue und schnaube. »Ich wohne hier. Das einzige Überraschende hier bist du. Was willst du, Raphael?«

Er macht einen Schritt auf mich zu, was mich augenblicklich zurückweichen lässt. »Ach, komm schon. Freust du dich nicht, einen alten Freund wiederzusehen?«

Ich atme tief durch und ermahne mich innerlich zur Ruhe. Er will mich nur provozieren. Ich bin ein Baum. Ein Baum, dessen Wurzeln tief in die Erde reichen. Und ein zartes Gänseblümchen ...

Dann setze ich mein bestes Resting Bitch Face auf. »Wir sind weder Freunde noch habe ich jemals wieder das Bedürfnis, dich wiederzusehen.«

»Tsts, schon wieder so kratzbürstig?«

Resigniert schüttle ich den Kopf. Checkt er es nicht oder will er es nicht kapieren? »Raphael, ich bin müde, lass mich in Ruhe.« Noch dazu habe ich keinen Nerv für diese Konfrontation.

Ich will mich an ihm vorbeidrücken, doch er hält mich am Arm zurück. Mein Blick senkt sich langsam auf die Hand, welche die nackte Haut meines Oberarms umschließt. »Lass mich sofort los«, sage ich leise, aber nachdrücklich.

Augenblicklich lässt er von mir ab und hebt abwehrend die Hände. »Schon gut.«

Immerhin.

Ich gehe weiter, halte aber inne, da Raphael weiterspricht: »Ich möchte einfach mit dir reden. Ist das so schwer zu verstehen?«

Mit einem Ruck drehe ich mich zu ihm um und funkle ihn herausfordernd an. »Ernsthaft? Warum akzeptierst du nicht, dass *ich* nicht mit *dir* reden will? Ich bin es leid, Raphael. Jedes Mal dieselbe Leier.«

»Hast du dich nicht gefragt, was ich hier will? Du kennst mich. Ich und Madeira? Niemals!« Er lacht auf.

Verwirrt lege ich den Kopf schief. Was soll dieses Schmierentheater? »Woher der plötzliche Sinneswandel?«

Er ignoriert meine Frage. »Stimmt es, dass es zwischen deinem Prince Charming und dir aus ist?«

Mit zusammengekniffenen Augen mustere ich ihn. »Das geht dich einen Scheißdreck an.« Woher, zum Kuckuck, weiß er davon?

»Also ja.« Selbstzufrieden grinst er. Als hätte er den Coup des Jahres gelöst. »Wusste ich es doch.«

Ich dagegen rolle mit den Augen. Diesmal lasse ich mich nicht aufhalten. Deshalb mache ich einen großen Bogen um ihn und marschiere schnurstracks zu meiner Wohnung. Doch die Rechnung habe ich ohne Raphael gemacht.

»Ist dir schon mal in den Sinn gekommen, nach Kalifornien zurückzukehren?«, fragt er, als ich nur noch ein paar Meter von der Eingangstür entfernt bin.

Blinzelnd bleibe ich stehen und drehe mich langsam wieder um. Sehr zu Raphaels Freude, dessen Miene nicht selbstgerechter sein könnte. Er kommt näher.

»Wie bitte?«

»Na, du weißt schon, du und ich. Wir waren ein tolles Team.«

Dass ich nicht lache.

»Du hast gute Arbeit bei *Grizzly Bear Vineyards* geleistet.« Ach, jetzt auf einmal?

»Warum nicht an deinen alten Job anknüpfen und nach Potter Valley zurückkehren?«

Aha, daher weht der Wind. Hat der sie noch alle?

Humorlos lache ich auf. »Meinst du das ernst?«

»Was meinst du?«

»Ach, bitte. *Wir waren ein tolles Team*«, äffe ich ihn nach. »Ich weiß nicht, in welchem Wolkenkuckucksheim du lebst, aber von toll war nie die Rede. Nicht einmal damals. Von *toll* waren wir meilenweit entfernt.«

»Auf der letzten Weihnachtsspendengala haben sich der Aufsichtsrat und die Aktionäre nach dir erkundigt. Dein strahlendes Lächeln fehlt in der Firma.«

Kotz, würg.

»Spar dir dein Gesülze für Harper auf.«

Theatralisch seufzt Raphael auf. »Wie oft soll ich es dir denn noch sagen? Zwischen Harper und mir ist es aus. Harper war ein Fehler.«

Ob das meine ehemals beste Freundin ebenfalls so sieht? Schnaubend schüttle ich den Kopf. »So wie ich ein Fehler war? Wie war das noch gleich?« Mit dem Finger tippe ich mir ans Kinn. »Du bist ein naives Heimchen, das an einen Herd gehört, aber nicht in meine Firma. Waren das deine Worte? Oder, nein, warte. Das ist viel besser: Du bist nicht mehr als ein hübsches Accessoire für mich. Auch wenn du dich nicht mehr daran erinnern kannst, ich kann es sehr wohl. Glaubst du ernsthaft, dass ich zu dir zurück krieche? Nicht einmal in deinen Träumen, Raphael.«

»Fein. Ich habe gelogen«, gibt er auf einmal unerwartet zu. »Lassen wir das. Du und ich eine gemeinsame Zukunft? Unwahrscheinlich. Aber wir sollten es nicht vollkommen außer Acht lassen. Trotzdem fehlst du in der Firma.«

Ich mache einen Schritt nach vorn, zeige mit dem Schlüsselbund in meiner Hand auf ihn. »Du hast mir vorgeworfen, ich würde meine Arbeit nur zum Zeitvertreib machen!« Es lässt sich kaum in Worte fassen, wie Raphael mich ... wie er ... argh! »Ich weiß von daher wirklich nicht, welcher Teufel dich geritten hat, dass du auf einmal auf die hirnrissige Idee kommst, ich würde zusammen mit dir nach Kalifornien zurückgehen. Nicht einmal ohne dich, Raphael. Madeira ist jetzt mein Zuhause.«

Auf seine Lippen legt sich ein gefährliches Lächeln. »Mit diesem Monteiro-Jungen?« Seine Stimme strotzt vor Verachtung, was mich nur wütender macht.

»Was fällt dir ein? Du tauchst hier auf. Faselst irgendetwas über unsere angeblich ›ach so tolle‹ Vergangenheit. Versuchst, mich zu überreden, mit dir nach Potter Valley zurückzukehren. Und jetzt belächelst du meine Beziehung mit meinem Freund?«

»Ex-Freund.«

»Raphael, es geht dich nichts an, was zwischen Asher und mir ist oder nicht ist«, schreie ich.

Er lässt nicht locker. »Charlotte, was willst du hier denn noch? Seien wir doch realistisch. Deine Beziehung liegt in Trümmern. Meinst du, dein Job bei *Vinho Monteiro* geht da noch lange gut?«

»Lass das mal meine Sorge sein.«

»So naiv kannst du nun wirklich nicht sein.«

»Lieber bin ich naiv als noch eine einzige Sekunde meines Lebens an deiner Seite.«

Er belächelt mich wieder. »Ach, Charlotte. Du wirst schon noch zur Vernunft kommen. Schlaf eine Nacht darüber. Denk über mein Angebot nach. *Grizzly Bear Vineyards* braucht dich.«

»Darüber muss ich nicht nachdenken. Meine Antwort lautet *nein*, Raphael. Akzeptiere das endlich! Selbst wenn ich Madeira verlasse und nach Kalifornien zurückkehre, wird meine Zuflucht mit Sicherheit nicht Potter Valley oder die Firma deiner Familie sein.«

Seine Miene wird hart. Ich kann sehen, wie seine Kiefermuskeln arbeiten. »Ist das dein letztes Wort?«

»Darauf kannst du Gift nehmen.«

Hach, wenn er das doch nur täte ...

30. Kapitel: Nichts als reiner Wein

»Könntest du bitte vorbeikommen?«, frage ich in den Hörer.

»Ist etwas passiert?«, will Ava wissen. Ihre Stimme klingt alarmiert.

»Raphael.«

»Shit. Gib mir zehn Minuten. Ich bin unterwegs!« Sie legt auf und ich starre auf das sich verdunkelnde Display.

Obwohl ich es nicht zugeben will, hat mich Raphaels Auftauchen aus der Fassung gebracht. Sein zweifelhaftes Angebot bringt mein Blut zum Kochen. Ich muss Ava reinen Wein einschenken. Spätestens seit vorhin ist mir das klargeworden. Ich benötige Hilfe, wenn ich gegen ihn vorgehen und gewinnen will.

Unruhig lasse ich mein Bein wippen, während ich darauf warte, dass Ava da ist. Auf einmal klingelt es an der Tür. Gefühlt habe ich sie aber schon vor etlichen Stunden kontaktiert. Gleichzeitig habe ich das Gefühl, dass ich nicht annähernd genügend Zeit hatte, mich auf das bevorstehende Gespräch vorzubereiten.

Tief durchatmend wappne ich mich deshalb und öffne ihr die Tür. Zur Begrüßung umarmen wir uns kurz, danach folgt mir Ava zur Couch, wo wir uns beide niederlassen. Den Vinho Verde habe ich vorsorglich vor unserem Telefonat auf dem niedrigen Beistelltisch deponiert. Deshalb schenke ich uns beiden zunächst ein und wir stoßen an.

»So, und jetzt raus mit der Sprache«, fordert sie mich mit einem Funkeln in den Augen auf, während sie mich über den Rand des Weinglases mustert. »Was hat der böse Junge wieder verbrochen?«

Ich schiebe den Stiel des Glases zwischen meinen Fingern hin und her, atme tief durch. Dann fasse ich mir ein Herz und berichte Ava in aller Ausführlichkeit von Raphaels Auftauchen vor meiner Wohnung.

Als ich fertig bin, sieht sie mich fassungslos an. »Ist der jetzt vollkommen übergeschnappt?«

»Wem sagst du das ...«, murmle ich.

»Du denkst doch hoffentlich nicht über dieses sinnbefreite Angebot nach?«

»Nein! Wo denkst du hin?«

»Gut. Ich wollte nur sichergehen«, antwortet sie mit einem Zwinkern.

»Aber es gibt da etwas anderes, Ava ...«

Sie legt die Stirn in Falten und sieht mich fragend an. »Was meinst du?«

Scheiße, jetzt oder nie.

»Es hat einen Grund, warum Raphael immer noch hier auf der Insel ist und nicht verschwinden will.«

»Weil er ein Arsch ist?«

Ich lache auf. »Das auch. Aber das ist nicht der wahre Grund.«

»Welcher dann?«

»Raphael hat mich in der Hand. Er erpresst mich«, rücke ich endlich mit der Sprache heraus.

Ava schnappt nach Luft. »Damn, what?«

»Es ist die Wahrheit.«

Sie schüttelt den Kopf. Ich sehe ihr an, dass sie nicht glauben kann, was sie da eben gehört hat. »Das musst du mir genauer erklären!«

»Dass meine Eltern bei einem Autounfall gestorben sind, weißt du.«

»Ja, aber was hat das mit Raphael zu tun?«

Ich seufze und reibe mir über die Nasenwurzel. »Du musst wissen, dass sie mir damals ein stattliches Vermögen hinterlassen haben. Ich stamme aus reichem Haus, wenn du es so nennen willst. Finanziell gesehen hätte ich es nicht nötig zu arbeiten. Aber so bin ich nicht. Ich bin nicht die verwöhnte Erbin, die sich zum Lunch mit der High Society trifft und dort Champagner schlürft, während sie über die Qualität des Kaviars fachsimpelt. Das war ich nie. Aber das hätte Raphael gerne in mir gesehen: die verzogene Grazie, die sich lieber um ihre Designer-Klamotten, ihren nächsten Botox-Termin und die Länge ihrer manikürten Fingernägel kümmert statt um das wahre Leben und ihre Arbeit.«

»Sorry, Sweetie, aber ich verstehe den Zusammenhang nicht.«

»Das wirst du gleich, versprochen. Doch um die Tragweite von Raphaels Machenschaften zu erkennen, musst du die ganze Geschichte kennen.« Ich nehme einen weiteren Schluck und stelle dann mein Glas ab.

»Okay …«

»Raphael muss spitz bekommen haben, dass ich hier neu anfange, bei *Vinho Monteiro.* In Fachkreisen muss sich das mit der neu gegründeten Tochterfirma von *Monteiro Winery* schnell herumgesprochen haben.«

»Bestimmt«, bestätigt mich Ava. »Solche Neuigkeiten verbreiten sich in der Regel wie ein Lauffeuer.«

»Ja, aber als ich mich hier beworben habe, wusste ich selbst noch nichts davon. Bis zu meiner Ankunft war ich der festen Überzeugung, dass es sich um ein regionales Unternehmen handelt.«

»Kein Wunder. Wie auch? Das haben die Monteiros erst kurz vorher beschlossen und dann die Verbindung zum amerikanischen Markt offengelegt. Sie waren der Meinung, dass sie mit der Umbenennung Synergieeffekte erzielen.«

»Richtig.«

»Klingt für mich nach einem dummen Zufall. Ich verstehe es immer noch nicht ...«

»Okay, dann formuliere es anders: Hältst du es weiterhin für einen Zufall, wenn du erfährst, dass die neu eingestellte Marketingleiterin nicht nur eine reiche Erbin ist, die den Job im Grunde nicht nötig hat, sondern vorher beim größten und mächtigsten Konkurrenten von *Monteiro Winery* in Kalifornien angestellt war? Schlimmer noch: dass sie den Erben von *Grizzly Bear Vineyards* heiraten wollte?«

Da sich Avas Augen schlagartig weiten, schlussfolgere ich, dass sie es begriffen hat.

»Nein, das würde Raphael nicht wagen, oder?«, flüstert sie entsetzt.

»Glaub mir, das würde er. Der schreckt vor nichts zurück.«

»Damit hat er dich in der Hand? Warum?«, hakt sie ungläubig nach, während sich ihre Worte fast überschlagen. »Und eine ganz andere Frage: Warum hast du denn nichts gesagt?«

Ich seufze tief und sehe sie mit zusammengepressten Lippen an. »Ganz ehrlich? Ich hatte Angst.«

»Wovor denn?«

»Davor, dass mich Asher in die gleiche Schublade steckt wie Raphael? Keine Ahnung. Irgendwann hatte ich vor, Asher die Wahrheit zu sagen. Aber dann kam die Geschichte mit Ashers Ex auf und dann habe ich irgendwie Panik bekommen.«

»Wegen Violet?« Ava schnaubt. »Glaub mir, zwischen euch liegen Welten. Du bist ganz und gar nicht wie sie. Du bist das völlige Gegenteil. Das hat auch Asher erkannt. Selbst *mit* deinem Vermögen hätte er das.«

Darüber bin ich mir mittlerweile im Klaren. »Ich weiß ...«, murmle ich niedergeschlagen. »Aber dann ist ständig und überall Raphael aufgetaucht und bis ich überhaupt realisiert habe, was um mich herum geschieht, war es zwischen Asher und mir aus. Asher war nicht zu Unrecht eifersüchtig. Er hatte bei Raphael ein komisches Gefühl, wenn auch aus den falschen Gründen.«

»Schöne Scheiße.«

»Wem sagst du das ... Und um deine Frage von vorhin aufzugreifen: Keine Ahnung, warum Raphael mich damit erpresst. Irgendetwas führt er im Schilde. Außerdem hat er es vorhin selbst zugegeben: Ihm widerstrebt auch ein Aufleben unserer Beziehung. Trotzdem will er mich bei *Grizzly Bear Vineyards* zurückhaben. Da muss etwas dahinterstecken.«

»Dann müssen wir schleunigst herausfinden, was. Diesem Kerl muss jemand die Leviten lesen.«

Ich grinse sie an. »Und du bist die Richtige dafür?«

»Warum nicht? Mit einer Ava Hudson legt man sich nicht an.« Sie lässt schelmisch die Augenbrauen hüpfen und wirft sich die Braids nach hinten.

Obwohl die Stimmung zwischen uns etwas ausgelassener ist als noch vor wenigen Minuten, brennt mir eine weitere Sache auf der Seele. »Ava?«

»Hm?«, fragt sie, während sie an ihrem Wein nippt.

»Es tut mir leid, ehrlich«, bringe ich mühsam hervor.

Sie stellt ihr Glas ab und ihr Blick wird weich. »Ach, Süße ...«

»Nein, wirklich. Das war dumm von mir. Ich hätte offen sein sollen, von Anfang an. Ohne meine Lügen würde ich mich jetzt nicht in dieser beschissenen Lage befinden.«

»Wir wollen eines mal klarstellen: Du hast nicht gelogen, sondern uns nur nicht die ganze Wahrheit gesagt. Das ist ein Unterschied.«

»Das mag sein. Richtig war es trotzdem nicht.«

»Ganz ehrlich? Im ersten Moment war ich vorhin ein kleines bisschen enttäuscht von dir ...«

Beschämt senke ich kurz den Blick und sehe sie dann geknickt an.

»... aber nur für eine Millisekunde oder so.« Sie zwinkert mir zu. »Denn dann wurde mir klar, dass dein Ex ein noch größeres Arschloch ist, als ich anfangs angenommen habe. Ja, du verdienst keinen Orden dafür, dass du so lange geschwiegen hast und nicht ganz ehrlich zu uns warst. Allerdings hattest du deine Gründe. Durch Raphael bist du ein gebranntes Kind. Und die

Hauptsache ist, dass du *jetzt* anfängst, ehrlich zu sein. Alles andere ist egal.«

Bei Avas Worten steigen mir die Tränen in die Augen – wie so oft in letzter Zeit – und mich überkommt das Bedürfnis, sie in die Arme zu schließen.

»Darf ich dich umarmen?«, frage ich sie schniefend.

Mit einem warmen Lächeln sieht sie mich an. »Immer, Sweetie.«

Keine Sekunde später liegen wir uns in den Armen und sie drückt mich fest an sich.

»Es ist alles gut«, flüstert sie mir zu und streicht mir dabei beruhigend über den Rücken.

»Du bist die beste Freundin, die man sich nur wünschen kann. Das ist dir klar, oder?«, nuschle ich an ihrer Schulter.

»Ich gebe mir die allergrößte Mühe«, antwortet sie und ich kann den Schalk in ihrer Stimme genau hören.

Wir lösen uns voneinander und ich muss kichern. Mit verschwommenem Blick begegne ich ihren schokoladenbraunen Augen, die mich voller Wärme und Zuneigung mustern. Vermutlich sehe ich selbst gerade aus wie ein Panda auf Koks, aber das ist mir egal. Ava reicht mir ein Taschentuch aus ihrer Umhängetasche und ich schnäuze mir die Nase.

Dann klatscht sie plötzlich zweimal kräftig in die Hände, was mich erschrocken zusammenzucken lässt.

»Was war das denn?«, frage ich unter Lachen.

»Ich habe auf einmal so einen Tatendrang verspürt.« Vielsagend grinst sie mich an.

»Für was?«

»Um deinen Ex loszuwerden. Wie lautet dein Plan?«

»Mein Plan?« Ich puste mir eine Strähne aus der Stirn. »Hm, ihn erschießen und dann an einen Betonklotz gebunden im Atlantik versenken?«

»Okay«, entgegnet sie mit gespielter Ernsthaftigkeit. »Wollen wir uns vielleicht eine Alternative überlegen, die nicht lebenslangen Knast zur Folge hat?«

»Meinst du?« Ich seufze, muss mir aber ein Grinsen verkneifen. »Na gut.«

»Schön. Wenn wir das geklärt haben. Wie gehen wir vor?«

»Schritt Nummer eins: Raphael loswerden. Schritt Nummer zwei: Asher zurückgewinnen. Raphael wird Madeira nicht von sich aus verlassen, das bedeutet, wir müssen ein stichhaltiges Argument gegen ihn finden und ihn indirekt zur Abreise zwingen. Wir müssen ihm also auf den Zahn fühlen oder zumindest rausfinden, was er vorhat. Erst dann können wir unseren nächsten Schritt angehen.«

»Klingt vernünftig.«

»Das hoffe ich«, überlege ich laut. »Weißt du denn, wie es ihm mittlerweile geht?«

»Asher?«

Statt einer Antwort nicke ich.

»Wenn du mich fragst, immer noch beschissen. Er versteckt sich weiterhin im Homeoffice. Oder er schließt sich in seinem Büro oder in seiner Hütte in den Weinbergen ein. Er stürzt sich total in die Arbeit, als könne ihn diese von seinem Liebeskummer ablenken. Wahrscheinlich fühlt er sich überall an deinen vermeintlichen Verrat erinnert. Ich kann es ihm nicht verdenken.«

Himmel, nein. Er hat jedes Recht dazu. Außerdem weiß ich ganz genau, wie sich Asher momentan fühlt. Sein Schmerz spiegelt den meinen tief in meinem Herzen wider. Die Sehnsucht nach seiner Nähe raubt mir fast den Verstand.

Ich seufze. »Ich auch nicht. Gott, wenn ich doch nur die Zeit zurückdrehen könnte.«

Mir war nie bewusst, wie verbunden man sich einer Person fühlen kann. Wie sehr man einen anderen Menschen vermissen kann. Und, ja, ich vermisse Asher. Sollte ich ihn nicht zurückgewinnen, werde ich daran zerbrechen.

»Das kannst du nicht, Sweetheart. Deswegen sollten wir realistisch an die Sache herangehen.« Voller Optimismus nickt sie. In ihrem Gesicht geht die Sonne auf. »Lass uns dem Drachen die Flügel stutzen!«

31. Kapitel: Klug ist jeder, der Schweres einfach sagt

Zaghaft klopfe ich an Ashers Bürotür. So wie es Ava bereits prophezeit hat, ist er derzeit ein Phantom in der Firma. Bis auf die nur mehr wöchentlich angesetzten Teammeetings bekommt man ihn kaum zu Gesicht. Geschweige denn, dass man ihm auf den Gängen über den Weg läuft. Er hat sich rargemacht, versteckt sich.

Ich seufze und klopfe erneut, doch nichts tut sich. Trotzdem öffne ich die Tür einen Spalt breit und luge ins Innere. Niemand da.

Mist.

Mit einem Seufzer schließe ich die Tür, wende mich und krache dabei fast mit Leandro zusammen, der plötzlich aus dem Nichts hinter mir steht.

»Desculpa, Leandro! Tenho muita pena«, entschuldige ich mich hastig.

»Não tem mal«, antwortet er mit ausdrucksloser Miene, was mich sofort die Stirn runzeln lässt. Dass ihm unser Beinahe-Zusammenstoß nichts ausmacht, kaufe ich ihm nicht ab. Der unterkühlte Ton in seiner Stimme spricht Bände.

»Então, como está?«, frage ich deshalb vorsichtig, ob es ihm gut geht. Wie ich Smalltalk manchmal hasse.

»Sim.« Sehr kurz angebunden ...

»Okay ...?«

»Bem. Verrätst du mir, was du hier tust, Charlotte?«, will er wissen und wirft gleichzeitig einen mir fremden Blick über meine Schulter zu Ashers Büro. Das Lächeln, das er aufsetzt, fühlt sich gezwungen und falsch an.

Ich räuspere mich und deute mit dem Daumen zur Tür. »Ähm, ich suche Asher.«

»Er ist nicht hier.«

Ach, tatsächlich? Wäre mir gar nicht aufgefallen. Ich kneife die Augen zusammen, weil ich Leandros distanzierte Art nicht nachvollziehen kann. Ist etwas vorgefallen, von dem ich nichts mitbekommen habe?

»Habe ich gemerkt«, gebe ich zurück.

»Hast du deine Mails nicht gelesen? Er arbeitet heute im Homeoffice.«

»Doch. Aber ich dachte, ich probiere es trotzdem mal. Hätte ja sein können, dass ich Glück habe und er gerade da ist.«

Statt sofort zu antworten, wandern seine Augenbrauen nach oben und er mustert mich nachdenklich.

»Bem. Das ist er aber nicht«, sagt er dann nach wenigen langen Sekunden des Schweigens.

Wir drehen uns im Kreis.

Innerlich rolle ich mit den Augen und muss mir auf die Zunge beißen, um nicht einen blöden Kommentar loszulassen. Keine Ahnung, welche Laus Leandro heute über die Leber gelaufen ist. Seine Laune ist eine Katastrophe.

»Weißt du–«, setze ich an, werde aber sogleich von ihm unterbrochen.

»Schick ihm einfach eine Mail. Setz mich ins CC und wir werden uns um dein Anliegen kümmern.«

Mein *Anliegen*? Wie bitte? Interessiert ihn denn gar nicht, was ich von Asher will?

»Aber–«

»Faz favor, Charlotte ...« Er ringt regelrecht um Fassung und reibt sich mit Daumen und Zeigefinger über die Lider. »Schick einfach eine Mail, okay?«

Langsam nicke ich. Ich verstehe die Welt nicht mehr. »Leandro, was ist denn los?«

»Nichts, Charlotte. Erledige einfach bitte deine Arbeit, okay?«

Verdattert nicke ich, gebe mich aber gezwungenermaßen geschlagen. Zumindest fürs Erste.

Mit schwirrendem Kopf und völlig ratlos verabschiede ich mich. Ich spüre Leandros Blick in meinem Rücken, als ich mich auf den Rückweg mache. Kurz bevor ich um die nächste Ecke biege, sehe ich gerade noch, wie er einen Schlüssel aus seiner Hosentasche zieht und Ashers Büro absperrt.

Was?

Das kann nicht sein. Oder etwa doch?

Ich stutze. Etwa wegen mir?

Wie in Trance marschiere ich durch die Gänge Richtung Ausgang, während ich das mir eben gebotene Bild nicht mehr aus dem Kopf bekomme.

Scheiße ... Was geht hier vor?

Im gläsernen Foyer sehe ich Sabina hinter dem Empfangstresen, die geschäftig auf der Tastatur tippt. Ihre Gläser mit der muschelbesetzten Brillenkette sitzen tief auf der Nase und sie schielt darüber hinweg auf den Computerbildschirm.

Selbst der lichtdurchflutete Eingangsbereich, durch den die herrliche Sommersonne strahlt, kann meine Stimmung nur mäßig heben.

»Olá, Sabina«, begrüße ich sie dennoch freundlich.

Sie hebt nur kurz den Blick, widmet sich aber sofort wieder ihrer Aufgabe. »Boa tarde.«

Ich trete an den Tresen heran und lege meine Hände auf die hölzerne Oberfläche. Abwartend sehe ich auf Sabina hinab, doch sie reagiert nicht. Und das eine gefühlte Ewigkeit lang.

Weil es mir zu doof wird, mache ich mit einem lautstarken Räuspern auf mich aufmerksam. »Sabina?«

Sie atmet tief ein und zeigt damit deutlich den maximal erreichten Grad ihrer Genervtheit.

Na, großartig. Ein weiterer Fan von mir. Nicht.

Was ist nur mit allen los?

»Sim?«, fragt sie angestrengt.

Ich setze das beste Lächeln auf, zu dem ich imstande bin. Obwohl mir alles andere als nach einem Lächeln zumute ist. »Weißt du, wo ich Asher finde?«

»Não. Er ist im–«

»Homeoffice. Ja, ich weiß«, beende ich ihren Satz und greife mir an die Nasenwurzel. »Er hat eine Mail geschrieben.«

»Dann weißt du ja Bescheid«, kontert sie, senkt den Blick auf ihre Arbeit und gibt mir damit eindeutig zu verstehen, dass unser Gespräch beendet ist.

Das ist doch zum Haareraufen! Sind denn alle verrückt geworden? Aus Loyalität Partei für den Chef zu ergreifen, ist ja lobenswert. Aber das hier? Nur weil wir getrennt sind? Das ist doch völlig hirnrissig!

»Falls jemand fragt, ich bin außer Haus«, sage ich noch und klopfe zweimal auf den Tresen, bevor ich mich zum Gehen wende. Entweder scheint mich Sabina nicht zu hören oder sie ignoriert mich.

Na, schön. Dann halt nicht.

Kopfschüttelnd gehe ich zum Ausgang und halte mich rechts, um zum Nebeneingang zu gelangen. Wenn der Berg nicht zum Propheten kommt, muss der Prophet halt zum Berg. So einfach ist das. Der Berg kommt mir zwar im Moment wie eine Löwenhöhle vor, aber gut. Man darf nicht wählerisch sein. Zumindest weiß ich mit ziemlicher Sicherheit, wo sich Asher aufhält. Obwohl mir offensichtlich niemand konkrete Antworten dazu liefern will. Wo wird er schon sein, wenn er im *Home*office arbeitet?

Aus reiner Gewohnheit gebe ich den vierstelligen Code auf dem Bedienfeld an der Tür ein, um mir Zugang zu Ashers Wohnung zu verschaffen.

Ein dissonanter Ton ertönt.

Access denied.

Wie bitte?

Habe ich mich vertippt?

Erneut drücke ich die mir bekannte Tastenkombination. Doch keine Sekunde später erklingt wieder dieser schrille Ton und auf dem kleinen Display zeigt es dasselbe Ergebnis wie zuvor an.

Ich atme tief durch und ermahne mich zur Ruhe. Mittlerweile bin ich genervt, obwohl ich bis zum Zusammenprallen mit Leandro keinen Grund dazu hatte.

Mein Tag verlief bisher erfolgreich. Mir kam endlich eine vielversprechende Marketing-Idee für ein zweitägiges Pre-Opening Ende August, die ich Asher vorstellen wollte. Von der Weindegustation bis zur Kellereibesichtigung habe ich alles minutiös geplant. Selbst ein Rahmenprogramm habe ich mir überlegt, bei dem die Besucher São Vicente und Umgebung kennenlernen. Der Höhepunkt soll eine Nachtwanderung durch unsere Weinberge sein, mit Fackeln und einem Ausklang bei einem Picknick mit madeiranischen Spezialitäten und eigenen Weinen. Ich habe sogar überlegt, eine Art Glühwein anzubieten, falls jemand friert.

Aber ohne das Okay vom Chef kann ich das sowieso vergessen.

Und wenn ich nicht in die Wohnung komme, erschwert das mein Vorhaben. Ich bin mir nicht sicher, ob mich Asher freiwillig reinlässt.

Um mir eine weitere Schmach zu ersparen, dass er den Code geändert hat, drücke ich stattdessen den Klingelknopf. Wenn ich zu ihm will, bleibt mir nichts anderes übrig.

Wider Erwarten ertönt kurz darauf der Summer und ich drücke eilig die Tür auf, bevor Asher es sich anders überlegt und doch die Gegensprechanlage betätigt.

Mit schwerem Herzen steige ich die Treppe zu seiner Eingangstür hinauf, unsicher, was mich dort oben erwartet.

Wird er mich sofort wieder rausschmeißen? Oder lässt er mir die Gelegenheit, meine Idee vorzustellen?

Als ich die angelehnte Tür aufstoße und augenblicklich den vertrauten Geruch der Wohnung wahrnehme, ist es mit meiner Selbstbeherrschung fast zu Ende. Erinnerungsfetzen tauchen wie Versatzstücke vor meinem inneren Auge auf.

Asher und ich wälzen uns in den Laken. Er kocht für mich. Wir schlafen auf dem Sofa miteinander. Er sitzt lächelnd auf der Bettkante. Wir kabbeln uns. Er macht mir Pancakes zum Frühstück. Wir liegen zusammen auf der Couch und sehen uns einen Film an. Er nimmt mich auf der Kücheninsel. Wir küssen uns. Er hält mich fest in seinen Armen. Wir gehen wandern. Er streicht mir eine Strähne aus der Stirn. Wir sind glücklich.

»Komm rein!«, höre ich Asher rufen, bin mir aber ziemlich sicher, dass er nicht mich meint.

Während ich in den Wohnbereich trete und ihn mit dem Rücken zu mir an seinem Schreibtisch sitze sehe, ist mein Herz kurz vorm Explodieren.

»Hallo, Ash«, flüstere ich. Sofort bemerke ich, wie er sich versteift, als er meine Stimme erkennt.

Wie in Zeitlupe dreht er sich auf seinem Stuhl zu mir herum. Sein Blick ist eisig, seine Kiefermuskeln mahlen und sein Brustkorb hebt und senkt sich schnell.

»Du hast jemand anderen erwartet«, stelle ich das Offensichtliche fest.

»Ja ...«, knurrt er. »Und wie man sieht, hat es nicht gereicht, den Zugangscode zu ändern. Du hast es trotzdem geschafft hochzukommen.«

Wie ein geprügelter Hund senke ich den Blick und ignoriere den Schmerz, der sich in meinem Inneren wie zähflüssige Lava ausbreitet. Das dumpfe Pochen in meiner Kehle erschwert mir das Atmen. Seine harschen Worte passen nicht zu den Bildern, die mir vorher im Kopf herumgegeistert sind. Genau an diesen aber will ich mich jetzt festhalten.

Aus diesem Grund hebe ich das Kinn und straffe die Schultern. »Du lässt mir keine andere Wahl, als hartnäckig zu bleiben, wenn ich mit dir reden möchte.«

»Habe ich mich nicht klar ausgedrückt?«, fragt er eisig.

»Mehr als genug«, gebe ich spitz zurück. Wir liefern uns ein stummes Blickduell, Ashers Augen sprühen Funken und ich habe Mühe, dem standzuhalten. Dieser Ausdruck an ihm ist mir fremd, aber er ist in den vergangenen Wochen zur bitteren Realität geworden. Mit genügend Zeit gewöhnt man sich fast an alles ...

»Was willst du dann hier?«

»Schon vergessen, dass ich für dich arbeite? Ist dir nicht in den Sinn gekommen, dass ich meine Ideen mit dir durchsprechen will? Warum, Ash? Gott, warum tust du in letzter Zeit so, als hättest du keine Gefühle? Als wärst du gemein und kalt? Wenn ich doch an deinen Reaktionen sehe, dass dich meine Nähe genauso wenig kaltlässt wie mich deine.«

»Weil es das längst nicht mehr tut!«, brüllt er nun. »Fang endlich an, das zu kapieren!« Seine Stimme lässt mich zusammenfahren. Er klingt so verletzt, dass es einfach nur wehtut. Dann erhebt er sich und steht wie versteinert vor mir, die Schultern vor Spannung angehoben.

»Das ist nicht wahr und das weißt du.« In meine Stimme hat sich ein Flehen geschlichen, das mich schwer schlucken lässt. »Ich kenne dich, Asher Monteiro. Du hast es mir leichtgemacht, einen Blick hinter deine wahre Fassade zu werfen. Ich weiß, wer hinter den frechen Sprüchen steckt, mit denen du normalerweise deine Umwelt bombardierst. Aber das hier ...« Wild gestikulierend deute ich auf ihn. »... das bist nicht du. Das kannst du dir so oft einreden, wie du willst. Das kannst du *mir* so oft weismachen, wie du willst. Aber im Endeffekt ändert es nichts an der Tatsache: Du verbirgst deinen Schmerz hinter dieser Bad-Boss-Kulisse.«

»Hör auf! Hör auf, verdammt!« Er macht einen Schritt auf mich zu und für eine Sekunde entgleisen ihm seine beherrschten Züge. »Wie kannst du es wagen?«

Ich lache verbittert auf und sehe ihm direkt in die Augen. »Ich? Wieso? Verträgst du die Wahrheit nicht?«

Statt einer Antwort dringt ein tiefes Grollen aus seiner Kehle, er ballt die Hände an den Seiten zu Fäusten. In seinen waldgrünen Augen tobt ein Gewitter. Mit meiner Aussage habe ich einen Nerv getroffen. Ich weiß das. *Er* weiß das.

Wir haben ganz offensichtlich die Rollen getauscht. Am Anfang hat er mich von sich zu überzeugen versucht, jetzt bin ich es, die ihn regelrecht um Gnade anfleht und nach Aufmerksamkeit lechzt. Der Unterschied ist nur, dass ich anfangs nie *wirklich* genervt von ihm war, sondern mir seine fast schon draufgängerische Art imponiert hat. Er hatte immer einen frechen Spruch auf den Lippen und ist nicht auf den Mund gefallen. Doch jetzt nicht mehr.

Seit unserer Trennung ist etwas in Asher zerbrochen. Nun ist es an mir, die Scherben aufzusammeln und Stück für Stück zusammenzusetzen. Koste es, was es wolle. Ich werde so lange nicht aufgeben, bis mir Asher wieder vertraut. Selbst wenn es hundert Jahre dauert.

»Charlotte, das mit uns ist aus. Akzeptiere das endlich.«

Obwohl ich weiß, dass er sich nur zu schützen versucht, bricht mein Herz erneut bei seinen Worten.

Ich zwinge mich zu einem Kopfschütteln. »Ich weiß nicht, wann ich mich zuletzt so von jemandem angezogen gefühlt habe. Nicht körperlich, nicht nur. Vermutlich noch nie«, sage ich mit kratziger Stimme. »Manche Dinge werden nie passieren, egal wie sehr man sie sich wünscht. Doch ich bin nicht bereit zu glauben, dass das mit uns für den Rest meines Lebens ein Wunschtraum bleiben wird. Deshalb werde ich nicht aufgeben. Ich werde um dich kämpfen, Asher. Du hast es so … geschickt angestellt, dass ich das hier will. Ein Uns, ein Wir.«

Er sieht mich an, wir stehen noch immer mitten im Wohnbereich, doch ich nehme die Umgebung nicht länger wahr.

»Wieso kannst du nicht sehen, was ich sehe? Das mit uns hat keine Zukunft.« Er klingt resigniert, als wäre er es müde, sich weiter meinen nicht enden wollenden Monologen auszusetzen.

Ich presse die Lippen aufeinander und zucke mit den Schultern. »Weil ich dich liebe. Und ich werde es so oft sagen, bis du es endlich verstehst.«

Er schnaubt abfällig. »Du verschwendest deine Zeit.«

Okay, Taktik-Änderung. »Der Pico Ruivo soll bei Sonnenaufgang märchenhaft sein. Was hältst du davon, wenn wir einen Ausflug dorthin machen und uns dieses Spektakel gemeinsam ansehen? Dann könnten wir reden und uns aussprechen. Bitte?«

Asher lacht auf. »Und wovon träumst du nachts?«

Sein Korb versetzt mir einen Stich, aber zumindest kann ich mir nicht vorwerfen, dass ich es nicht wenigstens versucht habe. Mit bebendem Herzen und zittrigen Händen bemühe ich mich darum, Fassung zu bewahren und mir seine harsche Zurückweisung nicht anmerken zu lassen. Allerdings schmerzt sie. Sehr sogar.

»Einen Versuch war es wert«, antworte ich resigniert.

Im selben Moment ertönt die Wohnungsklingel und Asher drückt kurz auf seinem Smartphone herum.

»Ich nehme an, das ist dein erwarteter Besuch«, sage ich.

Er wirkt kurz irritiert, dann begreift er ebenfalls und nickt. »Wenn ich dich dann bitten dürfte, zu gehen?« Mit jedem Wort kommt er ein bisschen näher. Ein Schauer rieselt mir über den Rücken, da er so nah vor mir steht, dass ich den Kopf leicht in den Nacken legen muss. Sein sandelholziger Geruch hüllt mich ein, Schwindel packt mich, als er mir so fest in die Augen sieht, dass ich mich nackt fühle. Doch der Moment vergeht so schnell, wie er gekommen ist, und Asher bricht den Blickkontakt ab.

»Ich wollte sowieso gerade gehen«, antworte ich heiser und wende mich zum Gehen.

»Charlie?«

Ich sehe noch einmal kurz über die Schulter zu ihm zurück. »Ja?«

»Äh, deine Ideen?«

Ich runzle für einen Moment verwirrt die Stirn, ehe ich begreife. Erschöpft atme ich durch, gleichzeitig schießen mir Leandros Anweisungen durch den Kopf. »Ich schicke sie dir per Mail.«

Ich höre nicht mehr, was er sagt. Das will ich auch gar nicht.

Auf der Treppe kommt mir Rachel entgegen. Und obwohl ich weiß, dass er nur etwas Geschäftliches mit ihr zu besprechen hat, versetzt mir ihr Auftauchen einen unbarmherzigen Stich der Eifersucht.

32. Kapitel: Der Teufel steckt im Detail

»Das wird dir nicht gefallen.« Mit ungewohnt ernster Miene drückt sich Ava an mir vorbei.

»Okay …? Was ist passiert?«, frage ich und schließe die Wohnungstür hinter ihr.

Sie zieht mich kurz in ihre Arme und löst sich dann wieder von mir. Die Wärme ihrer Hände auf meinen Oberarmen dringt durch den dünnen Kaschmirpullover. Sie mustert mich mitfühlend und sieht mir tief in die Augen. »Wollen wir uns setzen?«

»Klar …«, stimme ich ihrem Vorschlag zu, bin aber perplex wegen ihrer für sie untypischen Ernsthaftigkeit. »Soll ich uns erst noch einen Kaffee machen?«

Ein sanftes Lächeln breitet sich auf ihren Zügen aus. »Sehr gerne.«

Während ich an der Kaffeemaschine zugange bin, werfe ich immer wieder einen Blick auf Ava. Sie sitzt am Küchentresen, hat die Hände darauf verschränkt und knabbert an ihrer Unterlippe. Sie wirkt abwesend. Von ihrem sonst so beneidenswerten Positivismus fehlt jede Spur.

Was zum Geier ist los? Irgendwie macht sie mir Angst. Ein mulmiges Gefühl breitet sich in meinem Magen aus. Ich ahne Böses.

Als ich ihr nach wenigen Minuten den vollen Becher vor die Nase setze, blickt sie dankbar auf und nimmt einen vorsichtigen Schluck von der heißen Brühe. »Danke!«

»Gerne.« Ich räuspere mich und sehe sie an. »Aber nun spuck's schon aus: Was ist los?«

Vehement schüttelt sie den Kopf und brabbelt irgendetwas vor sich hin, was ich nicht verstehe.

»Ava?«

Sie schließt die Augen und atmet tief durch. »Gott, Charlie, ich weiß gar nicht, wie ich anfangen soll.«

»Von vorne?«, helfe ich ihr unnötigerweise auf die Sprünge.

Daraufhin lächelt sie. Allerdings wirkt es gezwungen. »Gut, es hilft nichts. Irgendwann musst du es erfahren.«

Beunruhigt hake ich nach. »Was muss ich erfahren?«

»Raphael ... Er ist ein noch gerisseneres Arschloch, als wir dachten.«

Ich lache auf. »Das ist doch nichts Neues.«

»Du verstehst nicht, Sweetie. Raphael steckt hinter *allem*!«

»Hinter was?«, hake ich nach. Ich verstehe nur Bahnhof.

»Okay, ich fange anders an ... Nicht nur dir ist in letzter Zeit aufgefallen, dass die Stimmung im Büro seltsam ist. Dass sich die Kollegen dir gegenüber merkwürdig verhalten, war nicht zu übersehen. Ich habe es am eigenen Leib miterlebt und konnte mir ihr Verhalten nicht erklären.«

»Wem sagst du das.«

»Aus diesem Grund habe ich Nachforschungen angestellt. Ich habe meine Fühler ausgestreckt und mich umgehört. Obwohl die Leute wissen, dass wir befreundet sind, waren sie mir gegenüber redebereiter.«

»Und?«

»Es gibt Gerüchte.«

»Worüber?«

»Über dich. Dein Auftauchen in der Firma. Es wird gemunkelt, dass du zu *Grizzly Bear Vineyards* zurückkehrst und für die bei uns spionierst.«

Da ist die Katze aus dem Sack. Und ich kann nicht anders, als Ava mit offenem Mund anzustarren. Shit. Ich habe es befürchtet. Ich habe es, zum Teufel nochmal, die ganze Zeit schon geahnt! Warum hat sich ausgerechnet diese eine Sache bewahrheitet? »Das darf doch nicht wahr sein.«

»Leider doch«, murmelt sie geknickt.

»Aber das ist doch völliger Bullshit!« Obwohl ich diese Entwicklung tief in meinem Inneren habe kommen gesehen, bleibt mir trotzdem fast die Spucke weg. »Lass mich raten: Raphael steckt hinter den Gerüchten, oder?«

»Jap. Sabina ist gesprächig geworden, nachdem ich ihr ein paar landestypische Leckereien vorgesetzt habe.«

Dieser ... dieser ... argh! »Himmel, ich glaube das alles nicht!«, gebe ich fassungslos zu.

»Ja, aber das erklärt, warum sich offenbar alle von dir distanzieren. Rachel hat durchklingen lassen, dass auf Ashers Computer eine versteckte Datei mit sensiblen Daten gefunden wurde. Alles deutet darauf hin, dass du diese angeblich an *Grizzly Bear Vineyards* weiterleiten wolltest. Oder hast. So genau hat sie das nicht gesagt.«

Mein Puls trommelt wild gegen die Rippen und ich atme schwer. Kopfschüttelnd stehe ich da und weiß nicht, wie mir geschieht.

»Scheiße«, bringe ich gepresst heraus.

»Du sagst es. Da Raphael mehrmals in der Firma gesehen wurde und er auch bei dir im Büro war, liegt die Vermutung nahe, dass du mit ihm unter einer Decke steckst. Insider-Informationen an die Konkurrenz rausgibst. Insgeheim gegen *Vinho Monteiro* arbeitest. Du weißt schon, das volle Programm.«

Ich ringe nach Luft. Befürchte, dass ich jeden Moment hyperventiliere. Mistmistmist! Was passiert hier?

Plötzlich überkommt mich ein Gedanke und ich stocke. »Denkt Ash das alles auch?«

Statt mir zu antworten, verzieht Ava das Gesicht und nickt.

Jetzt bleibt mir die Luft weg. Ich fühle mich absolut hilflos. Wie konnte das nur passieren?

»Verdammte Scheiße. Fuck!«

Dieser verfluchte Mistkerl! Reicht es nicht, dass er meine Beziehung zerstört hat? Muss er mir noch meine berufliche Zukunft nehmen?

»Und wie lange geht das Ganze schon? Wie lange treibt er schon dieses Intrigenspiel?«

Ava zuckt mit den Schultern. »Ein paar Wochen?«

Fassungslos fahre ich mir mit den Händen über die Stirn und den Zopf. Weil meine Knie weich werden, lasse ich mich auf dem Stuhl neben Ava sinken. »Ich kapiere das nicht. Was hat er davon?«

»Diese Frage habe ich mir ebenfalls gestellt. Irgendein Zusammenhang muss bestehen. Zumal er selbst versucht hat, dich zu einer Rückkehr nach Kalifornien zu bewegen.«

»Vor meiner Wohnung.«

»Richtig«, bestätigt sie mich. »Es muss einen Grund geben, warum er dich bei uns schlecht macht, aber gleichzeitig versucht, dich in seine eigene Firma zurückzuholen. Er ist geschickt, das muss man ihm lassen. Ein kleines Gerücht hier, ein scheinbar belangloses Gespräch da. Zwei, drei unerlaubte Spaziergänge durch die Firma und eine verräterische Datei, die plötzlich auftaucht. Jeder, der eins und eins zusammenzählen kann, sieht da einen Zusammenhang.«

»Wo aber keiner ist.«

»Aber wer glaubt schon einer Angestellten, die eine Beziehung mit dem Chef hatte, der sich dann aber von heute auf morgen aus heiterem Himmel von ihr trennt?« Ihre Stimme trieft vor Sarkasmus.

»Das war von Anfang an sein Plan«, stelle ich das Offensichtliche fest. »Aber warum? Was zum Teufel hat er davon?«

»Das, meine liebe Charlie, ist die Eine-Million-Dollar-Frage. Aber ich wäre nicht Ava, wenn ich diese nicht auch beantworten könnte.« Sie grinst mich keck an und lässt ihre Augenbrauen hüpfen.

Ich muss schmunzeln, obwohl mir nicht danach ist. Mein Blut kocht und mein Puls ist auf hundertachtzig. Um mich ein bisschen runterzubringen, nehme ich einen Schluck von meinem Kaffee, der mittlerweile lauwarm ist. Ava tut es mir gleich.

»Hast du etwas herausgefunden?«, frage ich gespannt nach.

Sie sieht mich über den Tassenrand an und nickt. Dann stellt sie den Becher wieder ab und betrachtet mich wissend. »*Grizzly Bear Vineyards* steht kurz vor dem Bankrott.«

Ich verschlucke mich an meinem Kaffee und muss husten. Ava klopft mir hilfsbereit auf den Rücken.

»Wie bitte?« Das kann nicht sein ... oder doch?

»Ja, so habe ich auch reagiert, nachdem ich davon erfahren habe!« Trotz der Absurdität der Situation lacht sie und funkelt mich spitzbübisch an. »Ich habe meine Kontakte in Kalifornien spielen lassen. Habe einen Kumpel gefragt, der jemanden kennt, der wiederum jemanden kennt. Du weißt schon. *Grizzly Bear Vineyards* stehen kurz davor, Insolvenz anzumelden. Die Investoren verlangen ihre Dividenden, welche die Johnsons aber nicht liefern können.«

»Aber warum?«, stammle ich. »Die Firma lief gut, als ich noch dort war. Wie kann ein solches Imperium bankrottgehen?«

Sie zuckt mit den Schultern. »Fehlinvestitionen, falsche Kalkulationen, zu hohe Ausschüttungen an ihre Gläubiger, falsches Marketing. Ich denke, da kommt einiges zusammen. Das Einzige, was die Johnsons jetzt noch retten könnte, ist ein Geldgeber, der die Firma vor dem Aus bewahrt.«

In meinem Kopf rattert es und die Puzzleteile fügen sich vor meinem inneren Auge zu einem Ganzen zusammen. »Und da komme ich ins Spiel ...«, überlege ich laut.

»Nun kommen wir der Sache näher.«

»Denn welcher Investor ist besser als eine junge Erbin, die regelrecht im Vermögen schwimmt und ihren Job eh nur just for fun ausübt?«

»Aber wie bekomme ich sie dazu, ihre neue Stelle und ihre neue Heimat aufzugeben, wo sie doch beides so sehr liebt?«

Ich führe Avas Gedanken weiter. »Indem ich es schaffe, dass ihre Beziehung in die Brüche geht und sich ihr Umfeld von ihr abwendet. Denn was würde sie dann noch hier halten?«

»Die Kandidatin bekommt hundert Punkte«, bekräftigt sie meine Vermutung.

»Scheiße, das ist übler, als ich angenommen habe. Glaubt mir denn noch irgendwer im Büro?«

»Ich?«

»Du zählst nicht«, kontere ich und strecke ihr frech die Zunge raus.

»Pah, da darf man einmal in seinem Leben Miss Marple spielen und dann ist das der Dank?« Der Schalk blitzt in ihren Augen auf.

»Was würde ich nur ohne dich tun?«

»Ich habe dir doch versprochen, dem Drachen die Flügel zu stutzen!«

»Schon ... Aber diese Ausmaße? Hast du damit gerechnet?«

Sie pustet sich die feinen Babyhaare aus der Stirn. Einen Teil ihrer dicken Braids trägt sie heute als hohen Turm auf dem Kopf, der Rest fällt ihr offen über die Schultern.

»Ganz ehrlich? Nicht wirklich. Ich dachte einfach, er ist ein überheblicher Schnösel, der nach Aufmerksamkeit lechzt. Dass er aber hinterrücks solche perfiden

Intrigen spinnt? Zugetraut hätte ich es ihm, erwartet habe ich es trotzdem nicht.«

»Scheiße, Ava. Was hat er sich dabei gedacht?«

»Er will die Firma seiner Familie retten.« Sie zuckt mit den Schultern. »Dafür geht er anscheinend über Leichen.«

»Ja ...«, knurre ich fast schon. »Aber damit lasse ich ihn nicht durchkommen. Nicht mehr. Vor allem, wie kommt er darauf, dass ich ausgerechnet nach Potter Valley zurückkehre? Wenn überhaupt wäre ich zurück an die Mosel, wo ich aufgewachsen bin. Dieser Trottel.«

Avas Offenbarung zu Raphaels Machenschaften hat mir den Boden unter den Füßen weggerissen. Aber trotz allem bin ich froh, dass ich auf Madeira geblieben bin. Ich bin nicht weggerannt, habe meine Gefühle nicht weggeschoben, sondern sie Asher erneut gestanden. Ich bin verdammt nochmal geblieben und auf eine absurde Weise fühle ich mich so stark wie lange nicht mehr. Dank Ava kann ich gegen Raphael vorgehen und ihn in seine Schranken weisen. Er hat mein Leben lange genug kontrolliert. Das lasse ich nicht mehr zu!

Endlich sehe ich Licht am Ende des Tunnels. Es ist nicht alles verloren. Im Gegenteil: So wie es aussieht, habe ich jetzt eine Chance, alles wieder geradezubiegen.

Diese Rechnung hat Raphael ohne mich gemacht. Er ist mit Sicherheit nicht davon ausgegangen, dass ich das alles herausfinde. Und das muss ich mir zunutze machen. Er unterschätzt, dass ich seine Schwachstellen genauso gut kenne wie er meine. Dabei gibt es eine unter wenigen Sachen, die Raphael wirklich fürchtet ... oder vielmehr verabscheut.

Ich muss grinsen, weil mir eine Idee kommt. Mein ganz persönlicher Silberstreifen.

»Ich weiß, wie wir gegen ihn vorgehen.«

Ava zieht eine Schnute und nickt. »Lass hören.«

33. Kapitel: Frauenpower

Der Kies spritzt zu allen Seiten weg, während wir auf den öffentlichen Parkplatz fahren, auf dem Asher geparkt hat, als er uns im *Refugio* überrascht hat.

Das Hotel ist nicht weit davon entfernt, sodass Ava und ich den Weg dorthin zu Fuß fortsetzen. So ist das Überraschungsmoment auf unserer Seite.

Ich fläze mich aus meinem Fiat und sofort blendet mich die hochstehende Augustsonne. Ich blinzle und kneife die Augen zusammen. Obwohl über dem Atlantik einige Wolkenteppiche liegen, ist die Küstenstraße in gleißendes Sonnenlicht getaucht. Von der Meeresseite her weht eine angenehme Brise, die den Chiffonrock um meine Waden flattern lässt.

»Bist du bereit?«, fragt mich Ava über das Autodach hinweg.

»Ich bin mir nicht sicher, ob ich dafür jemals bereit genug bin«, antworte ich lachend.

»Dann lass es uns so schnell wie möglich hinter uns bringen!«

»Ich kann es kaum erwarten, dass meine Lieblingsinsel wieder Raphael-frei ist!«

Gemeinsam schlendern wir zum Hotel Vicente Baia, das schräg vor uns auf der gegenüberliegenden Straßenseite liegt. Ava trägt heute einen senfgelben Jumpsuit, der ihre beneidenswerte Modelfigur gekonnt in Szene setzt. An ihren Ohren hängen große, goldene Kreolen und ihre langen Braids hat sie heute zu einem Zopf geflochten, der ihr bis in den unteren Rücken reicht. Sie sieht absolut klasse aus.

Der kleine Strandabschnitt, der direkt an die Hotelanlage grenzt, ist mit Kieselsteinen und Lava-Geröll bedeckt. Das Meer schlägt in mächtigen Wellen gegen die Küste und hinterlässt weiße Schaumkronen, die sich immer wieder in die kühle Nässe zurückziehen. Definitiv kein Badestrand, aber für Surfer bestimmt ein Paradies.

So gern ich mich in diesem Moment von der rauen Natur ablenken ließe, es hat keinen Sinn. Ich muss mich dem stellen, was gleich folgt.

Aus diesem Grund atme ich tief durch, während ich mit Ava die wenigen Treppen zum Eingang des Hotels emporsteige. Wir werden von einem Concierge begrüßt und schlagen dann den Weg zur Rezeption ein.

»Bom dia, bem-vindo ao Hotel Vicente Baia«, heißt uns die Frau hinter dem Counter mit einem freundlichen Lächeln willkommen.

»Boa tarde! Obrigada!«, bedanken wir uns unisono.

»O meu nome é Charlotte Baumgartner. Posso pedir-lhe um favor«, stelle ich mich vor und bitte sie um einen Gefallen. »Wir würden gerne mit Raphael Johnson sprechen. Wäre das möglich, faz favor?«

»Sim, com muito prazer!«

Erleichtert atme ich auf, da sie mir meinen Wunsch erfüllt, indem sie sofort zum Hörer greift und offensichtlich Raphaels Zimmernummer wählt.

Auf Englisch kündigt sie mich bei ihm an und ich merke, wie ihr das Lächeln im Gesicht verrutscht, während er am Ende der Leitung spricht und sie nickend zuhört.

Ich werfe einen vielsagenden Blick zu Ava, die mit den Augen rollt und ein »War ja klar« flüstert.

»Senhor Johnson wird gleich bei Ihnen sein. Er erwartet Sie auf der Terrasse«, teilt sie uns mit, nachdem sie aufgelegt hat.

»Muito obrigada!«, bedanke ich mich bei ihr und habe gleichzeitig ein schlechtes Gewissen, weil ich mir denken kann, auf welche Weise Raphael mit ihr am Telefon gesprochen hat.

»De nada.«

»Dann wollen wir mal!«, fordert mich Ava auf und gemeinsam machen wir uns auf den Weg nach draußen, wo wir uns einen freien Platz suchen.

Da früher Vormittag ist, frühstücken einige Hotelgäste. Wohin ich auch blicke, auf fast jedem Tisch sehe ich eine Etagere mit exotischen Früchten und kandierten Gebäckteilchen. Andere essen Omelette mit buntem Gemüse, kauen ihr Müsli oder schlürfen ihren Kaffee.

Ein Kellner fragt nach unseren Getränkewünschen, doch Ava und ich schütteln bloß den Kopf.

Obwohl ich heute Morgen nichts gegessen habe, verspüre ich keinen Hunger. Wenn ich nur daran denke, Raphael gleich mit unseren Forderungen zu konfrontieren, vergeht mir der Appetit.

Nach einer gefühlten Ewigkeit erscheint der Teufel höchstpersönlich auf der Bildfläche. Mit seiner arrogant-lässigen Art schiebt er sich beim Rausgehen die Sonnenbrille auf die Nase und setzt dieses herablassende Lächeln auf, für das ich ihm am liebsten eine scheuern würde.

»Charlotte, Ava, mit euch beiden habe ich nicht gerechnet!«

»Tja, öfter mal was Neues«, gebe ich zurück.

»Was verschafft mir die Ehre?«, fragt er und legt dabei den Kopf schief, mustert uns abwechselnd und setzt sich dann hin. »Habe ich etwas verpasst?« Er nimmt die Ray-Ban wieder ab und schiebt sie sich in die Brusttasche vor das seidene Einstecktuch.

»So kann man das auch ausdrücken«, meint Ava auf seine Frage und lächelt ihn gefährlich an.

»Tatsächlich?«

»Nun, Raphael, es haben sich interessante Neuigkeiten aufgetan«, beginne ich, stütze meine Ellbogen auf dem Tisch ab und verschränke die Hände miteinander.

»Soll heißen?«, hakt er nach.

»Dass du jetzt am besten ganz still bist und Charlie zuhörst, Johnson!« Mit einem Nicken fordert mich Ava auf fortzufahren.

»Ich will es kurz machen, Raphael: Ich weiß, dass die Firma deiner Eltern kurz vor dem Bankrott steht und ihr Insolvenz anmelden müsst.«

Er kneift die Augen zusammen. »Woher weißt du davon?«

»Du streitest es nicht einmal ab?«, gebe ich fast schockiert zurück. Gut, was habe ich anderes erwartet?

»Es tut nichts zur Sache, woher wir unsere Informationen haben«, wirft Ava ein. »Aber aus deiner Reaktion können wir endgültig schließen, dass es wahr ist.«

»Und? Was bringt euch diese Info?«, fragt er. Seine Kiefer mahlen und seine ganze Haltung ist plötzlich zum Zerreißen angespannt.

»Mhm, lass mich mal überlegen.« Ich lächle ihn herausfordernd an und ziehe eine Mappe mit diversen Unterlagen aus meinem Shopper. Vorgefertigte E-Mails, eine fingierte Korrespondenz mit einer namhaften Zeitung in Potter Valley, mehrere mit KI generierte Zeitungsartikel.

Alles zusammen schiebe ich Raphael über den Tisch zu und warte erst einmal ab. Denn wenn ich mich auf eines freue, dann auf die verschiedenen Emotionen, die sich gleich zweifelsohne auf seiner Miene abspielen werden.

Kaum habe ich diesen Gedanken zu Ende gedacht, beginnt das Spektakel und ich grinse in mich hinein. Zufrieden lehne ich mich im Stuhl zurück und verschränke die Arme vor der Brust.

Raphael fängt an, die Blätter wild herumzuschieben. Ihm entgleisen die Gesichtszüge, bis sie sich zu einer vor Wut schäumenden Fratze verzerren.

»Was ist das?«, will er wissen. In seine Stimme hat sich ein drohender Unterton geschlichen, den man nicht unterschätzen sollte. Doch wir sind zu zweit, er dagegen ist allein.

»Wonach sieht es denn aus?«

Sein Kopf schießt zu mir hoch, seine Augen sprühen Funken. »Was soll das, Charlotte? Woher habt ihr diese vertraulichen Informationen?«

Dass vieles, neben den uns zugespielten Fakten, ausgedacht ist, errät er nie. Was zwei Flaschen Vinho Tinto bei Ava und mir bewirken, ist erstaunlich. Wir waren an dem Abend echt kreativ. Offenbar haben wir mit ein paar Details ins Schwarze getroffen. Denn Raphaels Miene spricht Bände.

Dabei dienen diese Dokumente einem einzigen Zweck: Raphael Johnson in die Knie zu zwingen. Mit seinen eigenen Mitteln.

»Ach, fragst du dich etwa gerade, ob wir an diese sensiblen Daten auf die gleiche Art gelangt sind wie du zu denen von *Vinho Monteiro*?« Avas Augenbrauen wandern in die Höhe.

Er atmet tief durch und beißt die Zähne aufeinander. »Was. Wollt. Ihr?«

»Ah, endlich kommen wir zum interessanten Teil der Geschichte!«, sage ich voll aufgesetztem Enthusiasmus.

»Was zum Teufel wollt ihr?«, wiederholt er seine Frage nun um einiges lauter, sodass die anderen Gäste bereits auf uns aufmerksam werden.

»Wir wollen, dass du von hier verschwindest, Raphael. Von São Vicente, von Madeira. Für immer.«

Er lacht auf und sieht mich an. »Dein Ernst, Charlotte? Sonst was?«

Ich setze wieder dieses gekünstelte Lächeln auf, das ich in seiner Gegenwart perfektioniert habe. »Sonst, mein lieber Raphael, wandern all diese Dokumente an sämtliche Zeitungen und Fachzeitschriften in Kalifornien. Denn eines garantiere ich dir: Um einen Skandal wie diesen prügelt sich die Presse. Stell dir das mal vor! Eine namhafte, alt eingesessene Familie mit einem Weingut, das sie seit drei Generationen betreibt, muss sich als bankrott erklären und kann seine Gläubiger nicht mehr auszahlen. Tsts, die Blamage wittere ich zehn Meter gegen den Wind. Was würden nur deine Eltern sagen? Der hochgeschätzte Erbe, der die Einlagen der Investoren an der Börse verspielt hat, weil er den Kragen nicht voll bekommen hat?«

»Halt den Mund!«

»Daddy wird richtig sauer sein. Oder warte – lass mich raten, das ist er schon, habe ich recht?« Ich lache, als mir ein Licht aufgeht. »Er hat dich hierhergeschickt, damit du eine Lösung findest, nicht wahr? Eine Lösung, die mich und mein Vermögen zurück in die Firma bringen soll. Tja, ich hoffe, du hast mit Daddy keine Wette abgeschlossen, denn diese verlierst du. *Grizzly Bear Vineyards* wird keinen Cent von meinem Erbe sehen, das schwöre ich dir!«

»Halt endlich den Mund!«, brüllt er und schlägt mit der Faust auf den Tisch. Seine Brust hebt und senkt sich wie nach einem Marathonlauf.

Innerlich zucke ich zurück, doch nach außen hin zeige ich mich gelassen.

Ein Kellner eilt herbei und räuspert sich. »Senhor Johnson, beruhigen Sie sich, faz favor. Ein Gast fühlt sich gestört.«

»Hab's verstanden«, grollt er.

»Habe ich etwa einen Nerv getroffen?«, frage ich, nachdem der Ober verschwunden ist.

Raphael schnaubt und schüttelt wütend den Kopf. Lese ich da etwa Unglauben in seinen Zügen? »Ich kann nicht fassen, dass du an dieses Wissen gelangt bist. Du bist gerissener, als ich vermutet habe. Gut, nehmen wir mal an, ich gehe auf deine lächerliche Forderung ein und verlasse diese Einöde. Was habe ich davon?«

»Oh, Raphael, muss ich dir das wirklich erklären?« Missbilligend schnalze ich mit der Zunge und kassiere dafür ein fettes Grinsen von Ava. Gelangweilt betrachte ich meine manikürten Fingernägel. So wie ich es mir von ihm abgeschaut habe.

»Meine Geduld hat bald ein Ende«, gibt er schneidend zurück.

»Schön, dann machen wir Nägel mit Köpfen: Du gibst die gesammelten Daten von *Vinho Monteiro* heraus, verlässt noch heute Madeira und kehrst der Insel ein für alle Mal den Rücken. Im Gegenzug gehen wir mit unseren Informationen über *Grizzly Bear Vineyards* nicht an die Presse. Damit ersparen wir euch die schlechte Publicity und Daddy wird deshalb nicht ausrasten. Wie ihr den Karren aus dem Dreck zieht, ist dann euch überlassen.«

»Woher weiß ich, dass du mich nicht verscheißerst?«

»Ich gebe dir mein Wort«, antworte ich ernst und meine es auch so.

»Darauf kann ich mich wohl verlassen. Aufrichtig warst du schon immer. Zu dumm, dass mir das jetzt zum Verhängnis wird.«

Ich ignoriere seine Spitze, und hebe das Kinn. »Haben wir einen Deal?«

»Lässt du mir denn eine Wahl?«

34. Kapitel: Schenk reinen Wein nie zu spät ein

»Aus diesem Grund ist Raphael Johnson gestern abgereist.«

»Und da bist du dir sicher?«, fragt Leandro zweifelnd. Obwohl Ava und ich ihm in aller Ausführlichkeit das Treffen mit Raphael und die Hintergründe dazu geschildert haben, ist Leandro skeptisch.

Ich kann es ihm nicht verübeln. Raphaels Intrigen klingen, als entsprängen sie direkt einer portugiesischen Telenovela. Fehlt nur die garstige Schwiegermutter. Aber, Moment, die sitzt ja in Kalifornien ...

»Ja. Dafür lege ich meine Hand ins Feuer«, gehe ich auf seine Frage ein.

»Sagen wir mal so, Charlie und ich hatten überzeugende Argumente«, bekräftigt Ava meine Aussage.

Leandro fährt sich mit beiden Händen über das Gesicht, als ihm offensichtlich die Tragweite von Raphaels Machenschaften bewusstwird. »Meu Deus! Merda!«

Erstaunt reiße ich die Augen auf, denn ich habe ihn nie fluchen hören.

Er schüttelt den Kopf. »Ich fasse es nicht, dass wir auf diese Niederträchtigkeiten hereingefallen sind. Diese E-Mail hat so echt gewirkt! Denkt ihr, dass er ebenfalls hinter der Sache mit dem Lieferanten steckt, der Pleite gegangen ist?«

»Zutrauen würde ich es ihm.«

»Ich auch. Beweisen können wir ihm das allerdings nicht.«

»Saco!« Verdammt nochmal.

Damit spricht mir Leandro aus der Seele. In seinem Gesicht spiegeln sich die Emotionen wider, die bei mir wochenlang unter der Haut gebrodelt haben.

Geknickt sieht er mich an. »Charlotte ... tenho muita pena!«, entschuldigt er sich bei mir.

»Não tem mal!« Das macht doch nichts.

»Doch, eigentlich schon«, wirft Ava dazwischen und sieht Leandro vorwurfsvoll an. »Euer Verhalten Charlie gegenüber war unfair und absolut nicht in Ordnung! Das hat sie nicht verdient. Ihr hättet sie wenigstens anhören können.«

»Ich kann mich nur wiederholen: Es tut mir sehr leid. Aber die Indizien sprachen für sich. Zumal diese ominöse E-Mail auf Ashers Computer gefunden wurde. Wir haben dir nicht mehr vertraut, Charlotte. Nur eins und eins zusammengezählt und unsere Schlüsse gezogen.«

Betreten nicke ich. »Ich weiß. An eurer Stelle hätte ich genauso reagiert.«

Ava schnaubt abfällig. »Das glaube ich kaum. Du hättest mit der betreffenden Person ein Gespräch gesucht, statt sie links liegen zu lassen und ihr aus dem Weg zu gehen.«

»Da muss ich Ava Recht geben. Du hast mehr als einmal versucht, mit Asher und mir zu sprechen. Und es war ein Fehler, dass wir dir kein Gehör geschenkt haben. Desculpe!«

»Ich bin nicht nachtragend, Leandro. Das Wichtigste ist, dass ihr mir *jetzt* zuhört!«

»Diesen Fehler mache ich kein zweites Mal, prometido«, verspricht er mir.

»Wir sollten den Rest der Belegschaft informieren«, schlägt Ava vor. »Immerhin denken die meisten, dass wir es bei Charlie mit einem Maulwurf zu tun haben. Diesen Irrtum sollten wir so schnell wie möglich aus der Welt schaffen.«

»De acordo, das ist eine gute Idee!«

»Ich schicke eine interne Message an alle raus. Treffen wir uns in zehn Minuten im Konferenzraum?«

»Sim, excelente! Vamos!« Ausgezeichnet, dann los!

Sie wischt kurz über das Display auf ihrem Smartphone und wenige Sekunden später vibriert mein eigenes in der kleinen Crossbag. Vermutlich die Push-Benachrichtigung von ihrer Mitteilung.

Ava und ich verlassen Leandros Büro. Mir fällt ein Stein – ach, was sage ich, der ganze Mount Everest – vom Herzen und ich atme erst einmal tief durch.

Die ganze Zeit über war ich zum Zerreißen angespannt. Ich hatte Bammel vor dem Ausgang dieses Gesprächs. Oder davor, dass mir Leandro wieder nicht glaubt.

Jetzt gilt es nur noch, Asher davon in Kenntnis zu setzen. Wie es für ihn in letzter Zeit zur Gewohnheit geworden ist, war er nicht in seinem Büro und arbeitet wahrscheinlich wieder von zu Hause aus.

Umso nervöser werde ich, sobald ich daran denke, dass ich ihm gleich gegenübertrete und er mir zuhören *muss*. Ava und Leandro werden ihm keine Wahl lassen. Wenn es sein muss, bindet Ava ihn ihrer Aussage nach auf dem Stuhl fest, falls er die Flucht ergreifen will. Doch dieses Mal nicht. Dieses Mal lasse ich mich nicht mehr abspeisen.

»Ich bin stolz auf dich!«, sagt Ava, während wir zum Konferenzsaal spazieren.

»Ja?«, frage ich sie und spüre, wie mir die Hitze ins Gesicht schießt. »Wieso?«

Sie stupst mir mit dem Ellbogen in die Seite. »Na, hör mal! Du hast gerade auf einen Schlag alle Karten auf den Tisch gelegt. Ich meine *alle*. Das war so krass mutig von dir.«

»Ehrlich gesagt war ich mir nicht sicher, womit ich anfangen soll. Deshalb habe ich mit nichts mehr hinter dem Berg gehalten.«

»Und das war die absolut richtige Entscheidung! Nur so konntest du Leandro von deiner Unschuld überzeugen. Genauso machst du das gleich mit den Kollegen.«

Ich werfe ihr einen Blick zu und sehe, dass sie mich verschmitzt angrinst. »Du wieder. Bei dir klingt das so leicht.«

»Du hast doch eben bewiesen, dass es das auch ist. Du musst bloß an dich glauben, das ist alles. Alles andere ergibt sich von allein. Sei einfach du selbst und aufrichtig, dann kann nichts schiefgehen!«

»Okay ...«, murmle ich argwöhnisch, weiß aber tief in meinem Inneren, dass sie recht hat. Das hat sie immer.

Wir biegen in den Gang zum Meetingraum ein, doch bevor wir diesen erreichen, halte ich Ava am Arm zurück.

»Danke! Ganz ehrlich, danke! Ohne dich hätte ich das nie geschafft.« Ich ziehe sie in eine Umarmung und halte sie für einen Moment fest.

»Das ist doch selbstverständlich. Dafür sind Freundinnen da«, murmelt sie in mein Haar, ehe sie sich von mir löst und mich mit einem warmen Lächeln auf den Lippen betrachtet. »So, und wie hat es Leandro vorhin so schön gesagt? Vamos, los jetzt!«

Wir lachen beide und betreten den Raum. Einige Köpfe wenden sich uns zu, manche Kollegen runzeln die Stirn. Ich kann ihnen ihre Verwirrung von den Gesichtern ablesen. Mit mir haben sie nicht gerechnet. Selbst die Verwirrung ist verwirrt.

Direkt hinter uns taucht Leandro im Türrahmen auf und gemeinsam gehen wir ans Kopfende, wo wir uns nebeneinander hinstellen. Nach und nach strömen immer mehr Mitarbeiter herein und setzen sich auf die freien Plätze.

Wir scheinen nahezu vollständig zu sein – wo bleibt Asher bloß? –, da räuspert sich Leandro, begrüßt alle und erklärt den Hintergrund für dieses kurzfristige Teammeeting. Kaum, dass er ins Detail geht, nimmt das Stimmengewirr zu und die Emotionen in den Gesichtern der Anwesenden wechseln sich im Millisekundentakt ab: Bestürzung, Schock, Wut, Fassungslosigkeit.

Die meiste Zeit bin ich abgelenkt und hänge meinen Gedanken nach. Denn Asher fehlt nach wie vor. Ignoriert er etwa das Meeting? Leandro muss ihm doch Bescheid gegeben haben. Die Besprechung absichtlich zu verpassen, wäre unprofessionell. Und das ist nicht sein Stil.

Auf einmal spüre ich eine Berührung am Arm und mein Kopf schnellt zur Seite. Ava und Leandro sehen mich erwartungsvoll an.

Shit. Was habe ich verpasst?

»Magst du ein paar Worte sagen?«, flüstert mir Ava zu.

Schnell nicke ich und trete näher an den Tisch heran. Ich räuspere mich und stütze meine Fingerspitzen auf der kühlen Holzplatte ab, sodass ich gar nicht auf die Idee komme, an mir zu zupfen oder mit meiner Armbanduhr zu spielen.

»Ich weiß, die letzten Wochen waren für alle aufreibend. Es tut mir leid, dass ihr durch das Intrigenspiel meines Ex-Verlobten das Vertrauen in mich verloren habt. Doch ich versichere euch, ich war stets auf eurer Seite und hatte zu keiner Zeit vor, *Vinho Monteiro* oder euch zu hintergehen oder zu verlassen. Ich habe hier eine neue Familie gefunden, worüber ich überglücklich bin.«

Ava greift nach meiner Hand und drückt kurz zu.

»Und ich danke euch, dass ihr mir und Leandro zugehört habt. Ich hoffe, ihr gebt mir noch eine Chance«, beende ich meine Rede mit einem zaghaften Lächeln.

Es ist mucksmäuschenstill und ich lasse meinen Blick durch den Raum schweifen. Einige nicken mir zu, andere sehen mich bloß an. Und gerade, als ich hilflos zu Ava und Leandro schaue, brandet Applaus auf. Erst zögerlich, bis schließlich alle einsteigen und klatschen.

Wow, ich bin geplättet! Sofort werden meine Wangen heiß und ich werfe ein erleichtertes Lächeln in die Runde.

Ava nimmt mich ein weiteres Mal in den Arm und über ihre Schulter hinweg stelle ich fest, dass uns Leandro schmunzelnd betrachtet.

Nacheinander kommen Leute zu mir nach vorn und entschuldigen sich für ihr abweisendes Verhalten. Ich verurteile niemanden und bin schon gar keinem böse.

Als Letzte watschelt Sabina heran, die mit gesenktem Blick vor mir stehen bleibt. Die Muscheln an ihrer Brillenkette klimpern leise.

»Dona Charlotte«, beginnt sie kleinlaut. »Desculpe! Ich wollte Sie nicht so behandeln, aber die Gerüchte ...«

»Sabina, wir waren doch schon beim Du.«

»Sim. Ich war mir nicht sicher, ob du noch mit mir sprichst.«

Kopfschüttelnd antworte ich ihr: »Dich trifft keine Schuld. Mach dir bitte keine Vorwürfe. Das ist alles auf Raphaels Mist gewachsen. Er ist der Einzige, der Schuld an diesem Schlamassel trägt.«

»Obrigada, Charlotte.« Mit einem letzten Lächeln verlässt sie den Raum. Einzig Leandro, Ava und ich bleiben zurück.

Da Asher noch immer nicht aufgetaucht ist, kann ich nicht länger warten.

»Leandro?«

»Hm?«

»Asher ... warum ist er nicht zum Meeting gekommen?«, frage ich leise.

Leandros Blick huscht kurz zu Ava, dann atmet er tief durch. »Ich hatte gehofft, dass es noch nicht zu spät ist.«

Irritiert runzle ich die Stirn. »Was meinst du?«

»Ich habe versucht, ihn zu erreichen. War vorhin auch kurz in seiner Wohnung. Aber es ist zu spät.«

In meinem Magen breitet sich ein flaues Gefühl aus. Ich habe eine Vorahnung, von der ich hoffe, dass sie mich täuscht.

»Zu spät wofür, Leandro?«, hake ich mit trommelndem Herzen nach.

»Ich wünschte, ich hätte bessere Nachrichten für dich, doch ... Asher ... Er ... Wie du sicherlich mitbekommen hast, hat er sich in den vergangenen Wochen in die Arbeit gestürzt und meist von zu Hause aus gearbeitet, weil er hier ständig an deinen vermeintlichen Verrat erinnert wurde. Für ihn ist die Situation untragbar geworden, es war ihm alles zu viel.«

»Und?«, flüstere ich.

»Er will mit seinem Bruder Jaiden den Platz tauschen und stattdessen an der Seite seines Vaters weiterarbeiten. Jaiden soll das hier leiten.«

Erschrocken keuche ich auf.

»Charlotte ... Asher hat Madeira und *Vinho Monteiro* verlassen.«

35. Kapitel: The ugly truth

»Himmel, Ava, gib mal Gas!«

»Immer mit der Ruhe, Sweetie! Wenn wir einen Unfall bauen, bringt das niemandem etwas.«

Obwohl ich weiß, dass sie damit den Nagel auf den Kopf trifft, kann ich nicht anders, als mit der Fußspitze auf- und abzuwippen. Ich sitze wie auf Kohlen.

In meinem kleinen Fiat düsen wir in diesem Augenblick die VE4 Richtung Funchal. Vor lauter Aufregung war ich vorhin nicht in der Lage, mich selbst hinter das Steuer zu setzen. Erst ab Ribeira Brava können wir auf die Autobahn wechseln und kommen damit zügiger voran. Damn yes!

»Hast du Asher schon erreicht?«, fragt mich Ava zum wiederholten Mal.

Frustriert schüttle ich den Kopf. »Nur wieder die Mailbox.«

»Shit. Hoffentlich sitzt er noch nicht im Flieger.«

»Selbst wenn, dann buche ich den nächsten Flug und fliege ihm hinterher.«

»Gute Idee! Aber lass den Kopf nicht hängen. Vielleicht schaffen wir es rechtzeitig.«

Obwohl die Fahrt nur knapp eine Stunde dauert, kommt es mir vor, als wäre eine Ewigkeit vergangen, als wir endlich das Flughafengelände befahren. Zum Glück ist der Aeroporto Internacional da Madeira überschaubar, sodass sich Ava den erstbesten Parkplatz schnappt und den Wagen mit einem Ruck zum Stehen bringt.

Mit klopfendem Herzen schnalle ich mich ab und stoße dann die Beifahrertür auf. In Windeseile laufen wir zum Eingang des Flughafens.

Einige Schlangen an den Check-in-Schaltern erschweren uns das Durchkommen. Doch wir geben nicht auf, hetzen durch die Halle und entschuldigen uns, wenn wir jemanden versehentlich anrempeln.

Wir eilen an den vielen Shops vorbei und hasten die Rolltreppe hinauf, die zu den Boarding Gates führt.

Innerlich bete ich, dass Asher vor der Sicherheitskontrolle wartet. Ist er dahinter, habe ich vermutlich keine Chance hindurchzukommen. So ganz ohne Flugticket.

Schwer atmend bleiben Ava und ich oben stehen und sehen uns hektisch um.

»Scheiße, wo ist er?«, frage ich keuchend.

»Boa tarde, senhoras e senhores. In wenigen Minuten beginnt das Boarding für Ihren Azores Airlines Flug AA 735 nach Los Angeles International Airport …«, tönt es auf einmal blechern aus den Lautsprechern.

»Verdammter Mist!«, ruft Ava aus und beginnt wieder zu rennen.

Ich hechte ihr hinterher und weiche gerade noch einem Rentner mit Strohhut aus. Wo kam der denn her?

Mir bleibt keine Zeit, mich über seine sonnengegerbte Haut zu wundern, sondern ich konzentriere mich stattdessen auf Ava, die mit erstaunlicher Geschwindigkeit durch die Menschenmenge flitzt.

»Da ist er!«, ruft sie mir plötzlich über die Schulter zu.

Was? Habe ich richtig gehört?

Kann das wirklich sein?

Ava erreicht Asher vor mir und ich komme schlitternd und schwer atmend hinter ihr zum Stehen.

Himmel, wo ist meine Kondition abgeblieben? Das ist ja fast schon peinlich.

Im selben Moment, als ich dazu ansetzen will, ihn auf uns aufmerksam zu machen, dreht er sich zu uns um. Seine Miene erstarrt, da er mich bemerkt. Sein frostiger Blick huscht kurz zu Ava.

»Was wollt ihr beide denn hier?« Er verdreht die Augen. »Lasst mich raten, Leandro hat gequatscht?«

»Was für eine Frage, Ash!«, meint sie. »Dich davon abhalten, in den Flieger zu steigen. Was denkst du denn?«

»Das werdet ihr nicht schaffen«, antwortet er unterkühlt.

»Okay, ich verstehe dich, Ash«, sage ich schnell. »Aber ich werde nicht zulassen, dass du nach Kalifornien zurückkehrst, ohne dass ich vorher Gelegenheit hatte, dir die Wahrheit zu sagen.«

»Ach, jetzt auf einmal willst du mir die Wahrheit sagen?« Verbittert lacht er auf. »Ist es dafür nicht ein bisschen zu spät?«

»Hör ihr bitte zu!«, wirft Ava ein.

Sofort schießt sein Kopf zu ihr herum und er bedenkt sie mit einem eiskalten Blick, eher er sich wieder mir zuwendet. »Schön. Dann sag, was du zu sagen hast. Und dann lass mich gehen. Endgültig.«

Ich atme tief durch und sehe ihm direkt in seine waldgrünen Augen, die mich prüfend mustern.

Jetzt oder nie.

»Raphael hat mich erpresst«, lasse ich die Bombe ohne Vorwarnung platzen.

»Wie bitte?«

»Ash, es gibt eine Sache, die ich dir nie gesagt habe ... Als meine Eltern gestorben sind, haben sie mir ein stattliches Vermögen hinterlassen. Es war für mich kein Thema, doch es hat mir meinen Neuanfang hier auf Madeira deutlich erleichtert. Das Thema Geld hat bei uns beiden keine Rolle gespielt, wir kamen nie darauf zu sprechen. Bis auf den Tag, als du mir von deiner Ex erzählt hast. Wie toxisch und verlogen sie war, welchen Wert sie auf Geld und Prestige gelegt hat. Du hattest recht damit, dass ich ein Geheimnis vor dir hatte. Aber es war etwas anderes, als du angenommen hast. Raphael hat mich mit diesem Erbe erpresst. Du weißt, wie chauvinistisch er eingestellt ist. Für ihn war ich bloß ein hübsches Anhängsel, das den Job in der Firma seiner Eltern nur aus Langeweile gemacht und nicht ernst genommen hat. Du hast von deiner Ex erzählt, da habe ich Panik bekommen. Ich dachte, wenn du von meinem Erbe erfährst, steckst du mich in dieselbe Schublade, wie Raphael es getan hat.«

»Das ist doch völliger Quatsch!«, wirft er dazwischen.

»Das weiß ich«, gebe ich zu. »Nachdem er aufgetaucht ist, hat er mich damit erpresst und alles durcheinandergebracht. Und nach dem ersten gestifteten Chaos hat die Spinne angefangen, ihr Netz aus Lügen und Intrigen zu spinnen. Direkt vor unserer Nase. Ich bin darauf hereingefallen. Du bist es, wir alle sind es.«

Ich berichte Ash von unseren gewonnenen Erkenntnissen zu *Grizzly Bear Vineyards* und über die Spielchen, die Raphael bei *Vinho Monteiro* getrieben hat.

Kein Detail lasse ich aus. Nein, ich präsentiere ihm die nackte, schmutzige Wahrheit. Erbarmungslos, völlig schonungslos.

Ava steht schweigend daneben, bestätigt mich aber zwischendurch.

»Raphael hat es so aussehen lassen, als wäre es alles andere als ein Zufall, dass ich bei euch arbeite. Er hatte mich in der Hand und hätte die Bombe jederzeit hochgehen lassen. Wer wird schon der reichen Erbin glauben, die den Job im Grunde nicht nötig hat, sondern im Vorfeld beim größten und mächtigsten Konkurrenten von *Monteiro Winery* in Kalifornien angestellt war? Schlimmer noch: dass sie den Erben von besagtem Konkurrenten heiraten wollte? Wie man sieht, hatte er mit seiner Taktik Erfolg. Du hast dein Vertrauen in mich verloren und mich von dir gestoßen.«

Nachdem ich meinen Monolog beendet habe, schluckt Asher schwer, sodass ich seinen Kehlkopf hüpfen sehe. Mit einem undurchdringlichen Gesichtsausdruck mustert er zuerst mich, danach Ava.

»Es ist wahr, alles davon«, sagt sie.

Wie verzweifelt schüttelt er den Kopf. »Ich muss mich setzen, das ist ganz schön viel zu verdauen.«

Mit zusammengepressten Lippen nicke ich. Wer kann es ihm verübeln?

In unmittelbarer Nähe befinden sich zwei Reihen gepolsterter Bänke, zu denen Asher geht und sich auf einem der Sitze niederlässt. Wir folgen ihm, bleiben aber davor stehen.

Mit den Ellbogen auf die Knie gestützt sitzt er da und grübelt. Seine Stirn ist gerunzelt, er knetet seine gefalteten Hände. Innerlich seufze ich auf, muss mir aber auf die Unterlippe beißen, um nichts Unüberlegtes zu tun, wie, sofort um seinen Hals zu fallen. Nur, weil Asher nicht direkt die Flucht ergriffen, sondern mir eine klitzekleine Chance gegeben hat, heißt das nicht, dass wir wieder ein Paar sind.

»Mir war klar, dass dieser Johnson ein hinterhältiges Arschloch ist, aber das?«, beginnt er nach einer Weile, obwohl ich schon fast nicht mehr damit rechne, dass er etwas sagen wird. »Das Schlimmste daran ist, es ergibt alles einen Sinn. Die Gerüchte, diese verfluchte E-Mail, einfach alles.«

Ich schnappe nach Luft. »Du glaubst mir?«

Er reibt sich mit beiden Händen über das Gesicht und blickt dann mit gequälter Miene zu mir herauf. Er sieht müde aus, abgeschlagen. »Sich so etwas auszudenken, wäre verrückt. Zumal Ava deine Geschichte bestätigt.«

Erleichtert lasse ich mich auf das Polster neben ihn fallen. »Und wie geht es jetzt weiter?«, flüstere ich erstickt. »Steigst du gleich in den Flieger?«

Er hebt den Arm und betrachtet seine Uhr. »Ich denke, dafür ist es jetzt zu spät. Das Flugzeug hebt in fünf Minuten ab.« Er dreht sich zu mir und sieht mich nachdenklich an.

Vor lauter Anspannung kaue ich auf meiner Unterlippe herum.

»Ich gehe mir mal einen Kaffee holen«, höre ich von Ava.

Asher und ich bleiben allein zurück. Das Stimmengewirr am Flughafen nehme ich seit geraumer Zeit schon gar nicht mehr wahr. Es ist, als hätte jemand den Ton-Stecker gezogen und alles um uns herum auf mute geschaltet.

»Es tut mir leid. Alles. Ich wollte dich nie-«

»Schscht.« Sofort greift er nach meinen Händen. »*Mir* tut es leid. Ich hätte dir vertrauen sollen. Trotzdem ... Wieso hast du nicht von Anfang an die Wahrheit gesagt?«

Hilflos zucke ich mit den Schultern. »Keine Ahnung. Gute Frage.« Mein Magen zieht sich bei dem Gedanken daran schmerzvoll zusammen. »Vermutlich hatte ich Angst.«

»Nach der Vergangenheit mit deinem Ex wäre das kein Wunder. Dennoch hat mich dein Verhalten verletzt, Charlie.«

»Ich weiß«, antworte ich. »Aber ich habe dich nie angelogen.«

»Nein, das hast du nicht. Aber du hast mit der Wahrheit hinterm Berg gehalten. Das ist fast genauso schlimm.«

Ich senke den Blick auf unsere verschränkten Hände, die das Fünkchen Hoffnung in mir weiter aufkeimen lassen. Ashers Finger streicheln sachte über meinen Handrücken.

»Ich kann mich nur wiederholen. Es tut mir leid, Ash. Wenn ich die Zeit zurückdrehen könnte, würde ich das.«

»Das kannst du aber nicht. Du kannst einzig aus der Vergangenheit lernen.«

»Glaub mir, das habe ich. Ich verspreche dir, dass das nie wieder vorkommen wird.«

»Davon gehe ich aus.«

Verwirrt hebe ich den Blick und erkenne das erste Mal seit Wochen sein schiefes Grinsen, das er im Ansatz zu verbergen versucht. Sein verflucht schiefes Grinsen. Gott, wie sehr habe ich das vermisst!

»Wie meinst du das?«

»Mir tut es auch leid, Charlie, von Herzen. Ich hätte dir zuhören sollen. Doch es ist mir so schwergefallen, dich nur anzusehen. Jeder Tag im Büro hat an mir genagt. Der Schmerz hat sich wie Säure durch meine Adern gefressen. Und dich mit Johnson dann im *Refugio* zu sehen, hat das Fass zum Überlaufen gebracht. Es war zu viel.«

»Ich weiß ...«, murmle ich.

»Ist dieser Mistkerl noch hier?«

»Nein, er hat gestern die erstbeste Maschine nach Kalifornien genommen. Ich habe mich selbst davon überzeugt, dass er aus dem Hotel auscheckt und mit seinem Protzauto zum Flughafen abdampft.«

»Meine mutige Sardas.«

Bei meinem Kosenamen macht mein Herz einen freudigen Hüpfer und ich halte den Atem an.

»Wie hast du mich eben genannt?«, hauche ich.

»Sardas«, wiederholt er weich.

Mit verschwommenem Blick falle ich Asher um den Hals. »Weißt du eigentlich, wie sehr mir das gefehlt hat? Dass du mich so nennst?«

»Du hast mir auch gefehlt«, antwortet er leise und drückt mich fester an sich. Sein unverwechselbarer Duft nach Sandelholz und Leder steigt mir in die Nase. Und augenblicklich entspanne ich mich in seinen Armen.

»Ich liebe dich, Asher.«

»Ich liebe dich, Charlie. Ich habe nie aufgehört, es zu tun.«

Bei seinen Worten schmiege ich mich enger an ihn, spüre die Wärme seiner Haut an meiner Wange. Ich löse mich von ihm und mein Blick versinkt in dem tiefen Grün seiner Augen. Seine warmen Hände umfassen mein Gesicht, das er sanft zu sich heranzieht. Kurz bevor unsere Lippen aufeinandertreffen, schließe ich die Augen.

Sobald Ashers weiche Lippen die meinen berühren, explodiere ich in tausend Einzelteile. In meinem Inneren tobt ein Feuerwerk. Die angestaute Sehnsucht der vergangenen Wochen entlädt sich in diesen Sekunden und lässt mich die Begierde spüren, die ich tief in mir begraben habe. Ihm erneut so nah zu sein, bringt meine Selbstbeherrschung zum Bröckeln.

Ihm entweicht ein heiseres Stöhnen an meinem Mund, während ich mit meiner Zunge still um Einlass bitte und er mir diesen ohne zu zögern gewährt. Ich brenne lichterloh. Er stöhnt erneut und der Laut dringt in jeden noch so kleinen Winkel meiner Nervenbahnen vor.

Mit jeder Faser meines Herzens fühle ich Ashers Nähe, sodass ich am ganzen Körper wie Espenlaub erzittere. Er ist zärtlich und fordernd zugleich, lässt mich schmecken, wie sehr auch er mich in den vergangenen Wochen vermisst hat.

Er hält mich fest umschlossen und ich kralle meine Finger in seine Schultern. Will ihn nie wieder loslassen.

Nachdem ich sachte unseren Kuss beendet habe, blicke ich in seine lustverschleierten Augen, deren Farbe jetzt einem düsteren Urwald gleichen.

»Bitte verzeih mir, Sardas«, raunt er.

In diesem Moment kann ich einfach nur lächeln.

36. Kapitel: Wer auf Wein setzt, erfüllt sich Träume

Der Geruch nach frisch gebackenen Pancakes vertreibt die letzte Müdigkeit und lässt mich blinzelnd die Augen öffnen. Die hochstehende Augustsonne wirft ihre Strahlen durch das bodentiefe Fenster und hinterlässt eine prickelnde Wärme auf meiner Haut. Ich strecke mich ausgiebig und schäle mich dann aus den weichen Laken.

Nur mit meinem Slip bekleidet, schnappe ich mir Ashers Pilotenhemd und werfe es mir über.

Barfuß tapse ich in den Wohnbereich und folge dem Duft nach purer Glückseligkeit und staune nicht schlecht, da ich Ash mit nacktem Oberkörper am Herd stehen sehe.

Ein Grinsen schleicht sich auf meine Lippen und meine Gedanken wandern zurück zu gestern Nacht.

Nachdem wir vom Flughafen zu *Vinho Monteiro* zurückgekehrt sind, musste Asher zunächst ein paar Telefonate führen und seine erneute Meinungsänderung mit Jaiden und seinem Vater besprechen. Die beiden haben es zum Glück gut aufgenommen, da es eh in ihrem Sinn war, dass Ash die Tochterfirma auf Madeira leitet. Wahrscheinlich ist nicht nur ihnen ein Stein vom Herzen gefallen, sondern auch der Belegschaft, als er verkündet hat zu bleiben. Diesmal für immer.

Ab diesem Zeitpunkt konnte uns nichts mehr voneinander trennen. Wir haben die ganze Nacht geredet, uns geküsst, zusammen gekuschelt und uns geliebt. Immerhin mussten wir die verlorenen Stunden aufholen.

Ich umrunde die Kücheninsel und schlinge meine Arme von hinten um Ashers muskulöse Brust. Dann drücke ich ihm einen Kuss zwischen die Schulterblätter, was ihn sofort erschaudern lässt.

»Guten Morgen, Sardas.«

»Bom dia, Senhor Monteiro«, gebe ich keck zurück.

»Ich habe uns Frühstück gemacht«, sagt er über die Schulter zu mir, während er die Teigteile in der Pfanne wendet.

»Mhm, wieder Ashers weltbeste Pancakes ever?« Ich muss grinsen, als ich an unser erstes gemeinsames Frühstück zurückdenke.

»Diesen dämlichen Spruch hast du dir gemerkt?«, hakt er lachend nach. Er dreht den Herd ab, schiebt den Bräter von der Platte und wendet sich dann mir zu.

Ich lege meine Finger auf seine Brust und folgen den feinen Linien. Ich hebe den Blick und begegne seinem spitzbübischen Ausdruck mit diesem legendär schiefen Grinsen. Prompt schießt mein Blut durch die Adern und ich muss mich konzentrieren, mit meinen Gedanken nicht sofort wieder abzudriften. In ganz andere Gefilde ...

Deshalb zucke ich scheinbar gleichgültig mit den Schultern. »Ach, das war *dein* Spruch? Ist mir komplett entfallen.«

»Du bist eine dermaßen schlechte Lügnerin, Sardas«, meint er feixend und schüttelt den Kopf. »Allein daran hätte ich merken müssen, dass du mir nichts vormachst, als du immer wieder versucht hast, mit mir zu reden. Tief in meinem Inneren habe ich das vermutlich geahnt. Es tut mir leid, dass ich so blind war.«

Für einen Moment verrutscht mir das Lächeln im Gesicht, weil mich die Erinnerung daran schmerzt. Trotzdem sehe ich ihm tief in die Augen und lege meine Hand an seine Wange. »Das Wichtigste ist, dass wir ab sofort ehrlich zueinander sind und ich keine Geheimnisse mehr vor dir habe. Alles andere ist Vergangenheit und wir sollten uns auf unsere Zukunft konzentrieren. Es wird sich nie wieder jemand zwischen uns drängen oder uns gegeneinander ausspielen.«

Er schmiegt sich enger an meine Handfläche. »Da hast du recht. Das werde ich nicht noch einmal zulassen. Dafür bedeutest du mir zu viel. Ich habe einmal den Fehler gemacht, dir nicht zu vertrauen oder den Gerüchten Glauben zu schenken. Die Leidtragenden waren wir beide, Johnson hat sich wahrscheinlich ins Fäustchen gelacht.«

»Mit Sicherheit hat er das, der Mistkerl.«

»Aber, komm, lass uns keinen weiteren Gedanken an ihn verschwenden. Frühstücken wir lieber, bevor die Pancakes kalt werden.« Er deutet mit dem Kinn zum Tisch und signalisiert mir mit einem Lächeln, dass ich Platz nehmen soll. Keine Sekunde später stellt Asher den voll beladenen Teller in der Mitte ab und setzt sich ebenfalls. »Greif zu«, fordert er mich auf.

Das lasse ich mir nicht zweimal sagen!

Nachdem ich in Windeseile die ersten zwei Pfannkuchen mit einer guten Portion Ahornsirup verputzt habe, halte ich mir stöhnend den Bauch und lehne mich auf dem Stuhl zurück. »Himmel, sind die lecker!«

»Gib's zu: Nur deshalb hast du mich vermisst«, frotzelt er und lässt dabei die Augenbrauen hüpfen.

»Bin ich so leicht zu durchschauen? Ich hatte gehofft, dass es nicht ganz so offensichtlich ist.« Ich strecke ihm die Zunge heraus und er lacht, ehe er sich seinem eigenen Teller widmet.

»Hast du eigentlich Zeit, Filipe und mich später zu begleiten? Ich habe vorhin mit ihm telefoniert, während du noch geschlafen hast.«

»Er ist wahrscheinlich gottfroh, dass du bleibst!«

»Und wie! Er will später mit den Kindern zu Catarinas Bauernhof. Hast du wieder Lust mitzukommen?«

»Liebend gern! Die kleine Ana wird sich bestimmt freuen, dich wiederzusehen.«

Asher schluckt seinen Bissen schnell herunter. »Ach ja, sie hat beim letzten Mal nach dir gefragt.«

»Wirklich?«, hake ich lächelnd nach.

»Ja, du hast einen bleibenden Eindruck bei der Kleinen hinterlassen. Onde está a linda mulher de cabelo ruivo?, hat sie sich mit ihrer piepsigen Stimme erkundigt.«

Ich muss lachen. »Sie hat gefragt, wo die schöne Frau mit den roten Haaren ist? Himmel, sie ist so goldig.«

Asher schmunzelt und nickt in sich hinein. »Das ist sie.«

Wir essen eine Weile schweigend, bis mir ein Gedanke kommt, der ursprünglich auf Avas Mist gewachsen ist. Wenn man es sich recht überlegt, sogar auf Raphaels. Trotzdem habe ich seitdem immer wieder darüber nachgedacht. Jetzt, denke ich, ist der richtige Zeitpunkt, das anzusprechen.

Da ich fertig bin, lege ich mein Besteck weg und atme tief durch. »Ash?«

»Hm?«, fragt er zwischen zwei Bissen.

»Du weißt jetzt doch, dass ich finanziell ziemlich gut aufgestellt bin«, beginne ich zögernd.

»Ja?«

»Nun, meinen Eltern war immer wichtig, dass ich mein Erspartes oder selbst Erarbeitetes sinnvoll einsetze und nicht zum Fenster rausschmeiße. Grundsätzlich ist das Erbe zwar nichts, was ich mir durch meine eigenen Mühen verdient habe ...« Ich muss schlucken. »... allerdings wäre es mir wichtig, es für etwas Erfüllendes einzusetzen. Ich habe hier alles, was ich brauche. Warum also das Geld nicht für etwas Sinnvolles einsetzen, statt es auf der Bank versauern zu lassen?«

Irritiert mustert er mich. »Worauf willst du hinaus?«

»Ich habe immer davon geträumt, irgendwann einmal etwas Eigenes aufzubauen. Gut, es wäre nicht ganz mein eigenes Projekt. Aber zumindest hätte es einen guten Zweck und ich würde damit Personen unterstützen, die mir wichtig sind.«

»Okay ...?« Seine Verwirrung kann ich ihm deutlich vom Gesicht ablesen, deshalb muss ich jetzt Klartext reden.

»Zum einen möchte ich gerne das Waisenhaus und die Kinder fördern und ihnen regelmäßig Spenden zukommen lassen. Ich weiß zwar, dass sie im Grunde genügend finanzielle Hilfe durch den Staat bekommen. Aber vielleicht kann man ihnen dadurch den ein oder anderen Wunsch erfüllen oder Ausgaben tätigen, die dringend notwendig wären, aber oftmals einfach nicht drin sind, weil anderes Priorität hat.«

»Wow ... Charlie, das ist ... ich bin echt sprachlos. Das würdest du tun?«

»Wer verdient es mehr als diese Kinder?«

»Da hast du recht«, bekräftigt mich Asher schmunzelnd. »Und zum anderen?«

»Hm?«

»Na, du meintest *zum einen.*«

»Oh ... ja, stimmt.« Verlegen räuspere ich mich. »Ich weiß, es kommt vielleicht etwas plötzlich. Aber was hältst du davon, wenn ich mein Vermögen in *Vinho Monteiro* stecke und als Teilhaberin in die Firma einsteige?«

Augenblicklich weiten sich Ashers Augen und er starrt mich mit offenem Mund an. »Ist das dein Ernst?«

»Oh ... Eine blöde Idee? Sorry, vielleicht war das zu voreilig.«

»Charlie.«

»Aber ich dachte–«

»Charlie!«, unterbricht er mich jetzt lauter und schüttelt lachend den Kopf. »Du bist vollkommen verrückt, ist dir das klar?«

Verwirrt ziehe ich die Augenbrauen zusammen. »Wie darf ich das denn verstehen?«

»Dass du die beste Frau bist, die man sich nur wünschen kann. Gott, es wäre mir eine verdammte Ehre, wenn du bei uns einsteigst. Ganz offiziell!«

»Sicher?«

Mit seinem schiefen Grinsen sieht er mich an. »Absolut. Allerdings ...« Er hält kurz inne. »Bist *du* dir denn sicher?«

»Wieso sollte ich nicht?«

»Versteh mich nicht falsch. Das ist ein großartiger Schritt, aber ein ebenso riskanter. Das sollte dir klar sein. Es ist nicht garantiert, dass *Vinho Monteiro* ein Erfolg wird.«

Ich rümpfe die Nase und lege den Kopf auf die Seite. Sein Ernst?

»Dir sollten die möglichen Risiken bewusst sein. Aber es ist dein Vermögen, du legst fest, was damit passiert. Und wenn du eine Alpaka-Farm in Andalusien unterstützen willst, stehe ich voll hinter dir. Es ist *deine* Entscheidung und mir ist wichtig, dass du weißt, dass ich dich zu nichts dränge oder überrede. Du allein beschließt, was du mit deinem Geld anstellst. Grundsätzlich sollten wir auch einen Notar hinzuziehen, der alles Rechtliche regelt. Allerdings bin ich der Meinung, dass du noch ein paar Nächte darüber schlafen solltest, bevor du diese Entscheidung endgültig triffst.«

Bei seinen Worten wird mir warm ums Herz. Statt mit allen Mitteln darauf zu pochen, dass ich meine Idee so schnell wie möglich in die Tat umsetze, regt er mich dazu an, eingehend darüber nachzudenken. Was ich selbstverständlich eh bereits getan habe.

»Glaub mir, das weiß ich, alles davon. Und ich schätze es sehr, dass du nicht nur begeistert bist, sondern auch meinen Entschluss hinterfragst.« Damit stellt er das komplette Gegenteil zu Raphael dar. Wieder einmal. »Allerdings könnte mir derzeit nichts Sinnvolleres einfallen, als mein Erbe in etwas zu stecken, was meine Eltern ebenfalls befürwortet hätten. Sie hätten sich für mich gewünscht, dass ich mir damit einmal meine Träume erfülle. Was gäbe es Treffenderes für eine gelernte Sommelière? Und noch dazu auf meiner Lieblingsinsel.«

»Dann bist du dir wirklich sicher?«

Nachdrücklich nicke ich. »Ich war mir noch nie sicherer.«

Augenblicklich geht in seinem Gesicht die Sonne auf.

»Nur eine Sache noch ...«, halte ich dagegen und Asher blinzelt verdutzt.

»Ja?«

»Ich bestehe darauf, weiterhin als Marketing- und Vertriebsmanagerin für *Vinho Monteiro* tätig zu sein. Das ist meine Bedingung. Ich möchte nicht tatenlos herumsitzen, sondern mich aktiv in die Firma einbringen.«

»Davon bin ich ausgegangen«, antwortet er grinsend.

»Gut«, sage ich und hebe mein Kinn. »Falls ich in ein paar Tagen noch immer derselben Meinung bin, haben wir einen Deal.«

»Ich bin gespannt.«

37. Kapitel: Home is where my Wine is

»Heute ist der große Tag! Bist du schon aufgeregt?« Ava grinst und nimmt mich in den Arm.

Nachdem wir uns voneinander gelöst haben, sehen wir uns in der lichtdurchfluteten Eingangshalle um. Obwohl die Septembersonne schon um einiges tiefer am Horizont steht, erstrahlt jeder noch so kleine Winkel im Foyer in einem warmen Goldton. Eine Menge Gäste ist schon da und unterhält sich angeregt. Kellnerinnen von einem lokalen Catering gehen herum und verteilen Wein und landestypische Häppchen.

Draußen auf dem Hof ist eine kleine Ecke mit einem Streichelzoo für die jüngeren Gäste eingerichtet. Catarina und ihr Mann waren so lieb, uns ein paar ihrer kontaktfreudigen Vierbeiner für das heutige Event zur Verfügung zu stellen. Beide stehen daneben und passen auf die Kinder auf, die sich um die Tiere scharen.

Insgesamt herrscht eine ausgelassene Stimmung und ich entdecke überall lächelnde Gesichter und strahlende Mienen. Alles ist perfekt.

»Und wie! Ich konnte die halbe Nacht nicht schlafen. Und Asher ist seit Tagen das reinste Nervenbündel«, gehe ich auf ihre Frage ein.

Allein das Pre-Opening vor zwei Wochen war schon ein voller Erfolg. Ich kann es kaum erwarten, dass *Vinho Monteiro* heute ganz offiziell seine Pforten öffnet. Hierfür liegen schon überall Give-aways und Flyer für die Besucher aus.

»Was steht als Nächstes auf dem Programm?«

Ich werfe einen Blick auf meine Armbanduhr. »Gleich geht es mit der Begrüßung los. Danach finden die Besichtigung der Kellerei, eine Tour durch die Weinberge und eine anschließende Weinverkostung im Weingarten statt.«

»Puh, ehrlich gesagt habe ich den Überblick verloren. Ich war bis eben so mit dem Social-Media-Account beschäftigt, dass ich kein Zeitgefühl mehr habe. Es gab schon so viele Anfragen und Vorbestellungen! Die kurze Pause gerade tut echt gut.«

»Wirklich? Das ist ja phänomenal!«

»Wenn es so weitergeht, ist bald die erste Charge ausverkauft.« Sie wirft einen Blick über meine Schulter. »Ach, sieh mal, da kommt Asher mit Jaiden und Lionel.«

Ich drehe mich um und sehe dem Dreiergespann zu, das sich durch die Menschenmenge schlängelt. Im Vorbeigehen begrüßen sie die Gäste, schütteln Hände und kommen dann zielstrebig in unsere Richtung.

Lionel Monteiro ist ohne Frage Ashers Vater. Die beiden haben einen identischen Gang und sind sich wie aus dem Gesicht geschnitten, nur dass Lionel eine dreißig Jahre ältere Version von Asher ist, mit ergrauten Haaren an den Schläfen und Krähenfüßchen um die Augen.

Bei Jaiden sieht man zwar die Ähnlichkeit zu Asher oder seinem Vater, allerdings sind dessen Iriden von einem warmen Braunton und er trägt einen dunkelblonden Schopf mit hellen Spitzen.

Zweifelsohne sind alle Monteiro-Männer sehr attraktiv. Lionel und Jaiden kamen heute Morgen mit einer der ersten Maschinen an und wurden dann sofort von Asher in Beschlag genommen. Dementsprechend freue ich mich darauf, die beiden endlich persönlich kennenzulernen.

»Charlie, da bist du ja!«, begrüßt mich Asher, drückt mir einen Kuss auf die Lippen und legt dann seinen Arm um meine Taille. »Dad, Jaiden, darf ich euch Charlie, meine bessere Hälfte, vorstellen?«

Beide schütteln mir die Hand und wenden sich auch kurz Ava zu.

»Es ist mir eine Freude, dich kennenzulernen, Liebes. Asher hat schon so viel von dir erzählt. Wir waren schon sehr gespannt auf dich.«

»Dad ...«, meint Ash verlegen, was mich zum Lachen bringt.

»Die Freude ist ganz meinerseits.«

»Ich hoffe, mein Bruder benimmt sich«, wirft Jaiden grinsend ein.

»Gott, es war ein Fehler, euch hierher einzuladen ...«, murmelt Asher neben mir.

»Meistens gibt er sich Mühe«, meine ich und stupse ihn spielerisch mit dem Ellbogen in die Seite.

»Aber, aber, mein Junge. Denkst du, ich lasse mir den großen Eröffnungstag von meinem Ältesten entgehen?«

»Und, Charlie? Wie fühlt es sich an, ein Teil von *Vinho Monteiro* zu sein?«, fragt mich Jaiden mit wachem Blick.

Ich strahle ihn an. »Großartig! Ich liebe es! Ich war zwar vorher schon Teil der engeren Führungsebene, finde es aber jetzt umso herausfordernder, an Entscheidungen direkt beteiligt zu sein. Damit fühle ich mich gebraucht und nützlich.«

»Deine Gefühle täuschen dich nicht«, bestätigt mich Asher.

»Wir sind dankbar, dich in unserer Mitte zu haben.« Lionel bedenkt mich mit einem warmen Blick, der mich so sehr an den von Asher erinnert.

»Asher? Ich glaube, deine Person wird verlangt«, wirft Ava dazwischen und deutet mit dem Daumen hinter sich.

»Oh, ja, Mist, ich sollte ...«, entschuldigt er sich bei uns, gibt mir einen schnellen Kuss auf die Wange und geht dann zur Mitte des Foyers, wo ein Mikrophon vorbereitet steht.

Wir sehen ihm hinterher, wie er sich positioniert, auf das Sprechteil klopft und mit einem Räuspern auf sich aufmerksam macht.

»Bom dia, senhoras e senhores. Ladies and Gentlemen, herzlich willkommen bei *Vinho Monteiro*! Bem-vindo ao *Vinho Monteiro*! Vielen Dank, dass Sie heute Gast bei uns sind.« Sein Blick schweift lächelnd durch die Menge. »Da mir Portugiesisch teilweise immer noch Spanisch vorkommt, bleibe ich besser im Englischen. Ich hoffe, Sie verzeihen es mir und jagen mich nicht sofort zum Teufel.«

Gelächter macht sich im Raum breit und ich beobachte voller Stolz, wie alle an Ashers Lippen hängen.

Er hat ein rhetorisches Talent, das muss man ihm lassen. Ava filmt jede seiner Bewegungen mit der Smartphone-Kamera als Live-Stream auf Instagram und TikTok.

»Ich freue mich, heute mit Ihnen den Tag zu feiern, an dem *Monteiro Winery* aus Napa Valley, Kalifornien, das erste Mal eine Tochter zur Welt bringt. Hinter uns liegen anstrengende Wochen und Monate, aber die Mühen haben sich gelohnt.

Wir bauen hier fünf verschiedene Rebsorten für den aus Portugal bekannten Vinho Verde an: Espadeiro für den Roséwein, Alvarinho und Loureiro für die weiße Variante und Azal Tinto und Rabo de Ovelha für den Rotwein. Außerdem planen wir langfristig, Madeirawein ins Programm zu nehmen. Unser Fokus liegt auf Traditionen, gepaart mit Moderne und Nachhaltigkeit. Außerdem legen wir sehr viel Wert auf regionale Lieferanten und Geschäftspartner, verkaufen unsere Weine aber ebenso an die Händler in Übersee.«

Asher geht weiter auf die Unternehmensphilosophie ein und stellt den Fünf-Jahres-Plan in groben Zügen vor, da ihm Transparenz bei seinen Kunden wichtig ist.

»Aus diesem Grund bedanke ich mich herzlich im Namen der ganzen *Vinho-Monteiro*-Familie für Ihr Kommen. Haben Sie einen angenehmen Aufenthalt auf unserem Gelände. Obrigado«, beendet er seine Rede.

Applaus brandet im Saal auf.

Asher kehrt strahlend zu uns zurück und sofort ziehe ich ihn in eine Umarmung. »Das hast du toll gemacht. Ich bin stolz auf dich.«

»Da kann ich deiner Freundin nur zustimmen, Junge«, mischt sich Lionel voller Freude ein. »Deine

Rede war grandios. Du bist wie dafür gemacht, CEO zu sein.«

»Danke, Dad.«

Sehe ich da etwa eine leichte Röte auf Ashers Wangen?

»Ganz ehrlich, Bruder? Du wärst in Kalifornien an Dads Seite versauert – nichts für ungut, Dad. Ich bin ganz froh, dass du dich dazu entschieden hast, hier auf Madeira zu bleiben. Du passt hier viel besser her als ich.«

»Damit hast du wohl recht, Jaiden«, antwortet er und legt ihm seine Hand auf die Schulter. »Danke dir.«

Die Menge lichtet sich, weil sich viele zu den angebotenen Programmpunkten aufmachen, und ich entdecke Filipe, der mit Ana an der Hand in den Eingangsbereich tritt. Im anderen Arm hält die kleine Maus ihr Faultier-Kuscheltier, das schon bessere Zeiten gesehen hat: Ihm fehlt ein Auge und das einst weiche Fell sieht etwas zerzaust aus.

»Filipe!«, ruft Asher aus. »Das ist ja eine Überraschung. Und du bist auch dabei, Ana.« Sofort nimmt er die Kleine auf den Arm und reibt seine Nase an der ihren, was sie kichern lässt. Ein Inuit-Kuss, wie er im Buche steht. Dann stellt er sie seinem Vater und Jaiden vor, welche die Kleine verzückt betrachten.

»Olá, Charlie«, begrüßt sie mich, indem sie mit ihrem Faultier winkt.

»Olá, Ana«, sage ich, trete näher an sie heran und frage sie, wer das ist, indem ich auf das Kuscheltier deute. »Quem é?«

»Esse é o meu amigo Pepe.« Das ist mein Freund Pepe.

»Olá, Pepe, muito prazer«, sage ich zu ihm und schüttle ihm die Pfote, was sie erneut zum Quietschen bringt.

»Nun sag schon, Filipe, was macht ihr hier? Versteh mich nicht falsch, ich freue mich über euren Besuch. Allerdings habe ich nicht mit euch gerechnet«, meint Asher.

»Tja, da musst du deine liebe Charlotte fragen«, antwortet er nur schulterzuckend.

»Das ist wohl mein Stichwort.«

Irritiert wendet sich Ash mir zu. Ava führt im Hintergrund einen kleinen Freudentanz auf und zückt wieder ihr Smartphone, um alles auf Video festzuhalten. Leandro stößt in diesem Augenblick zu uns und nickt mir auffordernd zu. Beide habe ich im Vorfeld in meine Pläne eingeweiht, jetzt liegt es an mir, die Katze aus dem Sack zu lassen.

»Ash, wir wissen alle, wie wichtig dir Familie ist«, beginne ich. »Und wir haben auch mitbekommen, wie sehr dir Ana ans Herz gewachsen ist.«

»Das ist sie«, bestätigt er und gibt ihr erneut einen Stupser mit seiner Nase.

»Und du weißt auch, dass ich mir selbst nichts sehnlicher als eine eigene Familie wünsche. Klar, ich habe mir hier meinen Traum erfüllt. Aber vielleicht kann ich noch einen Schritt weitergehen?«

Er zieht die Augenbrauen zusammen. »Worauf willst du hinaus?«

»Was würdest du sagen, wenn Filipe und ich in den letzten Wochen daran gearbeitet haben, dass wir Ana bei uns aufnehmen?«

Asher keucht überrascht auf. »Ihr habt *was*?«

»Asher? Está bem?«, fragt Ana mit Augen so groß wie Unterteller.

»Sim«, beschwichtigt er sie. »Está bem.« Dann wendet er sich wieder uns zu. »Nochmal zum Mitschreiben: Was habt ihr getan?«

Leandro reicht mir die Mappe, die er mitgebracht hat und in der sich alle nötigen Unterlagen befinden.

»Wenn du willst und einverstanden bist, können du und ich Ana als Pflegeeltern bei uns aufnehmen«, lasse ich die Bombe lächelnd platzen und klopfe zweimal auf den Ordner. »Hier drin sind die unterschriftsreifen Papiere.«

»Nicht. Dein. Ernst.« Er reißt die Augen auf und schüttelt den Kopf. »Aber wie? Wir sind nicht verheiratet, sind keine Einheimischen. Wie habt ihr das geschafft?«

»Mit den entsprechenden Hintergründen und sozialen Aspekten ist das möglich«, mischt sich Filipe ein. »Außerdem habe ich ein gutes Wort für euch beide eingelegt und mich dafür eingesetzt, dass das klappt. Und wenn alles glatt läuft und ihr mit der Kleinen auf Dauer klarkommt, könnt ihr sie in einem Jahr adoptieren.«

»Das ist unglaublich! Ich kann es gar nicht fassen!«

»Junge, das ist wunderbar«, meint Lionel.

»Dem kann ich nur zustimmen«, bekräftigt Jaiden.

»Und, was sagst du?«, frage ich leise.

Ein warmer Ausdruck macht sich in seinen Augen breit, als er mich mit diesem Blick bedenkt, der mich dahinschmelzen lässt. Mein Herz macht einen Purzelbaum und ich weiß, dass es die richtige Entscheidung gewesen ist, diesen neuen Lebensschritt in die Wege zu leiten.

Dass ich mir eine kleine Familie mit Asher vorstellen kann, ist mir schon länger klar gewesen. Aber einem Mädchen, das uns beiden wichtig ist, eine Chance auf eine Familie zu geben? Das wäre der Jackpot.

»Wie antwortet man auf so etwas? Ja, ich will?«, fragt er, und alle fangen an zu lachen. In seinen Augenwinkeln sammeln sich Tränen und er ringt um Fassung.

Ich trete an ihn heran und schließe meine Arme um ihn und Ana, die voller Freude zappelt. Ashers weiche Lippen legen sich auf meine und er küsst mich zärtlich.

Ich bekomme nur am Rande mit, wie sich auf einmal alle um uns herum in den Armen liegen und mit ihren Gläsern anstoßen.

»Und, wer weiß, vielleicht vergrößert sich unsere kleine Familie ja in einiger Zeit noch«, flüstere ich.

»Das ist der schönste Tag in meinem Leben«, raunt Asher an meinen Lippen, ehe Ana ihm mit ihrer kleinen Hand einen Klaps auf die Wange gibt.

»Ich auch, Asher«, sagt sie, woraufhin wir beide lachen müssen. Wir drücken sie fester an uns, was sie zum Kichern bringt. Die Kleine ist ein Goldstück.

»Bem-vindo na família, Ana Monteiro.«

Ende

Ashers weltbeste Pancakes ever

Für 4 Personen, ca. 16 Pancakes

- 1 Ei
- 1 Cup Milch
- 2 TBSP Öl o. zerlassene Butter
- 1 Cup Mehl
- 1 TBSP Zucker
- 2 TSP Backpulver
- 1/2 TSP Salz

TBSP = Tablespoon/TSP = Teaspoon

1. Ei, Milch und Öl bzw. Butter in einer Schüssel mit einem Schneebesen verrühren. Mehl, Zucker, Backpulver und Salz nacheinander unterrühren. Der Teig darf gern etwas klumpig sein.
2. Eine oder zwei Pfannen erhitzen.
3. Mit einem großen Löffel/einer Kelle den Teig ohne Öl (!) in die Pfannen geben, etwa 3 kleine Pancakes pro Pfanne.
4. Wenn der Teig Blasen wirft, Pancakes wenden und von der anderen Seite backen.

Ashers Genießer-Tipp:

Die Pancakes warm mit Ahornsirup (und Butter) servieren. Bei Bedarf gern Blaubeeren/Heidelbeeren in den rohen Teig geben und mit ausbacken

Ashers Genie-Tipp:

Übrig gebliebene Pancakes können ein paar Tage im Kühlschrank aufbewahrt werden. Zum Aufwärmen kurz in den Toaster geben.

Ashers Schlaumeier-Tipp zum Ahornsirup:

Ahornsirup gibt es in verschiedenen Qualitätsstufen (von A bis D). Faustregel: Je heller, desto besser. A ist der beste und hellste, B hat mittlere Qualität, C- und D-Qualitäten sind sehr dunkel und kräftig.

Danksagung

Was? Schon wieder eine Danksagung? Dabei habe ich doch die für meinen Debütroman gefühlt erst gestern verfasst. Tja, aber nun sitze ich hier und bin schon wieder völlig geplättet, dass ein weiteres Buch von mir erscheint. Könnt ihr mein breites Grinsen durch die Zeilen erkennen?
Liebe, Leidenschaft und Herzblut braucht es, damit Bücher entstehen können. Auch wenn ich selbst viel Arbeit und Liebe in die Geschichte von Charlie und Asher gesteckt habe, wäre sie ohne ein paar liebe Menschen vermutlich nie als Buch herausgekommen. Diesen wunderbaren Buchmenschen möchte ich an dieser Stelle nun meinen Dank aussprechen!
Ich bin so dankbar, dass ich mit meiner Agentin Rosi Kern von der Agentur Brauer zusammenarbeiten darf! Liebe Rosi, danke, dass dich mein Madeira-Projekt begeistert und überzeugt hat und dass du daran geglaubt hast! Ohne dich wäre ich oft echt aufgeschmissen gewesen. Mein Endgegner bleibt wohl für immer das – nein, ich fluche jetzt nicht – Exposé. Ich freue mich schon auf unsere nächsten Projekte!
Danke an Francesca Hintz und Alexandra Fölker vom dp Verlag und das ganze wundervolle Team! Ich durfte

einen Teil von euch auf der Stuttgarter Buchmesse kennenlernen und ihr wart alle so lieb und aufgeschlossen!
Danke an meine unglaublich genaue Lektorin Sandra Florean. Danke für deine Gedanken und Kommentare zum Manuskript und deine Begeisterung für meine Geschichte!
Herzlichen Dank an meine Testleserinnen: meine Schwiegermama Barbara, Nicky Hardrath, Janina Kaiser, Vanessa Müller und Hannah Wittmann. Ihr ahnt gar nicht, wie sehr ihr mir mit eurem Feedback, euren ersten Korrekturen und mit eurer tatkräftigen Unterstützung geholfen habt! Ihr seid die Besten!
Trotzdem ist so ein Buch fast nichts ohne euch, liebe Leserinnen und Leser. Danke, dass ihr SONNENKÜSSE AUF MADEIRA gekauft und gelesen habt und meine Geschichten mit mir teilt. Ich hoffe, die literarische Reise auf das pittoreske Madeira hat euch genauso gefallen wie mir!
Denn eines kann ich euch verraten: Die meisten Locations, Wandertouren und Destinationen im Roman basieren auf eigenen Urlaubserlebnissen von mehrmaligen Besuchen auf der Blumeninsel. Ich liebe Madeira – merkt man gar nicht, oder?
Umso glücklicher bin ich deshalb auch mit diesem großartigen Cover, denn der imposante Felsen im Hintergrund ist der berühmte Penha d'Águia, den ihr in Kapitel 20 zusammen mit Charlie und Asher kennenlernen durftet. Das Besondere daran für mich: Der Großteil des Buches entstand mit dem Blick auf genau diesen Felsen, im malerischen Faial. Und diese Aussicht war doch grandios, oder? :)

Von daher geht ein großer Dank an meinen Ehemann Frank: Er ist mit mir extra nochmal zu verschiedenen Spots der Insel gefahren, damit ich für Instagram- und Recherchezwecke fleißig Fotos knipsen kann. Danke, dass du Ordnung in meine oft konfusen Gedanken bringst und mich bei Sprichwörtern und Redewendungen auf den richtigen Pfad lenkst.
Last but not least: Liebe Leserinnen und Leser, liebe Bloggerinnen und Blogger, DANKE an euch, dass ihr mir Nachrichten schreibt, mich in Rezensionen verlinkt und wunderschöne Beiträge zu meinen Büchern gestaltet. Danke, dass ihr eure Liebe zu Büchern – auch zu meinen – in die Welt hinaustragt!
Und falls ihr beim Lesen Lust und etwas Hunger auf *Ashers weltbeste Pancakes ever* bekommen habt, findet ihr ein paar Seiten weiter vorne das Rezept dazu. Viel Freude beim Zubereiten und Genießen!
Eure Theresa <3
Mehr zur Autorin auf www.theresawrites.de oder auf Instagram unter @theresa.writes